"Записки безумной оптимистки"

«Прочитав огромное количество печатных изданий, я, Дарья Донцова, узнала о себе много интересного. Например, что я была замужем десять раз, что у меня искусственная нога... Но более всего меня возмутило сообщение, будто меня и в природе-то нет, просто несколько предприимчивых людей пишут иронические детективы под именем «Дарья Донцова».

Так вот, дорогие мои читатели, чаша моего терпения лопнула, и я решила написать о себе сама».

Дарья Донцова открывает свои секреты!

Читайте романы
примадонны иронического детектива
Дарьи Донцовой

Дарья Донцова

Полет над гнездом Индюшки

Москва

ЭКСМО

2 0 0 3

ИРОНИЧЕСКИЙ ДЕТЕКТИВ

Глава 1

Если вам на жизненном пути встретился мужчина, который аккуратно снимает ботинки в прихожей, ставит их на полочку в обувницу, потом, не разбрасывая повсюду вещи, идет в ванную, моет руки и ухитряется, не забрызгав зеркало, закрутить оба крана, советую насторожиться. Над этим экземпляром крепко поработала какая-то женщина. Среди моих знакомых есть только одна личность, на которую можно пришпилить ярлычок «образцово-показательный муж». Это Родион Кутепов, или Родя, как зовет его жена, моя близкая подруга Неля... Родька — это настоящий брильянт. Он не курит, не пьет, отдает жене всю зарплату, до копейки. Вернее, отдавал раньше, потому что сейчас Кутепов зарабатывает огромные деньги, он владелец фирмы, которая делает карты, не игральные, а топографические. В прежние времена Родион работал в Министерстве обороны картографом и дослужился до полковника, а Нелька преподавала немецкий язык в школе.

Поженились они рано, мы только-только закончили первый курс. Это была грандиозная свадьба, гуляли на ней всем институтом. Правда, Родька девчонкам не понравился: жутко занудный и какой-то старый, несмотря на юный возраст. Сначала я решила, что жених просто напуган серьезностью происходящего, ну не может парень в девятнадцать лет без улыбки заявлять: «Алкоголь — враг печени» или: «Поцеловал девицу — женись».

Но потом, когда отгремело «горько» и молодожены зажили семейной жизнью, стало ясно: по паспорту-то Родьке нет еще и двадцати, но по состоянию души он пятидесятилетний дядька, правильный, до челюстного вывиха. Вы не поверите, но за долгие годы дружбы я ни разу не видела Родю даже в легком подпитии. Он никогда не тратил деньги зря, тащил, словно рачительная старушка, в дом любую мелочь, не изменял жене и старательно воспитывал дочь. Мне в его присутствии всегда хотелось сделать что-то эпатажное — выругаться матом или снять юбку, на худой конец. Естественно, я удерживалась от хулиганских поступков, но с большим трудом.

Для меня осталось загадкой, почему Неля не сбежала от такого мужа. Она-то была совсем другой: хохотушка, озорница, любительница вечеринок, посиделок и тусовок. Правда, Родя никогда не делал жене замечаний, если, придя домой, обнаруживал в квартире десять человек с бутылками и гитарой. Он приветливо улыбался и, пробормотав: «Добрый вечер», исчезал в своей комнате.

Но все равно после его появления разваливалась любая компания. Гости суетливо хватали свои куртки и убегали под вопль Нели: «Эй, ребята, вы куда? Не допили ведь!»

Представляете, какое впечатление производил на окружающих Родион, если народ улепетывал, не «добив» бутылку?

На втором курсе Нелька изменила Родьке. Муженек явился домой не вовремя и нашел жену в объятиях аспиранта кафедры итальянского языка. Вам ни за что не догадаться, как поступил рогоносец. Постояв над кроватью, на которой лежала парочка, судорожно перетягивая друг у друга одеяло, Кутепов молча вышел. Испуганная Нелька сложила чемодан и удрала к маме. Но на следующее утро супруг как ни в чем не бывало забрал ее домой и никогда не вспоминал про измену. Такое сверхблагородное поведение повергло всех в шок, а Нелька следующие лет пять не помышляла об адюльтере, потом, правда, принялась за старое, но стала соблюдать просто невероятные меры безопасности. Больше Родя никогда не заставал ее врасплох, хотя Неля изменяет ему и по сию пору.

Не далее как неделю назад Нелька позвонила мне и сообщила:

— Слышь, Дарья, у меня первого июня день рождения.

— Помню, говори сразу: что дарить?

— Не знаю, — засмеялась Неля, — у меня все есть. Значит, жду вас к пяти, а тебя к трем.

— Почему? — удивилась я.

— Как это? — возмутилась Нелька. — Должен же кто-то мне помочь?

Только не подумайте, что мне предлагалось почистить селедку или настрогать винегрет. Родя ворочает миллионами. Когда их с супругой финансовое благополучие стало абсолютным, Кутеповы построили дом в Ложкине, правда, не около нас, а на краю поселка, но все равно, мне до него пять минут ходу. У Нели имеются домработница, кухарка, а, закатывая вечеринки, она всегда нанимает официантов и повара. Для какой цели Неля решила позвать меня в качестве подручной силы — совершенно непонятно, но не отказывать же ей?

— Ладно, — пообещала я, — приду.

Но Нелька не успокоилась, сегодня она перезвонила вновь и бормотнула в трубку:

— Время изменилось, всех жду в семнадцать, а тебя в четырнадцать.

— Ладно, — вздохнула я.

— Смотри не опоздай.

— Хорошо.

— Кстати, надеюсь, ты придешь одна?

Я растерялась:

— Извини, я думала, ты зовешь всех. Зайка с Маней уехали в парикмахерскую, Аркадий купил новый костюм. Ладно, просто примешь их подарки.

— О боже, — заорала Неля, — сделай одолжение, не идиотничай! Естественно, я жду ребят, но имела в виду другое, ты будешь без мужика?

— В каком смысле?

— В прямом! Есть при тебе хахаль?

— Нет, а что, нужен? Ты не пускаешь на праздник одиноких женщин?

— Дарья, — прошептала Неля, — прекрати издеваться. Очень хорошо, что одна. Тогда скажешь всем, что Виктор твой любовник.

— Кто?

— Виктор Ханышев.

— Я такого не знаю, кто он?

— Мой любовник.

— Зачем тогда мне говорить глупости?

— Боже, как с тобой тяжело, — зашипела Неля, — ну нельзя же быть такой наивной. Витька мой любовник, ну не могу же я пригласить его в дом в этом качестве. Потому-то и прошу тебя прийти пораньше, познакомиться с парнем, всего и делов — пару раз обнять его на глазах у Родьки.

— Но я же совсем...

— Ты не хочешь меня выручить? — окрысилась Неля. — Я прошу о сущем пустяке! Неужели трудно? В день рождения!

— Но...

— Тебе трудно?

— Но...

— Вот ты какая! А еще подругой считаешься!

— Ладно, — сдалась я.

— Отличненько, — повеселела Неля, — смотри не опоздай.

— Хорошо.

— Да не вздумай рассказать своим, что не знаешь Витьку.

— Но...

— Дарья!!!

Когда человек начинает орать на меня, топая ногами, я мигом «ломаюсь».

— Не волнуйся.

— Еще бы не нервничать, когда кругом одни кретины, — заявила Нелька и бросила трубку.

Ровно без пяти два я вышла из дома, быстро добежала до участка Нели и с удивлением обнаружила, что парадная дверь заперта. Чуть поодаль виднелось распахнутое окно. На мой взгляд, крайне глупо тщательно задвигать засов на железной двери, если окна открыты. Влезть внутрь дома не составит никакого труда, даже для личности, никогда не занимавшейся спортом.

Я подошла к окну и хотела было уже крикнуть: «Нелька, ты где?», но звук застрял в горле. Посреди комнаты стоял Родя, я видела его сбоку, но Кутепов при росте примерно метр восемьдесят пять имеет вес около ста сорока килограммов, поэтому не узнать эту гору мышц было нельзя. Причем именно мышц. Родион в отличие от меня самой ведет образцовый образ жизни. Он три раза в неделю ходит «качаться» на тренажерах, и в нем нет ни капли жира. К слову сказать, Кутепов очень силен, и, хотя издали он похож на куль с мукой, это ошибочное впечатление.

Зрелище, открывшееся мне в окне, было настолько жутким, что я вцепилась пальцами в подоконник. Перед Родей на стуле сидела Неля, а любящий супруг просто-напросто откручивал жене голову. Огромными лапами Кутепов обнял Нельку. Моя подруга как-то странно «стекла» по спинке. Все действие заняло пять секунд. Родя зажал тело жены, дернул, послышался треск костей. Неля безвольно повисла в его огромных ручищах. Родя переменил позицию. Теперь он схватил бедную Нельку за подбородок, дернул вверх, резко, сильно, безжалостно. Неля, не издав ни звука, взлетела над стулом, потом вновь шлепнулась на него, голова ее упала, тело обмякло.

Неожиданно у меня в пятках словно вспыхнул огонь, я отцепилась от подоконника и понеслась в домик, где постоянно сидит охрана. Господи, я стала невольной свидетельницей убийства. Вот оно как! Небось Родька поймал жену с другим мужиком. Сколь веревочке ни виться, а конец будет. Скорей всего запас благородства у Кутепова подошел к концу, очередные рога оказались слишком ветвистыми, и мужик разрешил проблему по-своему — взял и устранил причину своих неприятностей. До прихода гостей полно времени, а у Роди небось в кармане билет в какую-нибудь Америку... Он и предположить не мог, что мне велено прийти в четырнадцать...

Быстрее сайгака я неслась к охране, перепрыгивая через цветники. Убийца не должен уйти. Ладно, согласна, Нелька аморальная баба, с пугающей регулярностью бегающая налево, но ведь это не повод, чтобы ее задушить.

В домик секьюрити я влетела красная, потная, в разорванной футболке.

— Дарья Ивановна, — удивился старший по смене, милый парень по имени Костя, — что случилось? Ну и видок у вас, словно с ежом в бане парились!

— Кутепов задушил свою жену, — прошептала я, — только что! Я через окно увидела. Скорей, хватайте его!

— Эй, Славка, — велел Константин, — бери Мишку и ступайте посмотрите, чего там. А вы, Дарья Ивановна, туточки посидите, хотите, валерьяночки накапаю? С чего бы Родиону Сергеевичу безобразничать? Такой положительный мужчина. Может, вы перепутали?

— Нет, — пробормотала я и побежала за охранниками.

Родион умеет держать себя в руках, еще изобразит на лице полное непонимание.

Не успел Слава позвонить в дверь, как она распахнулась и появился Родя.

— Что стряслось? — удивился он.

Его физиономия с круглыми щеками и пухлыми губами излучала полнейшее добродушие. Я глянула в его слегка сонные глаза, увидела приветливую улыбку и, потеряв всякое самообладание, налетела на Кутепова и замолотила кулаками по его широкой груди.

— Негодяй, сволочь! Я видела все! Имей в виду, ты мне рта не заткнешь и купить Дашу не сумеешь, нет таких денег на свете, которые заставят меня молчать!

Родя даже не вздрогнул. С таким же успехом я могла бы пинать паровоз. Кутепов аккуратно обхватил меня за талию и понес на вытянутых руках к одному из кресел, стоявших в холле. Аркашка точно так же вытаскивает в сад нашего мопса Хуча, когда тому приходит в голову славная идея пописать на ковер в гостиной.

— Что случилось? — поинтересовался Родя, опустив меня в кресло.

Миша кашлянул:

— Вот, простите, конечно, но Дарья Иванна утверждает, будто вы жену удавили.

— Кого? — отступил в глубину холла Родя. — Нелю?

— Держите его, — заорала я, — сейчас уйдет! Миша, какого черта ты с ним разговариваешь! Слава, беги в комнату, туда, налево, труп там...

В полном недоумении Родион повернулся, но Михаил мигом преградил ему путь.

— Погодите, дайте разобраться! Славка, глянь-ка.

Родион улыбнулся.

— Дашка, я давно говорил тебе: брось читать детективы, дурацкие эти книжонки, вот и результат!

— Никого, — развел руками вернувшийся Слава.

У меня начался новый виток истерики.

— Он ее уже закопал или сжег!

— Где? — спросил Родя.

— В газовом котле, — прошептала я, — или растворил в кислоте...

— Дашка, — вздохнул Родион, — давай вызову врача, а? Жарко-то как, вот у тебя крыша и поехала! Даже и не припомню, когда такой зной стоял! Просто Тунис, а не Подмосковье.

— Ты зубы нам не заговаривай, — пролепетала я, — сейчас милиция приедет, лучше покайся, покажи, где моя несчастная, удавленная тобой подружка.

— Неля! — крикнул Родион.

Я хотела было возмутиться, но застыла с открытым ртом, потому что в холл на дикой скорости влетела Нелька, совершенно целая, здоровая, и недовольно сказала:

— Ну что еще надо? Сколько раз повторять: у меня косметолог сидит, потом парикмахер приедет. Дашка, привет, чего пришла?

— Как это? — прозаикалась я. — Ты же сама велела прибыть к четырнадцати, стол накрывать.

— Господи, — всплеснула руками подруга, — ну совсем головы нет. Не в четырнадцать, а в четыре! Иди домой, нечего под ногами путаться.

— У тебя шея не болит? — ляпнула я.

— Нет, — удивилась Неля, — с чего бы ей болеть? И вообще, что у нас происходит? Отчего тут охранники маячат?

Родя хохотнул и пояснил:

— Даша вызвала.

— С какой стати? — взвилась Неля.

— Она подумала, что я удушил тебя, — вздохнул Родя, — вот теперь требует твой труп, извини, помешал тебе готовиться к вечеру, но Дарья была очень решительно настроена, пришлось подчиниться.

— Ты с ума сошла! — наскочила на меня Неля.

— Прости, бога ради, — отбивалась я, — но я собственными глазами видела, как десять минут назад Родион ломал тебе шею!

Нелька шлепнулась в кресло и захохотала как безумная, я топталась около нее, не понимая, чем вызвана столь бурная реакция. Наконец Неля вытерла выступившие слезы.

— Господи, такое только тебе могло прийти в голову! Даша, у меня был массажист, Игорь Федорович. Он так сеанс завершает, ставит на место шейные позвонки. Они с Родей и впрямь похожи, оба за сто кило зашкалили, брюнеты, стригутся коротко. Ну и цирк!

— Дашенька, — мягко улыбнулся Родя, — ну зачем бы мне Неличку душить? Подумай сама, по какой причине?

— Ну повод, пожалуй, есть, она тебе всю жизнь... — начала было я и тут же прикусила язык. Только не хватало сейчас сболтнуть тут про супружескую измену! Нелька мне этого никогда не простит и будет права.

— Что всю жизнь? — продолжал светиться добродушием Родя.

— Пилит, словно циркулярная пила, — удачно выкрутилась я из непростой ситуации.

— Вовсе нет, — усмехнулся Родя. — Неличка меня воспитывает и совершенно правильно делает.

Заявление вполне в духе Кутепова, и если вы думаете, что он ехидничает, то жестоко ошибаетесь, Родя искренен, как двухнедельный щенок.

— Ладно, — Нелька встала из кресла, — все выяснилось, моя шея цела, Родион доволен семейной жизнью, я тоже, ступай, Дашка, домой, а вы, ребятки, топайте на пост и займитесь несением службы.

— Уж извините нас, — принялся оправдываться Слава, — сами бы никогда не пришли, Дарья Ивановна устроила такой переполох!

— Вовсе не удивительно, что подобная идея взбрела именно ей в голову, — хмыкнула Неля.

Глава 2

Через день, примерно в районе обеда, я валялась в саду на раскладушке, расшвыряв вокруг два томика Марининой и три Поляковой. Недавно сделала приятное открытие: большая часть детективов, прочитанных в прошлом году, прочно мною забыта, можно начинать знакомиться с ними заново.

Нынешний июнь выдался жарким, солнце безжалостно светит с прозрачно-голубого неба. Собаки забились в дом. Возле меня остался лишь теплолюбивый Хучик. Он никогда не уйдет от человека, который ест конфеты. Я подняла крышку набора «Монти» и обнаружила, что вкусные шоколадки превратились в липкую, отвратительную кашу, было большой глупостью оставлять их на солнце. В воздухе разливалась сонная истома. Я полистала книгу, читать не хотелось, пить чай или кофе тоже, выковыривать растекшиеся конфетки из фольги было противно. Да еще Хуч, навалившийся на меня всеми своими жирными складками, напоминал раскаленную печку. С мопсом хорошо обниматься зимой, а в знойную погоду вам это не понравится.

На участке стояла могильная тишина. Зайка и Аркадий парились на работе, близнецы мирно спали после обеда. Делать мне было решительно нечего, но и валяться на раскладушке больше не хотелось.

Я всунула ноги в шлепки и пошла на кухню. В конце концов, кто тут хозяйка? Надо проверить, все ли в порядке.

Решив заняться ведением домашнего хозяйства, я спросила у Ирки:

— Белье из прачечной привезли?

— Еще вчера, — зевая, ответила домработница.

— Поменяла его?

— Так я по средам всегда снимаю.

— Продукты есть?

— Всего полно.

— Может, съездить на станцию за хлебом?

— Три батона лежат, — пожала плечами Ирка.

— А мороженое? Наверняка забыли?

— С Машей забудешь, — влезла в разговор кухарка Катерина, — целый ящик коробками «Баскин-Робинс» забит.

— А еда для собак?

— Так вон пакет!

Я растерянно замолчала. И чем прикажете заняться? В полной тоске я поднялась наверх и столкнулась с няней, Серафимой Ивановной.

— Может, я погуляю с Анькой и Ванькой? — предложила я.

— Им еще два часа спать, — поджала губы няня, — и вообще, у детей режим! Вы бы пошли в сад, повалялись на раскладушке, книжечки почитали...

И она буквально вытолкала меня в коридор, приговаривая:

— Идите, идите, Дарья Ивановна, вы в прошлый раз Аньку с Ванькой угостили мороженым, разве это дело, а? Таким крошкам эскимо нельзя.

От полной тоски я влезла в «Пежо», доехала до станции и обнаружила, что на книжных лотках нет ничего волнующего.

— Придется в столицу катить, — в радостном предвкушении заявила я, разглядывая яркие томики.

— Это зачем же? — поинтересовался торговец.

— Куплю там новинки.

— Так ничего не выходило, — пояснил дядька. — Между прочим, у нас раньше, чем в Москве, новое появляется.

От полной безнадежности я скупила все газеты, которые нашлись в киоске, привезла их домой и швырнула в саду на раскладушку. Читать приобретенную желтую прессу не хотелось, а «Известия» оказались такими скучными и ложно многозначительными, что рот начала раздирать зевота. Не обрадовал и телевизор, делать было категорически нечего, нужно как-то убить тянущееся, словно эластичный чулок, время. Наверное, надо наплевать на советы домашних и взять себе хоть парочку учеников, иначе с ума можно сойти от скуки. Тот, кто считает, что ничегонеделанье прекрасно, глубоко ошибается. Хотя, может, кому и понравилось бы целыми днями пролеживать бока на кровати, но я сейчас завою!

В этот момент ожил телефон. С невероятной радостью я схватила трубку и услышала голос Нели:

— Эй, ты занята?

— Нет! — заорала я. — Совершенно свободна!

— Тогда топай ко мне, подарки разбирать.

В полном восторге от того, что наконец нашлось занятие, я кинулась на другой конец Ложкина, даже забыв причесаться.

Огромная терраса Нелиного дома была заставлена букетами.

— Сколько цветов, — ахнула я, — можно магазин открывать.

— А что, — засмеялась подруга, — отличная мысль — встать у дороги и начать бизнес, но, боюсь, Роде эта идея не придется по вкусу. Ладно, пошли в библиотеку.

Двадцатиметровое помещение было завалено пакетами, свертками, кульками и коробками. Мы уселись на пол и принялись разрывать обертки. Каждый подарок был тщательно упакован в яркую бумагу и снабжен бантиком или розочкой из ленточек. О красивой обертке позаботились абсолютно все гости, но большинство из них забыли положить внутрь визитные карточки или открытки, и теперь Нелька гадала:

— Кто припер эту идиотскую статуэтку? Вот жуть.

— По-моему, ничего, — вздохнула я. — Зайке бы понравилось, она собирает собачек.

— Отлично, — обрадовалась Неля, — значит, сей урод отправится к Ольге.

— Не надо. — Я попыталась сопротивляться.

— А это Машке, — Неля не обратила никакого внимания на мое замечание, — во, килограммовая коробка «Моцарт», пусть ребенок ест и радуется, мне нельзя, мигом стану на Хуча похожей, а у Али аллергия.

Мы просидели часа три, сортируя подарки. В результате гор с сувенирами оказалось четыре. Кое-что предназначалось моим домашним, кое-что Нелька решила оставить себе.

— Гляди, — она потрясла куклой над головой, — вот чу́дные, интересно, кто же додумался такое припереть?

Игрушка выглядела шикарно, ее явно купили в дорогом магазине. Кукла, примерно пятидесяти сантиметров длиной, была одета в роскошное кружевное платье, ее крохотные ножки обуты в белые кожаные туфельки с бриллиантовыми пряжками. Волосы, пышные, белокурые, завитой копной падали на плечики. Фарфоровое личико украшали огромные голубые глаза с чересчур загнутыми ресничками. На правом запястье у куколки болталась сумочка, расшитая бисером.

— Ну на фига мне кукла? — вздохнула Неля. — И, конечно же, при ней нет визитной карточки. Люди совсем идиоты! В гостях было двести человек, неужели я могу запомнить, кто какую коробку принес? Ведь не вскрывали подарки, их просто сносили в библиотеку.

— Наверное, кукла предназначалась твоей дочери.

Неля засмеялась:

— Вот уж Аля обрадуется! Куколка мигом окажется на помойке.

Я вздохнула: действительно. Алечке недавно исполнилось четырнадцать, но это весьма серьезная девица — вся в отца. Аля целыми днями занимается, мечтает получить золотую медаль, а вечером, когда остальные дети ее возраста носятся по Ложкину или смотрят кино, сидит у компьютера. При этом не надо думать, что девочка торчит в каком-нибудь дурацком сайте или играет в «бродилку», нет, Алечку интересуют образовательные программы. Неля не смогла наладить контакт с дочерью, зато у Роди с девочкой много общих интересов. К слову сказать, они оба увлекаются симфонической музыкой, а в прошлом году Аля, ловко управляясь с хитрыми приборами, сделала карту Ложкина. Взрослые любят Алечку и вечно ставят девочку в пример своим отпрыскам, за что те ее терпеть не могут и никогда не зовут в свои игры. Но Але, честно говоря, плевать на компании.

— Ой, — раздался за моей спиной Машкин голос, — откуда у вас Сара Ли?

Я обернулась и спросила:

— Маня, кто такая Сара Ли?

— Так вот она, у Нели в руках, — ответила девочка, — разве вы фильм «Ужас Норфолка» не видели?

— Нет, — хором ответили мы с Нелей.

— И книгу не читали? — недоумевала девочка.

Я покачала головой.

— Мусечка, — заорала Маня, — ну ты даешь! Весь мир знает, а ты даже и не слышала! Нельзя же только одни криминальные романы покупать!

И почему мои домашние так настроены против детективов?

— Может, ты и про Гарри Поттера не слышала? — ехидничала Маруська.

— А что, эта Сара Ли так же известна? — поинтересовалась я.

— Ну да, — кивнула Маня, — в России, правда, чуть меньше, чем на Западе, в Париже этой куклой повсюду торгуют.

— Чем же она замечательна? — поинтересовалась Неля.

Маруська фыркнула:

— Она убийца.

— Что? — подскочила я.

Девочка села в кресло и снисходительно заявила:

— Темные вы люди, ладно, слушайте. Книга про Сару Ли была написана школьной учительницей Маргарет Куль еще в начале двадцатого века, но тогда повесть не произвела никакого впечатления на читателей, и ее быстро забыли.

Я внимательно слушала обстоятельный рассказ. Рано или поздно наступает такой момент, когда дети в каких-то вопросах становятся компетентнее родителей. Недавно я поняла, что ничего не понимаю в компьютере, зато Маруська великолепно ладит с «консервной банкой», и вот теперь приходится признать, что она читает такие книги, о которых я и не слышала.

Повесть про Сару Ли скорей всего оказалась бы похороненной под толщей времени, но пять лет тому назад один голливудский режиссер случайно наткнулся в архиве на потрепанный томик. Сюжет показался парню забавным. В день рождения девочке Маргарет дарят куклу по имени Сара Ли. Игрушка не понравилась имениннице и была отправлена на помойку. Утром девочку нашли мертвой, а Сару Ли на полке. Несчастного ребенка похоронили, куклу изрезали на куски. Но через пару дней была убита сестра девочки, а Сара Ли вновь, целая и невредимая, восседала на шкафу. Не буду вас утомлять подробностями, куколка расправилась со всей семьей, а потом исчезла, словно ее и не было. Орудие убийства Сара Ли держала в своей расшитой бисером сумочке, это был крохотный золотой кинжальчик, который она втыкала жертвам прямо в сердце. Убивать кукла начинала тогда, когда ее обижали, допустим, выбрасывали из дома, тем же, кто ее любил, она помогала, уничтожая их врагов. На мой взгляд, полнейший бред, не имеющий никакого отношения к жизни. Крохотным ножичком человека очень трудно зарезать, чтобы ранить кого-либо в сердце, надо иметь кинжал с лезвием не менее пяти сантиметров, но никто из зрителей не заметил торчащих из сценария «ушей». Весь мир мигом охватила «Саромания». Издатели подсуетились и издали многотомное продолжение истории, написанное уже в наше время. На прилавки магазинов выплеснулся поток кукол. Сару Ли стало прикольно приносить на дни рождения и с чувством говорить: «Полюби ее, иначе смерть придет за тобой».

Тинейджерам эта забава очень нравилась, тем более что по телику начали крутить многосерийный фильм, в котором главная героиня — ее, как вы догадываетесь, естественно, звали Сара Ли — мочила всех направо и налево. Жуткий ужастик, перед которым померк даже бессмертный Фредди Крюгер.

— Во, — щебетала Маня, раскрывая сумочку, — глядите, кинжальчик! Здоровский!

— Забирай себе уродку, — велела Неля.

— Нет, — покачала головой Маруська, — не хочу.

— Не стесняйся, — приободрила я девочку, — вон там Неля тебе еще целую кучу сувениров приготовила, ей надарили гору всякой дряни, девать некуда!

— Ой, «Моцарт», — обрадовалась Манюня, — и кулончик какой прикольный! Вам не жалко? Похоже, он золотой.

— Бери-бери, — махнула рукой Неля, — и куклу прихвати.

— Нет, — попятилась Маня, — не хочу, не нравится она мне.

Тут в комнату заглянула Аля.

— Во, — закричала Маруська, — гляди, чего Неле принесли! Сару Ли, самую настоящую! Все, теперь запирайся хоть на лазерный замок, не поможет.

— Это кто? — вытаращилась Аля.

— Ты не читала про Сару Ли? — в очередной раз удивилась Маня. — Про куклу-убийцу? Ну даешь!

— Меня не интересуют сказки, — с достоинством ответила Алечка, — тем более глупые, про кукол. Максимум, на что я способна, — это прочесть книги про хоббитов.

— А Гарри Поттер? — взвилась Маня.

— Отстой, — пожала плечами Аля.

— Ступайте спорить в детскую, — велела Неля и вытолкнула девочек за дверь.

Те, прихватив с собой огромную коробку «Моцарта», убежали, а мы с Нелькой продолжили прерванное занятие.

После жаркого дня наступила не менее душная ночь. Я включила кондиционер, но потом передумала и распахнула окно. Но вместо ожидаемой ночной свежести в комнату вплыл густой и вязкий, как кисель, воздух. Я облокотилась о подоконник и вытащила сигареты. Два часа ночи, в доме все спят, только из-под Маруськиной двери пробивается тоненькая полосочка света, девочка торчит в Интернете, но она не станет поднимать шум, если унюхает дым.

Я молча разглядывала крупные звезды, усеявшие темно-синее ночное небо, похоже, завтра на нас вновь обрушится жара.

Внезапно на дороге, ведущей к воротам, показались два огня, они мелькнули за деревьями, потом за зеленью стало вспыхивать что-то голубое. Я насторожилась. К кому-то приехала либо «Скорая помощь», либо милиция. Хотя второе маловероятно, в Ложкине живут солидные люди, предпочитающие тихо решать свои проблемы.

Я легла в кровать и зажгла лампу. Почитаю дурацкие газеты. Так, «Известия» сразу в помойку, эту нудятину не стану даже в руки брать. Погляжу лучше «Осу», в ней печатаются ужасно смешные сплетни. Развернув лист, я чуть не упала с кровати, увидав материал. «Праздник Нели Кутеповой». Собственно говоря, ничего странного в том, что на светскую вечеринку прошел фотограф, не было. Скорей всего Нелька сама зазвала парня, ей нравится, когда о семье Кутеповых пишут в газетах. Убило меня другое.

В центре полосы была помещена фотография. Я, одетая в черное платье, держу в правой руке бокал с коньяком, опять же ничего особенного, скажете вы. Погодите, не дослушали. Левая моя рука нежно обнимает отвратительного рыжего парня, который улыбается во весь рот. Подпись под снимком гласила: «Всем известно, что Даша Васильева редко ходит на вечеринки и никогда не устраивает их у себя дома, наверное, из патологической жадности, потому что денег на покупку торта у нее явно достаточно. И уж если дамочка заявится к вам, будьте уверены, она окажется в одиночестве, своих любовников Даша прячет от общества. Но на день рождения нашей любимой Нелички Даша прибежала самой первой, даже раньше нашего фотографа, и весь вечер нежно прижималась к своему кавалеру. Мы провели небольшое расследование и выяснили, что амант[1] нашей недотроги Виктор Ханышев, профессор, доктор наук, женатый человек. Ай-яй-яй, Дарья, нехорошо разрушать чужую семью. Впрочем, Виктора можно понять, зарплата

---

[1] Амант — любовник.

бюджетника невелика, а роман с Дашуткой решит все его проблемы».

От злости я скомкала страницу и зашвырнула ее в угол. «Не хочешь себе зла, не делай людям добра». Сколько раз моя бабушка со вздохом повторяла эту фразу. Ну зачем я согласилась выручить Нельку? Любовника ей, видишь ли, захотелось пригласить!

Виктор ходил за мной хвостом весь вечер. Выглядел он отвратительно, удивительно сейчас узнать, что эта сомнительная личность — профессор. Судя по разговорам, которые вел мужик, он больше походил на бомжа. Буквально через слово Ханышев говорил «б...», чем отвратил меня окончательно. Я не ханжа и сама могу иногда высказаться от души. Не далее как неделю назад ехала себе спокойно в среднем ряду, увидела красный свет, стала притормаживать... Вдруг невесть откуда выскочил таксист и замер передо мной. Чудом избежав столкновения, я опустила стекло и...

Заслушался даже постовой, который переключал светофор. Но мне и в голову не придет разговаривать матом, как этот «профессор». К тому же Виктор быстро напился, начал хватать меня за разные места. Пришлось бить его по рукам, и если вы полагаете, что он устыдился, то жестоко ошибаетесь. Виктор только хихикал:

— Ну, погоди, ты же моя любовница, не стесняйся, кошечка!

Еще хорошо, что Маруська поглощала роскошное угощение и не следила за мной, а Зайка с Аркадием явились на тусовку поздно, когда Виктор уже храпел на одном из диванов. И вот, пожалуйста, я любуюсь на снимок и читаю жуткий текст. Одна радость, никто из домашних никогда не покупает «Осу». Я встала с кровати, подняла смятую газету и на всякий случай разорвала ее на мелкие-мелкие кусочки, а потом спокойно заснула, забыв закрыть окно.

Глава 3

Я не люблю рано вылезать из-под одеяла. Просто не могу проснуться раньше десяти утра. Но большую часть жизни мне приходилось вскакивать ровно в шесть. Первая пара в вузах начиналась в девять, дорога от дома до работы занимала полтора часа, а еще следовало умыться, причесаться, накраситься и почистить картошку на ужин. Убегая из квартиры в полвосьмого, я возвращалась около десяти вечера, потому что, не будучи кандидатом наук, получала всего девяносто рублей, и приходилось мотаться по частным урокам. Сами понимаете, что в то время о личной машине можно было только мечтать, впрочем, о поездках на такси тоже, за сезон я стаптывала по две пары обуви. Как назло, дети, которым родители нанимали репетитора, жили в самых разных концах города, и я тупо тряслась в переполненных вагонах метро, совершая рейс «Кузьминки» — «Речной вокзал» — «Щелковская».

Некоторые из моих коллег быстро находили очень удобные уроки, подбирали детей, живущих возле своего дома, и просто перебегали из подъезда в подъезд, но мне это не удалось ни разу. Если появлялись новые ученики, то один обязательно жил на «ВДНХ», а другой на «Молодежной». До сих пор мне снится кошмар: поднимаюсь, еле дыша, на пятый этаж — отчего-то все мои дети жили в домах без лифта, — под самой крышей звоню в дверь. Она распахивается, на пороге появляется Дима Гусев, чудный мальчик, но жуткий лентяй, вечно переставлявший перед приходом «француженки» стрелки часов на десять минут вперед.

— Даша? — удивляется он.

Вот еще одна странность, через месяц после знакомства со мной все ученики мигом забывали мое отчество и начинали звать меня по имени.

— Ты мне не рад? — улыбаюсь я. — Думай о том, что через час я уйду.

— Да нет, — бормочет мальчик, — просто у меня урок в пятницу, а сегодня четверг, вам к Теме надо.

Я выхожу на лестничную клетку, прижимаюсь лбом к оконному стеклу и чувствую, как по щекам текут слезы. Господи, Дима живет у метро «Войковская», а Тема в Ясеневе, мне ни за что не успеть добраться до места вовремя, следовательно, денег за урок не будет.

До сих пор, если меня домашние вытаскивают ни свет ни заря из постели, первой в полупроснувшемся мозгу появляется паническая мысль: опоздала на работу! И только через пару секунд, когда глаза видят потолок спальни в Ложкине, приходит радостное озарение: с репетиторством покончено навсегда.

Теперь понимаете, почему сегодня, когда Маня ворвалась ко мне в спальню с воплем: «Немедленно вставай», — я в ужасе села и принялась нащупывать халат. Но потом откинулась назад на подушку и пробормотала:

— Что случилось? У нас пожар?

— Нет, — ответила Маня.

— Тогда посплю еще часок, восьми нет. Если хочешь взять какие-то вещи у меня в ванной, забирай бога ради, а я полежу спокойно.

— Родя умер, — сказала Маруська.

Я вяло раскрыла глаза.

— Совершенно неудивительно, он выпил безумное количество мартини. Впервые я видела Родиона пьяным, а похмелье у таких людей очень тяжелое, организм не привык к спиртному. Хотя вчера он ездил на работу.

— Родя умер, — повторила Маня, — упал на нож.

Я чуть не скатилась с кровати.

— Марья! Ты шутишь!

— Муся, — укоризненно произнесла девочка, — даже первого апреля мне не пришла бы в голову подобная шуточка. Неля пошла в туалет ночью и увидела мужа в библиотеке, он упал на кинжал, похоже, несчастье случилось вечером, как только все легли спать.

Я схватила джинсы, футболку и понеслась на окраину Ложкина, не обращая внимания на недовольный лай местных собак.

В просторном холле, где совсем недавно ви-

сели разноцветные шарики и бродили подвы-
пившие гости, стоял густой запах валокордина.
Незнакомая мне женщина в белом халате вынырнула из коридора, неся блюдечко, на котором горкой громоздились пустые ампулы.

— Родя жив, — обрадовалась я.

Медичка подняла лучистые карие глаза:

— Кто?

— Родион, хозяин дома.

— Мы приехали уже после того, как труп
увезли, — пояснила медсестра.

— А уколы кому делали? — глупо спросила
я. — Вон сколько ампул!

— Жене плохо.

— Неле?

— Наверное, — пожала плечами женщина, — поговорите с доктором, мое дело шприц
воткнуть, все вопросы к Владиславу Михайловичу.

Но никаких ответов я не получила. Неля
спала, ей ввели какое-то лекарство. Горничная
Ксюша тупо бормотала:

— Ой, мамочки, жуть! Ой, страх господний!

От девушки сильно пахло валерьянкой, и
она не была способна ни на какие разговоры.
Я сидела в холле на диване, размышляя, как
поступить. Наверное, следует вернуться к себе
и прийти к Неле через пару часов. Но тут тихонько отворилась входная дверь, и в дом про-
шмыгнула Аля, как всегда, спокойная.

— Деточка, — подскочила я, — ты как?

— Ничего, — прошептала девочка, — тошнит только и голова болит. Наверное, от лекарства, я и пикнуть не успела, как медсестра мне сделала укол. Вот постояла в саду, вроде легче стало. Вы знаете, что у нас случилось?

— Да, — кивнула я.

Аля села на диван.

— Он лежал в библиотеке, — монотонно раскачиваясь, начала говорить девочка, — весь такой желтый, а крови мало...

— Ты лучше помолчи, — тихо попросила я.

— Нет, — уперлась Аля, — пойдемте, покажу, где все случилось.

— Может, не стоит?

— Пошли, — топнула ногой Аля, — все сами увидите.

— Муся, — прошептала возникшая неизвестно откуда Машка, — ей лучше выговориться.

Я встала и на ватных ногах поплелась в библиотеку. Меньше всего мне хотелось смотреть на пятна крови.

Но в просторном помещении, где Родион хранил несметное количество книг, было чисто.

— Папа любил ночью, когда все спят, сидеть вот в этом кресле, около лампы, рассматривать свои коллекции или читать, — пояснила Аля.

— Люди, как правило, берутся за книги в постели, — пробормотала я.

Аля тяжело вздохнула:

— Так в спальне еще мама есть, а она ни за что не даст спокойно почитать. Сама возьмет какой-нибудь идиотский «Космо» и начнет к

папе приставать: «Посмотри, отличный костюмчик! Ой, замечательная сумочка! Давай на
тест ответим?» Долго такое не выдержишь, вот
папа и устраивался в библиотеке, там его никто
не дергал. Знаете, что самое непонятное?

— Ну? — воскликнули мы с Машкой в один
голос. — Говори скорей!

— Кто убил папу? — прошептала Аля. — Зачем? Он никому не мешал, со всеми дружил,
его очень любили. Папа не мама, это она вечно
на всех орет, придирается... А папочка тихий.

Внезапно по щекам Али потекли слезы, и я
обрадовалась, слава богу, ребенок заплакал, теперь ему должно стать легче.

Вдруг Аля подняла голову и закричала:

— Что это?!

В ее голосе звучали страх и удивление. Я просила:

— Где?

— Да вон там, на полке, — нервно дергая
себя за кофту, сказала Аля, — около красной
вазы.

— А-а, не волнуйся, это всего лишь кукла,
ее твоей маме подарили на день рождения, —
спокойно ответила я.

— Сара Ли, — подхватила Маня, — она без-
обидная, пойдем, Аля, чаю выпьем.

— Нет, — пробормотала девочка, уставив-
шись на куклу, облаченную в кружева, — нет,
не может быть! Как она сюда попала?

— Наверное, Неля велела горничной поса-
дить Сару Ли в библиотеке, — предположила

я, — в качестве украшения, очень симпатичная игрушка.

Я кривила душой. Сара Ли совсем не казалась милой, в ее правильном круглощеком личике было нечто зловещее, но не пугать же и так находящуюся на грани обморока Алю.

— Замечательная кукла, — сладко-фальшивым голосом пела я, — ей самое место среди старинных фолиантов.

Аля подняла залитое слезами лицо.

— Нет. Мама, разобрав подарки, сказала: «Не нравится мне эта особа, противная очень, может, передарить кому?» Тут появился папа и велел Ксюше: «Отнеси эту дрянь на помойку, и дело с концом».

Горничная выполнила приказ хозяев.

— Откуда же она тут снова взялась? — шепнула Аля. — Как попала в дом? Вы знаете, что эта кукла всех убивает? Я, правда, сама книжек про нее не читала и кино не смотрела, но Маша вчера все в подробностях рассказала.

Я с укоризной посмотрела на Машку, но она, разинув рот, разглядывала Сару Ли и не обратила на мой немой упрек никакого внимания.

— Это она, — внезапно заголосила Аля, — она убила папу, потому что тот велел выбросить Сару Ли на помойку. У нее в сумке кинжал, давайте посмотрим, нет ли на нем следов крови?

Я дернулась было в сторону полки, но тут же рассердилась на себя и решительно заявила:

— Глупости! Вурдалаков, упырей и убивающих всех направо и налево кукол не бывает! Это всего лишь глупые выдумки. Ну-ка, вы рассказывали когда-нибудь друг другу истории про красную руку?

— Нет, — пискнула бледная Маня.

— Нет, — эхом отозвалась Аля.

— О господи, — покачала я головой, — темные люди, совершенно не знаете страшилок. Одной девочке на день рождения подарили красный-красный торт, с огромной красной-красной розой посередине. «Доченька, — сказала ей мама, уходя на работу, — ни в коем случае не трогай красную-красную розу, иначе будет плохо». Но непослушная девочка взяла вилку и ткнула в красную-красную розу. Тут же из торта выскочила красная-красная рука и, сказав: «Зря ты не послушалась маму», задушила девочку. Когда мать вернулась домой, в чистой-чистой комнате стоял красный-красный торт, с красной-красной розой, а на полу лежала синяя-синяя, мертвая девочка.

— Ну и глупость, — пробормотала Аля.

— Не скажи, — усмехнулась я, — мы рассказывали это ночью, в пионерском лагере, когда был потушен свет, весь отряд визжал от ужаса.

— Дурее ничего не слышала, — заорала Маня. — Во-первых, рука не может разговаривать, во-вторых, откуда она взялась в торте?

— Не глупей вашей истории про Сару Ли!

Девочки переглянулись, потом Аля тихо сказала:

— Но Ксюша отнесла ее на помойку!

Я решительно схватила подростков за плечи и вытолкнула в коридор.

— Ступайте в сад, посидите там в тенечке, сейчас, наверное, приедет милиция.

— Она уже тут, — пояснила Аля, — наверху, у отца в кабинете. Как Сара Ли попала назад в дом?

Я на секунду задумалась, потом улыбнулась.

— Все мистические обстоятельства имеют самые обычные объяснения. Просто Ксения забыла о приказе хозяина. Вот что, бегите в беседку, а я для вашего спокойствия расспрошу горничную. Сто против одного, что она воскликнет: «Ой, просто выпало из головы».

Слегка успокоенные, дети выскользнули за дверь, а я пошла искать Ксюшу.

Девушка была в столовой, где старательно протирала тряпкой буфет, в воздухе сильно пахло полиролью.

— Ксения, можно вас на минуточку?

Та отложила кусок фланели.

— Слушаю, Дарья Ивановна.

— Вчера вас попросили выбросить на помойку куклу, куда вы ее дели?

Ксюша удивленно вскинула брови:

— Так отнесла в контейнер.

— Какой?

— Мусорный, конечно. Он у нас в конце участка стоит, на площадке.

Я кивнула. У нас тоже в коттеджном поселке для отходов отведено специальное место, собственно говоря, «урны» находятся за забором, стоят вдоль небольшой дороги, по которой ездит мусорщик. Уж и не знаю, когда он появляется, крайне редко хожу с ведром на площадку, за последние два года это случалось всего один раз.

— Вы точно помните, что бросили куклу в мусорный бак?

— Что я — идиотка? — обиделась Ксюша. — Сунула ее в ящик, крышкой прикрыла, потом жутко неприятно было назад идти.

— Почему?

— А она на меня так глядела, когда я крышку опускала, — затарахтела Ксюша, — словно живая, прям не по себе стало. Побежала к дому, а сзади голос доносится: «Эй, Ксения, верни меня в библиотеку».

— Прямо-таки голос, — я недоверчиво покачала головой, — небось ветер в листьях шумел.

— Нет, — обиженно ответила Ксюша, — я очень хорошо слышала, детский такой говорок, быстрый, тоненький. Несусь по дорожке, а он словно за мной бежит и талдычит: «Забери, забери... Ну, погоди, Ксения, плохо тебе будет, плохо, плохо...» Чуть со страху не умерла, до сих пор душа в пятках!

Я растерянно смотрела на девушку. Ксении не так много лет, по виду не больше двадцати, она еще не вышла из детского возраста, вот и мерещится глупышке всякая чушь!

— Дарья Иванна, — внезапно спросила Ксюша, — как вы думаете, ничего со мной не произойдет, а? Говорят, эта кукла всех убивает, кто ее обидит! Родион Сергеевич велел ее вынести на помойку, и чего вышло?

— Послушай, — обозлилась я, — не пори чушь! И не вздумай рассказать Але или Неле дурацкую историю про таинственный голос, ясно? Если станут расспрашивать, спокойно отвечай: простите, мол, забыла про Сару Ли, оставила на полке!

— Зачем же врать? — прошептала Ксюша и затряслась, словно больная обезьянка.

— Затем, что эта кукла сейчас сидит в библиотеке!

Горничная уронила тряпку.

— Мамочка! И не просите, больше ни за что не возьму ее в руки! Пусть Неля Михайловна меня увольняет! Никогда, нет!

На ее глаза навернулись слезы, лицо побледнело, губы затряслись.

— Немедленно прекрати истерику, — рявкнула я, — никто не просит тебя ничего делать! Сама справлюсь с проблемой! И имей в виду, если узнаю, что ты рассказала идиотскую историю про голос, тебя точно уволят! Поняла?

— Ага, — всхлипнула Ксюша и подняла тряпку.

Я решительным шагом прошествовала в библиотеку и схватила Сару Ли за противно мягкое тельце. Похоже, в этом доме все, кроме меня, сошли с ума. Но я не верю ни в сказки, ни в кукол, убивающих людей. Просто среди огромного количества подарков, очевидно, оказались две одинаковые куклы, подарили же Неле идентичные упаковки духов. А может, среди гостей нашлась парочка идиотов, решивших пошутить. Есть такие люди, притаскивающие в подарок кретинские картинки с надписью «разбей стекло» или кружки, из которых невозможно напиться, потому что вода выливается из проделанных в боках дырок.

До мусорного контейнера я долетела вмиг, подняла тяжелую крышку и уже было собралась швырнуть Сару Ли на кучу банановой кожуры, но внезапно пальцы сами собой схватили сумочку из бисера, болтавшуюся на крохотном запястье.

Внутри мешочка лежал миниатюрный золотой кинжальчик, размером с половину моего мизинца. Лезвие было покрыто бурыми пятнами.

Я запихнула куклу в вонючее нутро контейнера и начала опускать крышку, но она подавалась с трудом. Я уже почти закрыла контейнер, но тут крышка, словно живая, спружинила и взметнулась вверх. По моим пальцам потекла кровь. Взгляд невольно упал в контейнер.

Сара Ли лежала на спине, раскинув ручонки. Ее глаза, немигающие, огромные, производили жуткое впечатление. Этой красивой кукле было не место среди пустых пакетов из-под молока, картофельных очистков и смятых бумажных салфеток. Внезапно откуда-то сбоку понесся тихий въедливый шепоток:

— Даша, возьми меня, возьми, не оставляй тут!

В ужасе я ухватилась за крышку и, капнув на белоснежное кружевное платье кровью, мигом захлопнула контейнер.

— Ну, погоди, — завел голосок и внезапно захлебнулся.

Чувствуя, как внутри желудка ворочается огромный раскаленный ком, я подбежала к громоздящейся неподалеку куче кирпичей и навалила их на крышку. Все, теперь Саре Ли ни за что не выбраться. Предположим, она сумела вчера открыть контейнер, но сегодня сдвинуть крышку не под силу даже слону.

Я посмотрела на разодранные в кровь, покрытые оранжевой пылью руки и внезапно успокоилась. Господи, безумие заразно, это всего лишь кукла, преглупая история. Внезапно я вспомнила выпачканный темно-бурой жидкостью кинжальчик. Ерунда, производители Сары Ли, чтобы добиться пущей правдоподобности, сунули в сумочку «окровавленный» нож. И, конечно, никакого голоса я не слышала, это просто игра воображения.

Я постояла пару секунд у контейнера, потом положила сверху еще пару кирпичей и с такой скоростью, словно за мной гналась смерть, побежала назад.

Глава 4

Вечером, за ужином, Маруська самозабвенно рассказывала про Сару Ли.

— Сделай одолжение, — хмуро буркнул Аркадий, — замолчи.

— Нет сил слушать эту галиматью, — мигом подхватила Зайка.

— Ага, — взлетела над стулом Маня, — не глупей твоих репортажей. Ах, ах, наши выигрывают в футбол, команда в хорошей форме... И чего? Продули всем.

— Это игра, — обозлилась Зайка, — на поле все может случиться, прогноз делать трудно, а ты рассказываешь чушь!

— И кто, по-твоему, убил Родю? — налетела на Ольгу Маня. — За что?

Аркадий отодвинул тарелку.

— Любовница прирезала, из ревности.

— Это невозможно, — покачала я головой. — Родя никогда не изменял Неле.

— Откуда сие известно? — без всякой улыбки спросил Кеша.

Я растерялась.

— Просто знаю. Родя верный муж.

— Про тебя тоже болтают: «Даша живет без любовника».

— Что-то я не пойму тебя.

— Чего уж там, — оттолкнул от себя тарелку Аркадий, — сегодня я застрял в пробке, и магнитола, как назло, сломалась, похоже, предохранитель перегорел. Сижу, тоскую. Вдруг мимо дядька шлепает, торгует газетой «Оса», я купил, развернул, а там... Сейчас покажу.

И Аркадий исчез за дверью. Я мгновенно оценила ситуацию. Так, сейчас домашние увидят фоторепортаж и накинутся на меня с кулаками. Конечно, ужасно, что Родя убит, но теперь я могу рассказать, как обстояло дело, никому больше не упрекнуть Нелю в измене.

— Не верьте, — быстро начала я.

Дегтярев отложил в сторону вилку.

— Чему?

— Ну тому, что увидите в газете.

— Да? — нахмурился полковник. — Интересненько. Ну-ка колись, голубка, опять влипла в историю?

— У нас скоро появится папочка, — заявил Аркадий, входя в столовую, — вот полюбуйтесь.

Газета пошла по рукам.

— Какой противный, — возмутилась Зайка, — рыжий, конопатый, глазки-щелочки, просто пьяный кабанчик.

— Виктор выпил. — Я решила ввести всех в курс дела, но, очевидно, начала не с того конца.

— Так он алкоголик, — протянула Ольга, — отвратительно.

Дегтярев налил себе чаю и ехидно заявил:

— Я не считаю себя красавцем, но рядом с этим экземпляром чувствую себя Бахусом.

— Ты, наверное, имеешь в виду Аполлона, — машинально поправила я полковника, не слишком разбирающегося в античной мифологии.

— Не занудничай! — прошипела Зайка. — Ты, Александр Михайлович, просто Адонис, Зевс и кто там еще...

— Гефест, — не к месту ляпнула Маня, тоже не слишком сведущая в обитателях Олимпа.

— Гефест был хромой, — не утерпела я.

— Ладно. Прометей, — довольно мирно согласилась Ольга.

Я хотела было напомнить, что Прометей закончил весьма плачевно, прикованный к скале, да еще в компании с орлом, который регулярно клевал его печень, но потом решила, что сравнение с Прометеем самое правильное. Полковник, если слегка позволит себе за столом лишнее, мигом хватается за аллохол — у Александра Михайловича барахлит желчный пузырь.

— Прекратите, — обозлился Аркадий, — нашли о чем спорить! Гефест, Бахус... Совсем обалдели. Мать, немедленно отвечай, какие у тебя планы в отношении этого типа. Мы не готовы к появлению нового папеньки.

— Да, не готовы, — вякнула Маня, — был бы нормальный, еще туда-сюда, а этот...

— Вы зря злитесь, Виктор — любовник Нели, — начала я оправдываться.

— Понятненько, — пробормотал минут через десять полковник, — значит, выручила подружку, ну-ну!

В глазах остальных членов семьи тоже читалось недоверие, и я со вздохом сказала:

— Пойду лягу.

— Спи спокойно, — процедил Кеша.

— Сладких тебе снов, — прошипела Зайка.

— Чистая совесть — лучшая подушка, — с ментовской прямотой заявил полковник.

Маруська сделала вид, что поглощена пирожком с мясом. Я подхватила Хучика и удалилась. Позлятся и перестанут — эка невидаль.

Моя спальня находится на втором этаже, и летом я люблю курить, опершись на подоконник. Но сегодня включила кондиционер и нырнула под одеяло, не раскрывая окна. Из головы не выходила кукла. Сколько раз я убеждалась, что самые таинственные обстоятельства имеют наипростейшие объяснения, хотя порой дело выглядит просто невероятно.

Году этак в 79-м Ваня Глотов, один из моих кавалеров, так и не ставший мужем, позвал меня на рыбалку. Пикантность состояла в том, что за окном стоял январь. Ванька увлекался подледным ловом. Здесь надо отметить, что Глотов совершенно свободно владел португальским языком, закончил в свое время иняз и регулярно ездил в Лиссабон. И вот представьте себе картину. Ясный морозный день, на замерзшей реке сидят закутанные в тулупы и одетые в валенки с калошами ненормальные энтузиасты. С регулярностью в полчаса мужики вытаскивают из рюкзаков бутылки с водкой и лихо опрокидывают стаканы. Я, не умеющая и не любящая пить «огненную воду», замерзла до такой степени, что потеряла возможность жевать. Ванька сунул мне бутерброд с колбасой по два рубля двадцать копеек, но мои челюсти отказывались повиноваться. Никогда в жизни мне не было так плохо.

И тут, непонятно откуда, появился автобус с туристами, и гид бодро залопотал по-португальски:

— Посмотрите налево, перед вами, на той стороне реки, виднеется храм, в прежние века верующие добирались до него на лодках...

Я, владеющая немецким и французским, понимала лишь отдельные слова, зато Ванька внимательно слушал парня, а потом тихо сказал мне:

— Произношение никуда, и ошибок много делает. Какого черта сюда занесло интуристов?

И тут один из экскурсантов, мужчина, облаченный в дубленку, спросил:

— В каком году построен храм?

Толмач замялся, но, очевидно, он хорошо усвоил «правило переводчика»: если не знаешь дату, называй любую, маловероятно, что в толпе окажется знаток истории.

— В тысяча шестьсот двенадцатом, — не моргнув глазом сообщил парень.

— Вовсе нет, — на чистейшем португальском заявил Ванька, — там на фронтоне другая дата — тысяча пятьсот шестьдесят восьмой.

Туристы разинули рты, переводчик поперхнулся. Иностранцы первыми пришли в себя.

— Откуда вы так хорошо знаете наш язык? — не выдержала одна из женщин.

Ванька ухмыльнулся:

— А у нас те, кто занимается подледным ловом, обязаны общаться друг с другом на португальском.

Интуристы многозначительно переглянулись и толпой бросились в автобус.

— Ну ты даешь! — всплеснул руками переводчик. — Они меня третий день изводят, везде видят агентов КГБ, теперь все, из номеров не выйдут.

Глотов засмеялся и потянулся к водке. Автобус стартовал с места, через окна мне были видны испуганные лица португальцев. Скорей всего они уехали к себе домой, пребывая в полной уверенности, что КГБ пасло их постоянно. Никому и в голову не пришло простое объяснение: среди рыбаков случайно нашелся профессиональный переводчик.

Вот так и с куклой...

А вообще пора спать. Я погасила свет, уютно свернулась калачиком под одеялом и с наслаждением зевнула. Господи, хорошо-то как!

В комнате свежо, но я укрыта отличным пуховым одеялом, подушка не жесткая и не мягкая, ортопедический матрас великолепно поддерживает тело, на тумбочке стоят бутылка с минеральной водой и пакет апельсинового сока, рядом лежит коробочка конфет. Что еще нужно для счастья! Хучик раскинулся в ногах, Черри сопит в кресле, Бандюша и Снап развалились на прикроватном коврике, а Жюли бродит по дому. Кошки, очевидно, отправились на охоту. С первого этажа не доносилось ни звука. Аркадий и Зайка, наверное, уже легли, Маня влезла в компьютер, а Дегтярев смотрит телевизор — полковник обожает идиотский сериал «Крутой Уокер», небось представляет себя на месте главного героя: вот он лихо разбрасывает во все стороны врагов и ловко распутывает сложные преступления.

Я стала плавно погружаться в сон. «Тук-тук», — донеслось со двора. Какая-то ненормальная птица решила заняться ночью строительством гнезда. «Тук-тук». Неужели дятел?

Хучик сел и зарычал. Темная полоска шерсти, бегущая у мопса посередине спины, поднялась и встала дыбом.

— Спи, дорогой, — пробормотала я, — это безумная домовитая птичка.

Но Хуч продолжал беспокоиться, он соскочил с кровати и поковылял к окну. Снап нехотя пошел за мопсом. Банди поднял голову и замахал хвостом, одна Черри продолжала храпеть, пуделихе очень много лет, и она практически глухая.

«Тук-тук» доносилось со двора через одинаковые промежутки времени, «тук-тук». Хуч встал на задние лапки и принялся сопеть, глядя на занавешенное окно.

— А ну перестань, — рассердилась я.

— Тук-тук.

— Гав-гав, гав-гав.

— Тук-тук.

— Гав-гав, гав-гав.

Я швырнула в Хуча тапочкой, мопс ловко увернулся и начал хватать зубами гардины. Пришлось встать и пойти к окну.

— Хватит безобразничать, там никого нет.

Но Хучик продолжал лаять словно безумный, к нему присоединились и остальные собаки, даже Черри ожила и недовольно заворчала.

— Вы с ума сошли? — спросила я и отдернула занавески. — Смотрите...

Хуч сел на объемистую попу и завыл. Я глянула в окно и почувствовала, как земля уходит из-под ног. Прямо перед моими глазами за стеклом стояла... Сара Ли. Меня охватил ужас. Внезапно кукла зашевелилась, и послышалось: «Тук-тук». Сара Ли явно хотела войти внутрь, она стучалась в окно. Хучик завыл, остальные собаки залаяли, я собралась с духом, вылетела в коридор и заорала:

— Помогите, убивают, горим!

Мигом распахнулись все двери, и появились домашние, с первого этажа бежали растрепанные Ирка и Катерина, за ними маячил садовник Иван, на ходу застегивающий джинсы.

— Без паники, соблюдайте спокойствие! — закричал одетый в махровый халат Кеша. — Маня, вызывай пожарных, берите животных, документы...

— Дымом не пахнет, — сказал полковник.

Кеша осекся.

— Мать, что случилось?

Но у меня словно парализовало голосовые связки. Не в силах вымолвить ни слова, я только тыкала правой рукой в сторону своей спальни.

— А ну, подвинься, — велел Дегтярев и распахнул дверь в комнату.

Если бы не ужас, я, наверное, не сумела бы сдержать смех. Толстяк выглядел очень комично. Маленький, круглый, в ярко-оранжевой пижаме, которую подарила ему на Двадцать третье февраля Машка. Ноги Александр Михайлович втиснул в уютные клетчатые тапки, а в правой руке держал пистолет. Крутой Уокер отдыхает, бравый шериф умер бы от зависти, увидав своего российского коллегу. Вот это молодец, разбудили среди ночи, а он с оружием!

— Там никого нет, — констатировал полковник, — комната пустая.

— Совсем? — спросила Зайка и поежилась.

— Совершенно ничего нет, — сердито ответил Дегтярев.

— Как? И мебель вынесли? — заорала Маня.

Полковник уставился на девочку.

— Ну почему тебе в голову приходят дурацкие вопросы: естественно, стол, диван и кровать находятся на своих местах.

— Ты же только что сказал: «Ничего нет», — не сдавалась Маня.

— Правильно, — кивнул Александр Михайлович, — посторонних нет вообще, люди в помещении отсутствуют.

— Тогда нужно сказать «никого нет», — заявила с подростковой занудливостью Маруська, — сам неправильно выражаешься, а потом обижаешься, что тебя не так понимают!

— Тихо! — сердито рявкнул Кеша. — Пожара нет, воров тоже...

— Ты зачем нас разбудила? — обозлилась Зайка. — Опять обчиталась на ночь Марининой?

Ко мне вернулся голос, и я начала путано объяснять ситуацию:

— Там... за окном... Сара Ли. Она хотела войти, но как кукла выбралась из контейнера?

— А ну еще раз — и спокойно, — потребовал полковник.

Я собрала все самообладание в кулак и изложила историю.

Ольга фыркнула и повернулась к Аркадию:

— Вот, любуйся, до чего может довести неумеренное потребление антихудожественной литературы. Совсем с ума сошла.

— Не ругайте Дарью Ивановну, — попробовала заступиться за меня кухарка Катерина, — я как поглядела по телику фильм про людоедов, так трое суток спать не могла, прям вся тряслась!

Но наивное заступничество только больше обозлило Зайку. Ольга уставилась на повариху и ехидно спросила:

— Тебе после прочтения кулинарных рецептов кошмары не мерещатся?

— Нет, — ошарашенно ответила Катерина.

— Странно, — пожала плечами Зайка, — представь только шеренги марширующих кур, которых ты сварила, пожарила и запекла!

— Хватит, — вздохнул Кеша, — завтра всем на работу рано вставать.

— Кроме Даши, — не преминула заметить Зайка, — нас только перебаламутила, подняла на ноги, а сама завтра будет дрыхнуть до полудня.

Недовольно ворча, Кеша и Ольга ушли. Машка побежала к себе. Ирка с Катериной потопали вниз.

— Иди спать, — велел Дегтярев.

— Нет.

— Почему?

— Боюсь, вдруг она снова постучит?

Александр Михайлович побагровел, но удержался от гневных высказываний.

— Дарья, — заявил он, — смотри: под столом никого, под кроватью пусто, в шкафу лишь миллион твоих дурацких шмоток, за окном — сад.

Быстрым шагом полковник приблизился к стеклопакету и распахнул створки.

— Господи! — вырвалось у него.

Я в испуге попятилась.

— Что?

— Пахнет жасмином!

— Это сирень, жасмин еще не зацвел.

— Без разницы, дивный аромат! Ложись и спи.

Я покорно села на кровать. Дегтярев взял книжку, лежащую на тумбочке.

— «Убийство в загородном доме»... Ага, понятно... Ты больше не читай сегодня!

— Кукла была на самом деле! Стучала в окно! Я видела ее, как тебя, в белом кружевном платье...

Александр Михайлович погладил меня по голове и неожиданно сказал:

— Странное дело, вроде нам с тобой одинаковое число годков стукнуло...

— Я младше!

— Ну, ненамного, — ухмыльнулся полковник, — только у меня стойкое ощущение, что тебе пять лет, ну ладно, семь!

С этой фразой он вышел в коридор, а я осталась сидеть на кровати, тупо глядя в распахнутое окно. Неужели и правда привиделось? А собаки? Хучик лаял как безумный, он тоже слышал назойливо-осторожное «тук-тук».

Я встала, подошла к подоконнику и, преодолевая холодный ужас, глянула вниз. Ничего. Только на земле белеет какая-то тряпка. Неужели это Сара Ли? В груди начал вновь биться крик, огромным усилием воли я подавила его и решительным шагом двинулась на первый этаж. Полная дичь! Не следует поддаваться панике. Пойду посмотрю, что там лежит.

В саду одуряюще пахло сиренью, мокрая трава скользила под ногами, обутыми в резиновые шлепки. Я осторожно обошла дом, обогнула кусты нераспустившихся пионов с круглыми тугими бутонами, встала под своим окном, посветила в разные стороны карманным фонариком и увидела нечто похожее на носовой платок.

На душе сразу стало легко, какая ерунда! Я наклонилась, схватила кружевную тряпочку и вздрогнула. Моя рука держала крохотную шляпку, которая украшала голову Сары Ли. Чуть поодаль виднелась длинная-предлинная палка.

Я подошла к шесту и увидела на одном конце намотанную проволоку. В голове начали тесниться разнообразные мысли. Так, если сейчас поднять эту штуку, похожую на перш[1], то она упрется в мое окно. Сара Ли не привиделась мне в кошмаре. Кто-то решил испугать

---

[1] Перш — так называется шест, который ставит себе на лоб акробат в цирке.

меня до обморока. Привязал куклу и постучал в окно... Кто же? Маруся? Девочке приходят иногда в голову славные идеи подсунуть под полковника «пукательную подушку» или подбросить Зайке в чай пластмассовую муху, но Манюня никогда не станет доводить мать до инфаркта. Зайка и Аркадий тоже не способны на подобный поступок. Дегтярева можно смело сбросить со счетов, я просто не могу себе представить полковника, который с грацией носорога крадется в кустах пионов, сжимая в руках палку с привязанной куклой. Да он и книг о ней не читал, и кино не видел, впрочем, Ирка и Катерина тоже не знают, что это за зверь такой, Сара Ли. Домработница и кухарка смотрят лишь мексиканские сериалы. Садовник Иван? Маловероятно. Хотя... Интересно, почему он оказался ночью у нас в доме? Иван живет в сторожке, которая стоит за коттеджем.

Я выгнала из головы дурацкие мысли и еще раз посмотрела на шляпку. Такая белая, даже в голубизну отдает!

Внезапно перед глазами возникла картина. Я пытаюсь опустить на контейнер тугую крышку, режу об острый край пальцы, начинает капать кровь. Красные пятна попадают на кружевное платье мерзкой куклы, усеивают шляпку...

Но крохотный головной убор, валявшийся под моим окном, был совершенно чистый. Значит, Сару Ли вытащили из мусора, выстирали ее одежду... Или... купили новую, специально, чтобы напугать меня. Зачем? Интересно, лежит ли кукла в контейнере? Есть только один способ найти ответ на последний вопрос.

Я включила фонарик, свистнула собак и в окружении разномастной стаи пошла на другой конец Ложкина.

Глава 5

На подходе к мусорному контейнеру Кутеповых меня охватил страх. Тишина стояла потрясающая. Все вокруг словно вымерло. Я схватила Хучика и забормотала:

— Не бойся, мой маленький.

Мопс спокойно висел у меня на руке, остальные собаки тоже не выказывали никакого беспокойства. Черри принялась с большим интересом обнюхивать контейнер. У нашей пуделихи родословная длиной в километр. Я могу назвать ее прапрапрапрадедушку. К слову сказать, о собственных родственниках я знаю намного меньше, линия знакомых имен обрывается на Анне, матери моей бабуси. Но я в отличие от Черри никогда не заинтересуюсь мусором, а пуделиха, несмотря на свою родовитость, мигом несется к помойке и начинает выуживать из кучи отбросов «лакомые» кусочки. Откуда у собачки, выкормленной по всем правилам кинологической науки и получающей два раза в день ароматную кашу с курятиной или говядиной, взялась эта мерзкая привычка, мне непонятно. Только не надо кивать на генетику. Предки пуделихи проводили свои счастливые собачьи жизни на диванах, окруженные полными мисками с харчами. Просто у Черри плохой характер.

Я отпихнула пуделиху от железного ящика, поднапряглась, подняла крышку и увидела кучу отбросов. На самом верху белела груда скомканных бумажных салфеток, рядом высились остатки салата и кучка чайной заварки. Если Сара Ли и лежит сейчас в контейнере, то мне, чтоб увидеть ее, надо порыться в малоаппетитном содержимом. Сами понимаете, в какой восторг я пришла от предстоящих «раскопок». Утешало лишь одно. Насколько помню, Сара Ли упала на кучу банановой кожуры, и мусора в помойке уже было много. Следовательно, надо докопаться до груды темно-коричневых шкурок, и все станет понятно.

Но для начала нужно отыскать палку, не лезть же в грязь руками. Я опустила крышку, вновь поцарапала пальцы, пошарила под деревьями, нашла замечательную ветку, подошла к контейнеру и поняла, что попала в безвыходное положение. Тяжелую крышку бачка я способна поднять лишь двумя руками, следовательно, палку надо положить, но как ее потом взять и чем держать? Стоит опустить левую руку, как правая под тяжестью крышки подламывается. Если же вцепиться в нее двумя руками, тогда как ворошить мусор? И чем? Может, взять палку в зубы?

Я вздохнула, вытащила из кармана носовой платок, обернула им подобранную ветку и разинула пошире рот. Так, отлично, теперь крышка... Перед глазами вновь открылась куча отбросов. Однако мне в голову пришла глупость! Не могу же я ворошить мусор, держа палку в зубах, голова не поворачивается нужным образом! Что делать?

Не успела я найти ответ на поставленный вопрос, как меня ослепил пучок света и резкий голос произнес:

— Что это ты тут делаешь?

От неожиданности я уронила крышку и подняла голову. Среди деревьев стоял охранник Костя.

— Дарь Иванна? — удивился парень. — Здрасте, добрый вечер, вернее, ночь. Ой, а зачем у вас палка в зубах?

Я бросила ветку на землю.

— Костя! Мне вас сам бог послал! Подержите крышку бачка!

— Зачем? — недоумевал секьюрити. — Это не ваш мусор.

— Знаю, отбросы Кутеповых. Мы у них были на дне рождения Нели. Меня попросили отнести помойное ведро, я вытряхнула его и уронила часы, а они не мои, Зайкины, вот теперь хочу их найти, пока все не увезли.

В глазах Кости мелькнуло недоверие. Впрочем, я и сама поняла, что говорю какую-то ерунду. Совершенно невероятно, чтобы Неля велела гостье оттащить ведро в мусорный бак...

— Держите крышку, — разозлилась я.

Охранник молча повиновался. Я принялась ворошить палкой мусор и через две минуты, дорывшись до кучи банановой кожуры, обнаружила на ней Сару Ли.

— Кто же это такую хорошую игрушку выбросил? — удивился Костя. — Совсем целая. Дорогая небось, только платье и шляпка запачкались. Ну да одежду и постирать можно... Дарь Иванна, будьте добры, подержите крышку.

— Зачем? — пробормотала я, разглядывая Сару Ли.

— Куклу достану. Жена в порядок одежки приведет, и племяшке подарим, у нее таких дорогих игрушек никогда не было.

— Ни в коем случае, — испугалась я и быстро забросала Сару Ли мусором, — нельзя давать ребенку эту игрушку.

— Почему? Целая ж совсем, — недоумевал парень, — помоем, почистим... Знаете, сколько такая стоит?

— Нет, — пробормотала я.

— Жуткие деньги, — вздохнул Костя, — ну чего, будете дальше часы искать?

— Лучше куплю Зайке новые.

— И то правда, — согласился секьюрити, — давайте я вас до дома провожу.

— Сколько лет вашей племяннице? — спросила я.

— Пять, — вздохнул парень, — только ничего хорошего она не видела, ни игрушек, ни сладостей, ни одежды. Муж у сестры пьет горькую, прям не просыхает, и свою, и женину зарплату на водку меняет.

Костя продолжал мерно бубнить, я перестала вслушиваться в его слова, в голове завертелись мысли. Значит, кукол все же две. Одна валяется в контейнере, другую неизвестный привязал к шесту, чтобы напугать меня...

— Эй, гляньте, чего она делает! — вскрикнул Костя.

Я невольно повернула голову. Мы с парнем стояли на пригорке, как раз посередине Ложкина. Дорожка, бегущая налево, вела к нашему дому, справа возвышался особняк Кутеповых. Родя построил самое высокое здание в поселке. Даже замок банкира Сыромятникова меркнет перед дворцом Кутеповых.

— Что случилось, Костя?

— Не видите разве?

Парень ткнул пальцем в сторону кутеповского дома.

Я пригляделась и, заорав: «Стой, погоди», понеслась к дому приятелей.

На самом последнем этаже в проеме окна стояла фигура в пижаме. То, что это Неля, стало понятно сразу. Женщина странно изогнулась, вытянула вперед одну руку, сделала резкое движение, покачнулась...

— Стой, — вопила я, перепрыгивая через кусты. — Неля! Не шевелись!

Но подруга опять замахала руками, словно пыталась схватить муху или комара. Дальнейшее напоминало дурной кинофильм.

Фигура в пижаме внезапно наклонилась вперед, в последний раз вскинула руки и упала. Над поселком пролетел тихий крик, похожий на вздох.

— А-а-а-ах...

— Убилась, — прошептал Костя, догнавший меня.

Я побежала со всех ног к дому, но секьюрити легко обошел меня на повороте.

Через час в саду у Кутеповых было полно народа. Распоряжался всем хмурый, одетый в спортивный костюм Дегтярев.

К телу Нели меня не подпустили, велели сидеть в гостиной. Алю увели к нам. Заспанная девочка, похоже, не поняла, что произошло, и, когда Зайка взяла ее за руку, начала бормотать:

— Зачем нам к вам идти?

— У нас пирожные есть, — глупо сказала Ольга, подталкивая Алю к выходу, — совершенно замечательные.

— Так ведь ночь!

— Уже утро, — бубнила Зайка, — пора кофеек пить.

Аля покорно ушла, я сидела одна в гостиной, потом неожиданно затряслась и решила набросить на плечи плед, но на диванах лежали лишь подушки. Поколебавшись немного, я поднялась по лестнице наверх, вошла в спальню и схватила шерстяное одеяло. Отчего-то холод пробирал меня до костей.

Большое, тридцатиметровое пространство было заставлено мебелью, Нелька обожала пуфики, столики, скатерки, салфеточки, комодики... И кровать у нее соответствующая. Двухметровое ложе, заваленное подушками, подушечками, думками, валиками... Сверху нависает балдахин из парчи с золотыми кистями на витых шнурах. На мой взгляд, подобная штука отличный пылесборник. Но Нельке, когда Родя начал ворочать несчитанными миллионами, богатство ударило в голову. Подруга, входя в магазин, спрашивала:

— Где у вас тут самая дорогая мебель?

И неслась к ужасающим изделиям, покрытым позолотой. Кровать она приобрела по тому же принципу и любила говорить:

— Лучше наверняка ни у кого нет!

Было бесполезно объяснять ей, что спать желательно на жестком, ортопедическом матрасе. Я попробовала один раз выступить по этому поводу, но Неля возмущенно заявила:

— Еще чего глупей выдумай! Твоя кроватенка и тысячи долларов не стоит, а за мою десять уплачено! Так чья лучше?

Получив огромные деньги, Нелька осталась совком, и пытаться переделать ее не стоило даже и начинать.

Сейчас в набитой вещами спальне все было как всегда. На тумбочке лежал журнал «Космополитен», рядом стояла чашечка с минеральной водой, чуть поодаль — тарелка с недоеденным ананасом. Как-то раз Нелька прочитала интервью, данное Софи Лорен, в котором знаменитая итальянка заявила: «Поддерживать хорошую фигуру очень просто, надо съедать на ночь ананас, в этом фрукте содержится бромелайн, который сожжет весь накопленный за день жир».

И с тех пор Неля мужественно грызла перед сном ананасы. Не отступила она от этого правила и сегодня.

— Тебе где велено было сидеть? — сердито спросил Дегтярев.

— В гостиной.

— Так какого черта ты в спальне делаешь?

— За пледом пришла, — сказала я чистую правду, но, как всегда в подобных случаях, Александр Михайлович мне не поверил.

— Да? За пледом? На улице даже ночью градусник показывает плюс двадцать пять, а ей понадобился кусок верблюжьей шерсти?!

— Верблюжье одеяло очень колючее, а это из козьего пуха.

— Ступай в гостиную, — хмуро велел приятель, — там сидит Олег, изволь ответить на все его вопросы.

— Ладно, — кивнула я и отправилась вниз.

Надеюсь, парень проявит деликатность и не станет интересоваться моим весом, объемом бедер и возрастом.

— Вы видели факт самоубийства? — спросил Олег.

— Глупости, Неле никогда бы не пришло в голову прыгнуть из окна, ее вытолкнули!

— Кто?

— Не знаю.

— Вы заметили чьи-то руки? Или лицо?

— Нет, она стояла на подоконнике одна.

— Тогда почему вы решили, что имел место факт выталкивания Кутеповой?

— У Нели не было причин для самоубийства.

— Кутепова потеряла мужа и решила свести счеты с жизнью, — заявил бравый молодец.

Я с сомнением глянула на парня. Знаю и Нелю, и Родю со студенческой скамьи, пусть они простят меня, но особой любви между ними не было. Их семейная жизнь напоминала тихое тление, а не бурное, взмывающее вверх пламя. Родя был слишком апатичен, а Нелька боялась потерять стабильное финансовое положение. Ей очень нравилась жизнь обеспеченной неработающей женщины. Смерть Роди не могла сильно повлиять на Нелино благополучие. В свое время, чтобы обмануть налоговую инспекцию, Родя зарегистрировал свое предприятие на жену. Зачем он это сделал и какой профит принесла данная махинация — не знаю, но на бумаге всеми делами заправляла Неля, хотя окружающие считали хозяином Родю. Да он и был им, Неля, по-моему, даже не знала, где расположен офис «ее» фирмы. И еще — Родя великолепно умел подбирать сотрудников, и после кончины Кутепова бизнес будет продолжать приносить барыши. Так зачем Нельке прыгать из окна? От горя? Маловероятно. Естественно, ей неприятно потерять спутника, с которым прошла бóльшая половина жизни, но, учитывая хоровод бесконечных любовников, сомнительно, чтобы сердце Нели разорвалось на части от страданья. Испугалась нищеты? Так она ей не грозила. Во-первых, у Кутеповых километровый счет в банке, во-вторых, бизнес приносит стабильный доход, в-третьих, оборотистый Родя приобрел в собственность три квартиры в Москве. Продав их, Неля могла бы безбедно жить довольно долгое время... Нет, пустой кошелек ей не грозил. И потом, она, похоже, спокойно лежала в кровати, лопала свой ананас, потом вскочила, подошла к окну и... выпрыгнула? Недоеденные кусочки экзотического фрукта остались лежать на тарелке. Странная самоубийца. Нет, здесь что-то не так. Ее вытолкнули!

Тут же перед моими глазами возникла фигурка в роскошной пижаме. Вот она странно машет рукой, словно отгоняет муху, потом тянется вперед и... падает с тихим: «А-а-а-ах».

Да, похоже, рядом никого не было.

Олег молча выслушал мои размышления и заявил:

— Меня интересуют не ваши выводы, а конкретные факты. Вы видели кого-то возле Кутеповой?

— Нет.

— Спасибо, до свидания.

— Но...

— До свидания.

Я выскочила из гостиной. Самоубийство! Тогда я — африканский утконос. Или утконосы живут в Австралии? Немыслимо! Неля не могла выпрыгнуть из окна, она бы вспомнила об Але! Девочка-то осталась круглой сиротой! И почему Неля так странно махала руками?

Я выскользнула в сад. Милиционеры ушли, истоптав нераспустившиеся пионы. Возле сломанного молодого кустика жасмина виднелись кровавые пятна. Значит, моя несчастная подруга свалилась сюда.

Я осторожно огляделась, ничего интересного. Впрочем, все, что тут было необычного, оперативники спрятали в мешочки и снабдили этикетками: «Окурок, лежавший под окном» или: «Ключи, висевшие на ветке». Мне в саду решительно было нечего делать. Что ж, пойду домой.

Я двинулась по дорожке и тут увидела длинный-предлинный шест, прислоненный к стене. При ближайшем рассмотрении это оказался... спиннинг. Ничего странного на первый взгляд в находке не было. Родя страстный рыбак. Лучшим отдыхом он считает сидение на берегу с удочкой в руках. Вернее, считал, господи, никак не привыкну к мысли, что они умерли...

Напряженная работа не позволяла Кутепову расслабиться, он никогда не брал отпуск. А для того, чтобы отдохнуть, соорудил у себя на участке пруд с карпами. Правда, иногда Родя ходил на речку, которая течет за Ложкином, и притаскивал маленьких рыбешек, от которых отворачивали морды наши кошки. Так что удочкой в доме никого не удивишь — у

Роди их штук пятьдесят, не меньше. Странно другое.

Родион был из числа тех редких мужчин, которые, придя домой, вешают одежду в шкаф. Патологическая аккуратность Роди походила на занудство. Он никогда не расшвыривал ботинки, не вешал носки на стул и не заливал все в ванной.

Что же касается любимых удочек, то они хранились в специальной комнате, на стойках, кое-какие в футлярах. А всякая мелочь: поплавки, крючки, блесна — лежали на полочках. Родя никогда бы не оставил свою удочку стоять у дома, и он никому не позволял трогать их, даже Але.

Я подошла к спиннингу, взяла его в руки. Довольно толстый внизу, он утончался кверху и заканчивался гибким прутиком с закорючкой, на которой висел клочок чего-то белого.

Через секунду это нечто оказалось у меня в руках. Сущая ерунда, всего лишь клочок тряпочки, похоже, кружевного носового платочка. Внезапно меня пробрала дрожь. Плохо слушающимися пальцами я выудила из кармана джинсов шляпку Сары Ли, подобранную под своим окном. Так и есть! Обрывок кружева и крохотный головной убор сделаны из одного материала.

Все сразу стало на свои места. Неля и не собиралась прыгать из окна. Чья-то рука прицепила к удочке куклу и махала ею, а Нелька решила схватить Сару Ли, влезла на подоконник...

Вот почему подруга так странно вытягивала перед собой руки...

Быстрее мухи я полетела назад и наскочила на Александра Михайловича.

— Я знаю, кто убил Нелю!

Полковник спокойно спросил:

— Да?

— Да!!! Сара Ли!

— У Кутеповых работала вьетнамка? — удивился приятель.

— При чем тут вьетнамцы? — подскочила я.

— Ну, кореянка, — протянул полковник, — Сара Ли. Однако странное сочетание имени и фамилии. Скорей уж как-нибудь Сяо Тяо Ли... Впрочем, тогда будет больше похоже на китаянку.

— Сара Ли кукла...

Полковник молча выслушал меня и велел:

— Иди спать.

— У меня есть доказательство! Удочка! Стоит у дома.

— Родион был страстный рыбак, наверное, забыл удилище в саду.

— Он всегда убирал свои вещи.

— Такое невозможно, — без тени сомнений отрезал Дегтярев.

Я вздохнула, Александру Михайловичу, который зашвыривает ботинки в разные углы и бросает брюки на пол, никогда не понять аккуратного до педантичности Родю.

— На ней висел кусочек материи.

— Пошли, покажешь.

Я растерянно пробормотала:

— Я отцепила клочок и куда-то задевала! Но есть шляпка Сары Ли, она ее потеряла, когда стучалась в мое окно!

Лицо Дегтярева приняло странное, несчастно-задумчивое выражение.

— Давай!

Вы не поверите, но в карманах моих джинсов было пусто.

— Тоже потеряла, — вздохнула я.

— Ступай домой, — процедил полковник сквозь зубы, — да смотри иди осторожно, я очень за тебя волнуюсь.

Я послушно направилась к двери, но потом спросила:

— Почему же ты так взволнован?

Александр Михайлович вытаращил глаза.

— О... по ложкинским дорожкам бродят тучи страшилищ: Людоед, Синяя Борода, Мальчик-с-пальчик и Сара Ли... Все норовят убить несчастных обитателей.

Я выскочила в сад и пошла домой. Порой Александр Михайлович бывает невыносим, к тому же он совершенно незнаком с классикой. Ладно, Людоед и Синяя Борода не слишком приятные персонажи, но при чем тут Мальчик-с-пальчик? Он-то никого никогда не обижал.

Глава 6

Часы показывали восемь утра. Ложиться спать было глупо, да и не очень хотелось влезать под одеяло. Несмотря на ранний час, в доме стояла жара. Меня перестала колотить дрожь, нужно снять свитер.

Я стащила пуловер и увидела на полу крохотную шляпку. Так, значит, напрасно я искала ее в джинсах, сунула шапочку в карман свитера. Надо пойти и показать ее полковнику.

В доме было тихо. Очевидно, Зайка и Аркадий уехали на работу. Маруська сейчас тоже улетит в Ветеринарную академию. Как только закончились занятия в школе, девочка стала целыми днями пропадать на улице Скрябина. Вернется поздно вечером и сядет у компьютера. Александр Михайлович, естественно, отправится на службу, Ирка уберет дом, Катерина приготовит обед, Иван приведет в порядок сад, Серафима Ивановна будет хлопотать вокруг близнецов... А что делать мне? Лежать в саду до опупения? Даже почитать нечего! Не могу же я, как Хучик, спать день-деньской на диване! Чем бы заняться? Ладно, для начала покажу полковнику шляпку, а то Дегтярев пребывает в полной уверенности, что у меня глюки.

Я двинулась было к двери, но потом притормозила. Да полковник отмахнется! Он убежден, что Неля покончила с собой. Впрочем, у него есть версия относительно смерти Роди.

Я еще не успела вам рассказать об одной детали. Дело в том, что Родион коллекционировал ножи. Много лет тому назад ему на день рождения подарили кинжал с серебряной ручкой, и с тех пор он начал приобретать холодное оружие. Своей страсти Родя никогда не скрывал. Коллекция оружия хранилась у него в библиотеке, в специальных запирающихся витринах. Родион не хотел, чтобы кто-нибудь посторонний трогал его драгоценности руками. То, что у Кутепова имелось хобби, очень облегчало жизнь его друзей и подчиненных. Никаких проблем с покупкой подарков на день рождения, Новый год и 23 февраля они не испытывали. Всем было ясно: нужно преподнести рыболовную снасть или кинжал. Правда, у Кутепова имелось еще и собрание пистолетов. Но страсть собирать огнестрельное оружие захватила Родю не так давно, и револьверов у него было мало, штук десять, не больше.

Часто по вечерам, когда суматошная Нелька засыпала, Родя вынимал из витрины какой-нибудь клинок и начинал самозабвенно его чистить. Любой коллекционер моментально обрастает всякими прибамбасами. Если вы увлекаетесь марками, то купите кляссер, лупу, пинцет... Если вяжете, приобретете спицы, крючки, коробочки для ниток... Родя обзавелся специальными тряпочками, жидкостями для полировки разных металлов и тисками. В них зажимался лезвием вверх очередной кинжал, а счастливый владелец натирал его до ослепительного блеска.

Так вот, по версии Дегтярева, никто не убивал Родю. Наш несчастный приятель чистил нож, потом потянулся за чем-то, потерял равновесие и рухнул на тиски. Когда Александр Михайлович сообщил нам это, Кеша кивнул:

— Похоже на правду. Помнишь дело Вадима Бельского? Его сначала обвинили в убийстве жены, а потом выяснилось, что эта дурочка, сидя в наполненной ванне, сушила голову феном.

— Но кто же снял тело с тисков? — робко спросила я.

— Мы, — ответил полковник.

— Но Родя лежал на полу, боком.

— Правильно, он упал, а нож остался в груди, тиски маленькие, они не прикреплены к столу, а просто стоят на нем, — объяснил Дегтярев, — это несчастный случай. Убивать Родю было некому. В бизнесе он монополист, больше никто топографическими картами не занимается и не хочет браться за кропотливое дело. Вот торгуй он водкой или бензином — можно было бы заподозрить конкурентов, но их у Кутепова просто не имелось. Любовных связей на стороне он не заводил, никаких брошенных любовниц или обозленных мужей вокруг Роди не было. Более того, у парня на фирме «белая» бухгалтерия. Он платил налоги и мог спать совершенно спокойно. Кутепов дружил со всеми и никому не сделал зла. Увы, простая неаккуратность лишила его жизни. Он упал на тиски и угодил грудью на острый длинный клинок, который вонзился бедолаге прямо в сердце.

Александр Михайлович был настолько убедителен, что я поверила ему. Но смерть Нели не выглядит самоубийством. Так нести шляпку Дегтяреву?

Конечно, нет! Надо самой разобраться, в чем дело. Кстати, раньше у меня это великолепно получалось, я умна, сообразительна, не теряюсь в сложных ситуациях. Милиция сунет дело в самый дальний ящик и забудет про него. Ладно, я согласна, с Родей произошел дикий несчастный случай, но с Нелей?! И потом, кто-то хотел выманить и меня, размахивая перед окном куклой. Я не могу допустить, чтобы убийца Нельки разгуливал на свободе, и ни за какие коврижки не понесу полковнику шляпку, сама изловлю негодяя!

Чувствуя, как быстро-быстро забилось сердце, я села на диван и стала разглядывать шляпку. Ничего особенного, просто крохотный каркас, обтянутый кружевом, внутри есть ярлычок, я с трудом разобрала малюсенькие буковки: «Фирменный магазин «Волшебный мир». Сара Ли, победившая смерть».

Да уж, скорей это неправильно переведенный рекламный слоган. Я свободно владею французским, хуже немецким, могу понять отдельные фразы, сказанные на английском, испанском и итальянском, и должна вам сообщить, что иногда оттого, что люди говорят на разных языках, происходят нелепые ситуации. «Колгейт» выпустил на рынки Франции зубную пасту «Кью». Но под этим наименованием в стране первой республики издавался порножурнал. Что думали о содержимом тюбиков французы, можете догадаться сами.

В Италии рекламные агенты перевели название лимонада «Швеппс Тони Уотер» как «Швеппс Туалет Уотер», и итальянские хозяйки пытались использовать напиток в качестве чистящего средства. Лозунг «Возродись вместе с поколением пепси» смело перетолковали на китайский, в результате на полках магазинов Пекина появились бутылки с бодрой подписью «Пепси возвратит ваших предков с того света». Вечный конкурент пепси кока-кола — тоже не избежал печальной участи и тоже на китайском рынке. Коричневый напиток впервые появился в стране Великой стены под названием «Ке-ку-ке-ла». Производителям такая надпись показалась наиболее приемлемой. Тут же выяснилось, что на китайском это означает: «Кобыла, начиненная воском».

Корпорация Гербер, крупнейший мировой производитель детского питания, стала продвигать свои, кстати, очень качественные, консервы в страны Африки. Баночки, как всегда, украшало изображение толстощекого младенца, фирменный знак Гербера. И только через полгода менеджеры компании узнали, что коренное население черного континента практически неграмотно, поэтому на этикетках здесь всегда рисуют основной ингредиент, из которого состоит продукт.

Не избежали казусов и политические деятели. Джон Кеннеди, приехав в Западный Берлин, произнес в своей речи: «Их бин айн Берлинер», чем доставил много радости немцам. Вопреки всякой логике «Берлинер» обозначает на языке Гете и Шиллера вовсе не «берлинец», а бублик с вареньем. Поэтому слоган «Сара Ли, победившая смерть» скорей всего не передает того, что хотели сказать производители.

Я ринулась к шкафу. В городе наверняка стоит дикая жара, асфальт плавится, а в воздухе висит удушающий бензиновый смог, надену-ка льняные брюки. Они, конечно, совершенно мятые, но это ерунда, лен невозможно отгладить.

Справочная «Билайн» мигом выдала мне адрес фирмы «Волшебный мир» — Кутузовский проспект. Придется ехать через улицу 1905 года, на которой вечно собирается пробка. Включив на полную мощь кондиционер, я поехала по шоссе, чувствуя невероятный прилив сил, «драйв», как выражаются современные подростки.

Широкий, просторный, праздничный Кутузовский проспект радовал обилием магазинов. «Волшебный мир» оказался в самом его начале, в большом доме из светлого кирпича. Я толкнула тяжелую дверь, услышала звон колокольчика, шагнула внутрь и на секунду ослепла. После яркого, солнечного дня, казалось, наступила черная, душная ночь. Правда, насчет духоты я соврала, кондиционеры тут были более мощные, чем в моем «Пежо», и в помещении стоял арктический холод. Глаза понемногу привыкли к темноте, и я увидела женскую фигуру, сидевшую в кресле-качалке. Дама была закутана в длинную шаль, что, учитывая кондиционер, не казалось странным.

— Здравствуйте, — вежливо сказала я.

Тетка даже не шевельнулась.

— Добрый день.

Ответа не последовало. Я подошла к креслу и поняла, что в нем сидит великолепно сделанная кукла.

— Эй, есть тут кто-нибудь живой?

Послышался тихий скрип, и из угла вынырнул... гномик. Невысокая фигурка, облаченная в ярко-красный костюмчик и обутая в сапожки. На голове у представителя сказочного леса сидела шапка с меховой опушкой, подбородок прятался в густой длинной бороде, из-под пушистых бровей сияли ярко-голубые глаза.

— Здравствуйте, — тоненьким голосом заверещал гном, — вы попали в «Волшебный мир», тут исполняются все заветные желания и мечты. Чего вы хотите?

Я вздохнула:

— Если можно, новые зубы и волосы погуще, хорошо бы кудрявые, а то мои всегда похожи на мокрые перья, и еще, я не прочь избавиться от остеохондроза...

— Издеваетесь, да? — с явной обидой спросил гномик. — У нас только игрушки.

— Тогда покажите, где у вас Сара Ли.

Маленькое создание пришло в волнение.

— Она вся продана!

— Ну вот, а обещали исполнение заветных желаний, может, снимете бороду и колпак? Я же понимаю, что вы человек.

Гномик стащил шапочку, снял бороду, усы, брови и оказался хорошенькой девушкой лет двадцати.

— Холодно у вас как, — поежилась я, — так и заболеть недолго. На улице лето, а в магазине вечная мерзлота.

— Так на максимум кондиционер поставили, — улыбнулась продавщица, — в этом костюме с ума сойти можно.

— Зачем же тогда вы его надели?

— Хозяин велел, чтобы дети думали, будто в сказку попали! Сам бы в нем походил! — протянула девочка. — Ужасно неудобно.

— Сары Ли нет?

Продавщица развела руками:

— Всю продали, прямо цирк.

Я протянула ей «вещественное доказательство».

— Скажите, это из вашего магазина?

Девушка помяла кружевную шляпку.

— Вполне вероятно, вроде у Золушки такая.

— Золушка одета в лохмотья...

— У нас она в бальном варианте, — оживилась девица, — кто же куклу в рванье купит, хотите, покажу?

Тут снова послышался скрип, и раздался тихий голос:

— Таня, подойди сюда.

Продавщица, бормотнув: «Извините», отошла в сторону.

— Ты почему сняла костюм? — донеслось из угла.

— Ну не вредничай, Света, никого ведь нет. Сама бы в таком постояла! Я чуть не задохнулась, — загундосила продавщица.

— Я менеджер, а ты продавец, — не сдавалась невидимая мне Света, — твое дело ходить в костюме. Кстати, в зале покупатель.

— Она хотела приобрести Сару Ли!

— Предложи ей что-нибудь другое.

— Мне нужна Сара Ли, — вмешалась я.

Голоса притихли. Потом из полумрака вынырнули две фигуры, одна коротенькая, вновь надевшая колпачок и украсившаяся усами с бородой, другая — высокая, в деловом костюме из светлого хлопка.

— К сожалению, — сказала Света, — Сара Ли закончилась, но у нас огромный ассортимент, представлены почти все персонажи, от Мальвины до Гарри Поттера. Может, подберете другую игрушку? Вам для мальчика или для девочки?

Я протянула ей шляпку.

— Скажите, она раньше украшала голову Сары Ли?

Менеджер вывернула шапочку наизнанку.

— Да, вот видите ярлычок.

— Не помните, кто купил куклу? У вас их много было?

— Пять штук, а в чем дело?

— Может, купивший мне ее перепродаст! Ребенок измучил, рыдает, не ест, не спит, требует Сару Ли. Увидела куклу у подружки, и все. Вот я и взяла шляпку, чтобы не перепутать, что покупать.

— Ну цирк, — захихикал гномик.

— Таня! — сердито оборвала Светлана. — Держи себя в руках.

Потом она повернулась ко мне:

— Естественно, я не помню. У нас много покупателей.

— Ты че, Светка, — влезла в разговор Таня, — мы еще удивились, когда этот парень всех забрал.

В глазах Светы мелькнуло легкое раздражение.

— Ничего не помню. Посмотрите наш ассортимент.

— Спасибо, — улыбнулась я, — последую вашему совету, посмотрю другие игрушки, например... Василиса Прекрасная... Есть такая?

— Конечно, — кивнула Света, — Татьяна вам покажет. Кстати, мы делаем подарочную упаковку.

— Пойдемте, — прочирикал гномик, — русские сказки в другом зале.

Около полки с Иваном Царевичем и невесть как попавшими к русским героям Котом в сапогах и Красной Шапочкой я остановилась и сочувственно спросила:

— Хоть платят хорошо за беготню в костюме гнома?

— Куда там, — тяжело вздохнула Таня, — не заработок, а слезы! Наш хозяин дико жадный, а Светка перед ним выслуживается.

Я улыбнулась:

— Послушайте, Танечка, я куплю вон ту куклу.

— Но это Емеля из сказки «По щучьему велению», — удивилась девушка, — вы же хотели Василису.

— Мне нужна была Сара Ли, но, если ее нет, подойдет любая игрушка, кстати, вот, держите.

Танюша уставилась на симпатичную зеленую бумажку.

— Зачем вы даете доллары?

— Вы же знаете, кто купил Сару Ли?

— Ну цирк!

— Почему? Берите-берите, деньги ваши, только вспомните все подробности про покупателя.

Девушка с видимой радостью схватила купюру.

— А и вспоминать нечего! В двадцатых числах мая это было, примерно двадцать пятого. Заявился в наш магазин побирушка...

Глава 7

Когда паренек вошел внутрь, Таня сначала не разглядела как следует покупателя. В магазине стоит полумрак, да еще на глаза продавщице все время падают бутафорские брови... В общем, девушка начала было, как всегда: «Здравствуйте, вы находитесь в магазине «Волшебный мир», но тут же осеклась, потому что наконец-то узнала вошедшего — грязного подростка, который вечно толчется между ларьками на оптовом рынке возле станции метро «Киевская». Танечка каждое утро бежит на работу между киосками, торгующими сигаретами, крепко прижимая к себе сумочку. На рынке полно цыганок и оборванцев, которые способны мигом выхватить у зазевавшегося человека любую вещь.

Поняв, что в магазин забрел попрошайка, Танечка растеряла всю вежливость и, сняв бороду, усы и колпак, гаркнула:

— А ну пошел вон отсюда!

— Закрой хлебало, — усмехнулся подросток.

— Лучше убирайся подобру-поздорову, — решительно заявила девушка, — а то охрану позову.

Танечка блефовала. В «Волшебном мире»

нет секьюрити, жадный хозяин решил сэкономить на безопасности. В магазине находились только продавщица и менеджер Света.

Парнишка нехорошо улыбнулся, продемонстрировав гнилые зубы. Внезапно Танечке стало страшно. Мальчишка, похоже, совсем отмороженный, неизвестно, что такому взбредет в голову.

— Уходи, — дрогнувшим голосом велела она.

— Не тренькай, — ответил оборвыш, — игрушки купить хочу.

— Какие? — растерялась Таня.

— Куклу Сару Ли, есть такая?

Сказать, что продавщица удивилась, — это не сказать ничего. Ну откуда побирушка, скорей всего не умеющий читать, знает про Сару Ли? В России книга про куклу-убийцу не слишком пока популярна. «Волшебный мир» выставил на своих полках эту игрушку, но ею никто особо не интересовался.

— Ну есть, — осторожно ответила Таня и незаметно нажала ногой на кнопку, вызывая Свету.

Продавщице отчего-то стало совсем страшно. Менеджер мгновенно вошла в торговый зал.

— Сколько их тут? — спросил паренек.

— Кого? — не поняла Таня.

— Кукол по имени Сара Ли.

— Пять штук, — ответила девушка.

— Заберу все, несите.

Танечка растерянно посмотрела на Свету. В ее глазах читался вопрос: как поступить? Может, оборвыш хочет, чтобы служащая пошла на склад, а он пока обворует торговый зал?

— Дорогая покупка, — улыбнулась Света, — деньги покажи!

Паренек хмыкнул, вытащил из кармана тугую пачку купюр, перетянутую резинкой, и поинтересовался:

— Вы тут всех так встречаете?

Поняв, что в магазин явился выгодный покупатель, Таня и Света мигом стали любезными.

— Присаживайтесь, — предложила менеджер, — сейчас продавец принесет кукол. Вам сделать праздничную упаковку?

— В пакет сунь, — велел беспризорник.

— Может, пока чаю выпьете? — профессионально улыбнулась Света.

Меньше всего ей хотелось угощать мальчишку, но хозяин строго-настрого велел:

— Всех, кто берет больше одной игрушки, угощать и провожать, кланяясь, до дверей.

— А че, — заржал мальчишка, — водки нету? За каким ... мне вода?

В магазине имелась бутылка хорошего коньяка, но Света решила, что это уже слишком, и развела руками:

— Могу предложить кофе!

— Вылей его себе в ... — предложил паренек и закашлялся.

Когда необычный покупатель ушел, унося

фирменный пакет, Света брезгливо поморщилась.

— Надо купить «Доместос» и протереть тут все, еще, не дай бог, туберкулезом заразимся.

Танечка кинулась в расположенный рядом хозяйственный магазин.

— Кто бы мог подумать, — запоздало удивлялась она сейчас, — грязный оборванец, а купил пять кукол!

Я вытащила из бумажника еще одну купюру.

— Танюша, не в службу, а в дружбу, дойдите со мной до рынка, покажите паренька, если он, конечно, там.

— Где же ему быть, — уверяла меня Танюша, — небось и спит в ларьке. Сегодня иду на работу, а он коробки с сигаретами разгружает. Увидел меня и заржал: «Что, за дешевым куревом пришла? А ну, покажи свои деньги!» Во идиот.

— Пошли, — прервала я ее суматошную болтовню.

— Знаете, — протянула Таня, — отсюда в двух шагах «Макдоналдс», вы меня там полчасика подождите, а то Светка ни в жисть не отпустит, только в обед, ладно?

Я кивнула и пошла в сторону Дорогомиловской улицы. Американская харчевня и впрямь была рядом, Киевский рынок тоже, быстрее добраться пешком, чем кружить на машине.

Отыскав свободное место за столиком на улице, я сунула трубочку в стакан с коктейлем.

Над столицей висел удушливый смог, и о котлете с булкой я без отвращения и подумать не могла. Однако остальные посетители бодро набивали животы чизбургерами и биг-маками, заедая бутерброды картофелем фри.

Между столиками сновала маленькая, лет трех на вид, черноволосая, черноглазая, смуглая девочка в грязном, рваном платьице. Она останавливалась возле посетителей и протягивала крохотную ручонку, но никто не спешил дать малышке монетку, к нищим в Москве привыкли и перестали их жалеть. Большинство жующих не обращало на ребенка никакого внимания. Девочка подходила ко мне все ближе и ближе и наконец остановилась у соседнего столика, за которым сосредоточенно двигали челюстями двое парней.

Не успела побирушка к ним приблизиться, как один из едоков отпихнул ее ногой. Малышка не удержалась на ногах, пролетела вперед и со всего размаха угодила личиком на ножку моего столика.

Я вскочила, уронила коктейль, бросилась к девочке, подняла ее, увидела, что у нее вся мордашка в крови, и закричала:

— Эй, скорей принесите воды!

— Оставьте ее, — сказал парень, пнувший ребенка, — цыганский ... одним меньше, одним больше!

Девчушка молча прижалась ко мне, ее огромные черно-карие глаза были полны слез, по лбу и щекам текла кровь. Я обняла девочку и сказала парню:

— Ты подонок!

— Эй, поосторожней, — покраснел тот.

— Сволочной подонок, — повторила я и понесла ребенка в туалет.

Стоявший у входа секьюрити преградил мне путь:

— Цыганам сюда нельзя.

— Девочка ранена.

— И что? Ей не привыкать, все время бьют, бросьте у парапета, здесь ее родственники ходят, заберут.

Чувствуя острое желание отхлестать охранника по щекам, я открыла сумочку, вытащила французский паспорт, помахала им перед носом служащего.

— Имейте в виду, я корреспондент газеты «Монд», представляю, как обрадуется ваш хозяин, прочитав завтра, что в его забегаловке по расовым причинам отказали в помощи раненому ребенку.

Глаза охранника забегали, но тут к нам подскочил мигом оценивший ситуацию администратор и затараторил:

— Сюда, налево, прошу вас, сейчас принесем йод и бинты. Ах, бедная девочка! Служащие «Макдоналдса» всегда придут вам на помощь.

Я только вздохнула, низкопоклонство перед иностранцами в крови у бывшего советского человека, но откуда оно у двадцатилетнего паренька? Хотя скорей всего он испугался, что его высекут за антирекламу в газете.

Я умыла девочку и залила ссадину на лбу йодом. Ребенок, молчавший все время, после окончания процедуры протянул мне чистую ладошку:

— Лавэ нанэ?

Вот молодец, не забывает своих профессиональных обязанностей.

— Лавэ нанэ, — ответила я, — могу угостить тебя мороженым.

Мне было не жалко дать ей денег, только девочка ведь отдаст их вполне здоровым маме с папой, а те купят водку.

Когда инцидент был исчерпан, я вышла из «Макдоналдса» и закурила. Постою лучше тут, у ларька с газетами. Таня заметит меня.

— Эй, Даша, — раздалось сбоку.

Я обернулась. Около меня стояла молоденькая цыганка лет пятнадцати, не больше. Из-за ее юбки выглядывала девочка с ссадиной на лбу.

— Это ты Машу умыла? — спросила цыганочка.

— Да.

— Спасибо тебе.

— Зачем одну отпускаешь?

— Так деньги собирать надо.

— Маленькую легко обидеть.

— Ничего, пусть привыкает, — улыбнулась

цыганка, — уворачиваться научится. Хочешь, погадаю тебе?

— Нет, спасибо, я не верю в предсказания.

Внезапно цыганка вытянула вперед темную смуглую руку, увешанную звенящими браслетами, и сказала:

— Денег не надо, так спою.

— Спасибо, знаю наперед, что скажешь, — улыбнулась я.

— Э, Даша, — покачала головой цыганка, — я-то по-настоящему умею гадать, мать моя лучше всех судьбу притягивает, и я могу! Хочешь, у наших спроси, скажут: Катя лучше других гадает.

— Откуда ты знаешь, как меня зовут? — запоздало удивилась я.

Цыганка засмеялась, показались белые, ровные зубы.

— Много чего знаю! Иди-ка, Даша, домой, не жди тут ее, не надо!

— Почему? — оторопела я.

— Не придет она.

— Кто?

— Кого ждешь.

— Почему?

— Ее смерть забрала, вон там!

Цыганочка ткнула пальцем в сторону Киевского рынка. И в ту же минуту я увидела идущую по тротуару Таню. На душе стало легко.

— Ты ошиблась, вот приближается девушка, которая мне нужна.

— Иди домой, Даша, не лезь в чужие дела, а ее все равно смерть заберет, не угадала я чуть-чуть, значит, позже, но до завтра она не доживет, — на полном серьезе заявила гадалка.

— Спасибо за предупреждение, мне пора.

— Видишь, — сурово сказала цыганка, — вон за ней темнота стоит!

— Нет, — растерянно ответила я, наблюдая, как Таня, улыбаясь, машет мне рукой.

— А я вижу, вот там, на дороге, и умрет, — пообещала девушка, — чуть подальше, на шоссе. Ступай домой, Даша. Ты мою Машу пожалела, я тебя за это предупредила. На, держи!

И сунула мне мою же сумочку.

— Как она к тебе попала? — изумилась я.

Теперь понятно, откуда цыганка знает мое имя, в сумке — документы.

— Маша взяла, пока ты ее умывала, — пояснила цыганка, — воровать умеет, пока маленькая, думает, что у всех тырить можно, но я своих не обижаю. Забирай, Даша, и иди домой!

— Ну, пошли? — спросила, приблизившись ко мне, Танечка.

Я пробормотала:

— Да-да, конечно, — и обернулась.

Цыганка Катя и крохотная Маша исчезли, словно сновидение.

— Вы бы поосторожней с побирушками, — посоветовала продавщица, — такие пройды! За версту беззащитного человека чуют! Побежали скорей, пока машин нет!

Я схватила ее за руку.

— Нельзя на красный!

— Так нет же никого!

— Все равно, пойдем на зеленый свет.

— Вот ерунда, — пожала плечами Таня, — я всегда тут спокойно перехожу, если машин не видно.

— Больше так не делай!

Таня дернула плечом, но ничего не сказала. Паренька мы нашли сразу. Худой мальчишка в неимоверно грязном спортивном костюме курил, сидя на ящике возле ларька, торгующего сигаретами.

— Вот он, — сообщила мне Таня, — теперь я побегу, а то на обед всего полчаса дают.

— Ты чего в меня пальцем тыкаешь? — лениво спросил беспризорник и отшвырнул окурок.

Я решила взять инициативу в свои руки.

— Скажи, зачем тебе куклы?

— Какие? — прогундосил оборвыш.

— Сара Ли, в количестве пяти штук.

— А-а-а... Девчонке подарил, полюбовнице своей.

Я раскрыла кошелек.

— Давай ее адрес.

— Не знаю, — нагло ухмыльнулся оборванец.

Я вытащила еще одну бумажку.

— Теперь не вспомнил?

Паренек тупо смотрел на мои руки. Я вытащила еще одну купюру.

— Мужик попросил, — хрипло объяснил мальчик.

— Какой? Как его зовут?

— Не знаю, подошел ко мне и спросил: «Ты Андрей? Хочешь заработать?»

Парень сначала подумал, что это оптовый покупатель, которому требуется погрузить товар в машину, но дядька велел купить кукол.

— И ты согласился?

— Почему нет? — пожал плечами Андрей. — Дело ерундовое, деньги хорошие.

— Зачем целых пять кукол?

— Хрен его знает.

— Как звали дядьку?

— Я не спрашивал, за каким ... мне его имя?

— Можешь описать его внешность?

Андрей вытащил новую сигарету.

— А как все. Глаза, нос и губы, в джинсы одет, это помню.

— Ни шрамов, ни родинок?

— Не-а, татушка на руке.

Я ухватилась за последнюю соломинку:

— Какая?

— Ну... интересная.

— Можешь описать?

— Лучше нарисую.

Я вынула из сумочки блокнот и ручку.

— Сделай одолжение.

Быстрыми, ловкими движениями беспризорник изобразил картинку. Животное, похожее на пуму, сидит в странной, не свойственной кошачьим позе, подняв передние лапы. В правой зажат очень длинный кинжал, в левой лапе — неизвестное экзотическое растение.

— Ты здорово рисуешь! — восхитилась я.

Внезапно Андрей поднял на меня глаза и улыбнулся очень хорошо и совсем не нагло.

— Так пока мама была жива, я в художественную школу ходил.

— Отчего сейчас бросил? — от неожиданности спросила я.

— Мама умерла, — пояснил паренек, — папанька на другой женился и спился через год, а у мачехи своих трое, я там лишний. Вот и живу у Ахмета! Держи.

Я взяла рисунок.

— Эй, Андруха, — раздалось из ларька, — какого ... сидишь, ни ... не делаешь? Дуй к Зинке за тележкой!

Мальчик встал и исчез за павильоном. Я постояла еще пару секунд, поглазела на разложенные в витрине сигареты и пошла назад, на Кутузовский проспект.

Чтобы попасть к «Пежо», поджидавшему меня возле магазина «Волшебный мир», нужно было сначала пересечь Дорогомиловскую улицу. Я подошла к переходу и увидела на проезжей части микроавтобус с красным крестом, машину ГИБДД, милиционеров с рулеткой и планшетами... Чуть поодаль лежало тело, прикрытое черным пластиковым мешком. На тротуаре толпились зеваки.

— Что случилось? — спросила я у старушки, глазевшей на происходящее с открытым ртом.

— Девку сшибло, насмерть, — с готовностью принялась объяснять бабка, — вона туфли валяются. Побегла на красный свет, бац, и нету!

Внезапно мне опять стало холодно, не обращая внимания на машины, я полетела вперед.

— Таня!

Один из патрульных обернулся и нахмурился:

— Чего надо?

— Это Таня!

— Вы знаете потерпевшую?

— Думаю, да.

— Вениамин Сергеевич, — крикнул сержант, — тут свидетель есть.

Быстрым шагом ко мне подошел мужчина лет сорока.

— Ну? Говорите!

— Я ничего не видела!

— Зачем тогда лезете? — обозлился дядька.

— Там, под пластиком, продавщица Таня из магазина «Волшебный мир».

— Идите сюда, — велел Вениамин Сергеевич.

Я послушно двинулась на зов. Мужчина

поднял край полиэтилена, прикрывавший лицо жертвы.

— Она?

Смуглое личико, черные волосы, довольно много морщин... Женщине, лежавшей на шоссе, давно исполнилось сорок, и меньше всего она была похожа на беленькую Танюшу.

— Нет, — пробормотала я.

— С чего вы вообще взяли, что это ваша знакомая? — сердито поинтересовался Вениамин Сергеевич. — Вот неуемное любопытство!

— Туфли похожи, — прошептала я, — у Тани тоже такие.

— Тьфу, — сплюнул мужик, — идите по своим делам.

Я дошла до «Макдоналдса» и рухнула на стул. Ну с какой стати я подумала, что сбылось предсказание цыганки?

Глава 8

Совершенно не понимая, с какого конца браться за дело, я прикатила в Ложкино и влезла в ванну. Сначала тщательно вымылась, потом вылила в воду полпузырька пены и, наблюдая, как белые комья начинают подниматься вверх, стала думать, что делать. Но в голову не лезло ничего путного.

— Эй, — закричала Зайка, — ты там не утонула? Иди ужинать!

В нашем доме совершенно невозможно остаться наедине с собой. Стоит лишь спрятаться в ванной, как туда начнут с воплем рваться домашние. И если вы думаете, что у нас один санузел, то жестоко ошибаетесь. Это в Медведкове маленький Аркаша ныл под дверью:

— Мам, пусти, ужасно хочется. Ну, пожалуйста!

Приходилось открывать дверь. Мальчишка подскакивал к унитазу и приказывал:

— А теперь нырни и сиди под водой, пока не пописаю.

Но в Ложкине-то полно туалетов, однако все рвутся именно в мою ванную.

— Вылезай, — стучала Зайка, — горячее на столе.

Интересно, почему никто не гонит к ужину

Ольгу? Если та отдыхает в спальне, она на зов просто отвечает: «Не хочу есть» — и остается в полном покое.

Решив взять с нее пример, я крикнула:
— Я совсем не голодна.
— А ну, выныривай, — обозлилась невестка, — можем мы хоть раз в день посидеть вместе, поговорить, давай, давай...

Подгоняемая ее воплями, я влезла в одежду и пошла в столовую. Честно говоря, очень боюсь задушевных семейных посиделок, они у нас, как правило, плохо заканчиваются.

Однако ничто не предвещало наступления грозы. Все довольно быстро расправились с горячим и принялись за чай.

— Куда я задевал свои таблетки? — спросил Дегтярев.

— Сейчас принесу, — подскочила Маруська, — на столике лежат, в холле.

Через секунду девочка прибежала, сунула полковнику лекарство и спросила:
— А что там за коробочка спрятана?
— Какая? — нахмурилась Ольга.
— В самом углу, около обувницы, — пояснила Маруська, — такая квадратная, золотой фольгой обернутая...
— Да? — вскинула брови Зайка. — Интересно, однако, кто это подарочек схова́л...

Ее карие глаза пробежались по лицам домашних и остановились на Аркадии.

— Ничего я не прятал, — вздохнул Кеша, — просто пришел и поставил.

— В угол, возле обувницы? — уточнила Ольга. — Видно, очень дорогой подарок! Раскрой секрет, кто его тебе преподнес и почему? Или дама перепутала дату рождения?

Наша Зайка ревнива до такой степени, что Отелло по сравнению с ней покажется милым ребенком. В свое время, когда близнецам понадобилась няня, из агентства прислали симпатичную девушку Лену, но Ольга стала к ней придираться:

— У Лены нет медицинского образования, и языками она не владеет!

Не понравились ей и другие претендентки, в результате у нас оказалась Серафима Ивановна, давно справившая пятидесятилетие. Она, кстати, тоже не имеет врачебного диплома и владеет лишь русским языком, но Зайку это совершенно не смущает. Главное, что у няни, которая следит за Анькой и Ванькой, нет длинных ног и копны белокурых волос.

В воздухе запахло грозой. Маня, сообразившая, что сейчас Ольга начнет боевые действия, быстро сказала:

— Ну пошутила я неудачно, разве так прячут вещи? На виду у всех!

— И что там? — процедила Ольга.

Кеша встал и вышел. В столовой повисла тишина.

— Ты почему не ешь пирог? — накинулась на меня Заинька.

Так, похоже, снаряды полетят в меня! Я быстро запихнула в рот кусок кулебяки. С Ольгой сейчас лучше не спорить!

— Сам не знаю, что там, — признался Кешка, — Ленька намекал, что одеколон.

— Ленька? — ледяным тоном осведомилась Ольга, глядя, как Кеша разрывает нарядную упаковку.

Полковник крякнул и тоже набил рот пирогом.

— Ну да, — пояснил Аркадий, — мой коллега, Леня Викулов. Он с семьей поехал отдохнуть в Лондон, а я за него кое-какую работу сделал, вот Ленька в благодарность и расстарался.

С этими словами Аркаша снял крышечку, и из картонного сундучка, словно тесто, выползло нечто ярко-красное, с кружевами, резиночками и бантиками.

— Ни фига себе! — разинул рот сын. — Дрянь какая-то!

Манюня ловко схватила «подарок», встряхнула, и мы увидели трусики-стринги. Из коробочки тем временем выскользнуло «продолжение». Зайка двумя пальцами, крайне брезгливо, уцепилась за красное кружево и, потрясая перед моим носом маленьким кукольным бюстгальтером, спросила:

— Дарья, что это?

Интересно, почему она ищет ответа у меня?

— Лифчик, — буркнул Кеша, выдернул у жены шелковое нижнее белье и попытался запихнуть его в коробочку, но скользкая ткань не желала повиноваться, лифчик змеей выползал наружу.

— Ах лифчик! — весело подхватила Зайка. — Странный подарок Ленька тебе сделал! Очень подходящий для парня. Ну ладно, стринги, в конце концов, можешь надеть под летние тонкие брюки, чтобы сидели лучше, но сиськодержатель! Зачем он тебе, котик?

Маня, разинув рот, смотрела на Ольгу. Полковник опустил голову и постарался сделаться совсем незаметным, что при его весе в сто кило было весьма затруднительно, я заерзала на стуле, прикидывая, под каким предлогом лучше сбежать отсюда. Только Аля, никогда до этого не участвовавшая в наших семейных посиделках, проявила крайнюю неосторожность, заявив:

— Ой, какой красивый комплектик! Только очень маленький, прямо на меня!

Ольга вырвала из Кешиных рук трусики и подала Але:

— Носи на здоровье, и впрямь крохотуличные.

— Спасибо, — растерялась девочка, — только они странного цвета. Ни подо что не наденешь! Зачем красные покупать?

Ольга поморщилась.

— Объяснила бы я тебе, но не стану, потом как-нибудь, через пару лет скажу, для чего комплектик предназначен.

Аля стала пунцовой. Маня быстро сказала:

— Пойду попрошу еще чаю.

Глядя, как дочь быстро выбегает в коридор, я от души позавидовала ей: нашла повод, чтобы умчаться.

— Ленька подарки перепутал, — сердито пояснил Кеша, — своей бабе сунул одеколон. Настя девушка воспитанная, получила мужской парфюм и промолчала, ну а мне ее бельишко досталось. Завтра обменяемся.

— Минуточку, — протянула Ольга, — ты же только что говорил, будто Леня ездил в Лондон с женой?

— Правильно.

— Зачем же он ей подарок в Москве вручал?

— Так Настя его любовница, — не подумавши ляпнул Аркадий и тут же прикусил язык, но было поздно.

Ольга прищурилась:

— Вот оно что! А ты откуда знаешь про Настю?

— Работаем вместе, — осторожно ответил Кеша.

Зайка вскочила, топнула ногой и заявила:

— Хорошо, я сейчас же собираю вещи и уезжаю к маме!

— Котик, — начал Кеша, но Ольга, всхлипнув, вылетела в коридор.

— Ну не дура ли? — растерянно произнес сын и посмотрел на меня. — Мать, иди объясни ей.

Я принялась судорожно ломать кулебяку. Отправиться сейчас к Ольге? Ни за какие награды, лучше войти в клетку к тигру, которого не кормили три месяца!

Послышался стук входной двери. Аркадий побежал в холл. Полковник и Аля молча уткнулись в кружки с чаем.

— Быстро как она к маме собралась, — пробормотал Александр Михайлович, — раз, два, и готово. В прошлый раз до утра чемоданы паковала!

Я вздохнула. Две недели назад к нам целый день звонила какая-то девушка и требовала Кешу, со слезами повторяя:

— Но он же обещал пойти со мной в кино!

Представляете, какие военные действия разгорелись в доме? Слава богу, полковнику пришло в голову спросить у глупой девчонки, как полностью зовут ее Кешу.

— Иннокентий Федоров, — сообщила дурочка. — Ну где же он, где?

Только после этого разговора рыдающая Зайка, швырнув посреди холла набитые саквояжи, вернулась в спальню, а Кеша на следующий день привез ей хорошенький браслетик, на котором болталась прикрепленная открыточка с надписью «Ревнивой киске».

— Мать, — мрачно призвал меня Аркадий, всовываясь в столовую, — выйди...

Пришлось вставать из-за стола.

В прихожей, у вешалки, стояла сумка, но не Зайкина, а чужая, клетчатая.

— Это что? — удивилась я.

— Здравствуйте, — прошелестело из угла.

Я с удивлением увидела странное существо. И не понять сразу, то ли мальчик, то ли девочка. Худая, долговязая фигура в джинсах и мешковатом пуловере из хлопка. Пышные белокурые волосы рассыпаны по плечам. Лицо красивое, с тонкими чертами, но нос слегка крупноват. На левой руке сверкает перстень... Вроде девушка, но почему у нее на ногах кожаные мужские ботинки?

— Вы кто? — довольно бесцеремонно спросила я.

— Женя, — пролепетало существо.

— Так. — Ситуация не прояснилась.

Изящная рука протянула письмо.

— Это от мамы.

Ничего не понимая, я уставилась на текст.

«Многоуважаемая Дарья! Мы с вами в некотором роде родственницы, потому что делим постель с одним мужчиной, Витей Ханышевым. Только не подумайте, будто я хочу предъявить вам претензии, наоборот, очень рада Витиному выбору, потому как все вокруг говорят о вашей доброте, интеллигентности и стабильном финансовом положении. Поскольку мы теперь близкие люди, то должны помогать друг другу. Да и к кому мне обратиться в тяжелую минуту, как не к вам, родному человеку. Дашенька, мой отец, давно живущий в Израиле, тяжело заболел, поэтому я спешно вылетела в Тель-Авив. Витечка, как вам, конечно, известно, находится в командировке и вернется не раньше сентября. Поэтому за Индюшечкой присмотреть некому. Вот я и отправила ее к вам. Приглядите за ребенком. Женечка расскажет ее распорядок дня, очень прошу его придерживаться, у нее слабое здоровье, плохой желудок и испорченные нервы. Индюшка должна получать особую четырехзерновую кашу, но все подробности озвучит Женечка. Очень надеюсь на вас, моя родная. Нежно обнимаю, целую, Дита.

P.S. Привезу вам из Израиля свечку, купленную в храме Гроба Господня».

— Нежно обнимаю, целую, Дита, — растерянно повторила я, глядя на Аркадия. — Это кто такая?

— Ты у меня спрашиваешь! — воскликнул сын.

— Дита — моя мама, — пояснило существо непонятного пола. — Дедушка заболел, она и уехала, а я к вам.

— Но, — заблеяла я, — как же так... не понимаю... Ладно, разберемся, только скажи, бога ради, ты кто?

— Женя.

О черт! Вот странная личность, ну не спрашивать же ее в упор: «Ты юноша или девушка?»

— Хорошо, проходи, Женя, а Индюшка где?

Бесполое существо потрясло большой сумкой.

— Она здесь!

Я села на пуфик.

— Извини, я думала, Индюшка — имя, у тебя там что, настоящая индейка?

Только птичек нам тут не хватало. Или индейки не птицы?

Женя молча раскрыл (раскрыла) торбу, и наружу выбралась... маленькая, совершенно очаровательная мопсиха нежно-бежевого цвета. Хучик, увидав гостью, взвизгнул и кинулся облизывать невесть откуда появившуюся подругу. Так, если в моей голове и копошились мысли, каким образом избавиться от нежданного визитера, то теперь они пропали, потому что я просто не способна выставить из дома мопса!

Примерно через час все угомонились. Зайка, решившая приостановить процесс паковки чемоданов, заглянула около одиннадцати в мою комнату и ехидно заявила:

— Однако у вас с этой Дитой высокие отношения!

— Мы незнакомы!

Ольга поморщилась:

— Только не начинай врать! Зачем бы ей сюда сына присылать!

— Это мальчик?! — обрадовалась я, что наконец-то выяснила пол гостя.

Зайка выскочила за дверь, я перевела дух, но тут появился Аркадий.

— Только ничего не говори, — быстро попросила я, — ну не выгонять же вечером на улицу юношу с мопсом, завтра разберемся, что к чему, вроде просили присмотреть только за Индюшкой, мальчик завтра уедет.

Кеша хмыкнул:

— Мальчик? Это девочка!

Девочка! Час от часу не легче!

— Ты уверен?

— В чем?

— Ну что оно женщина...

— Прекрати идиотничать, — вздохнул Кеша и ушел.

Я откинулась на подушки и стала разворачивать шоколадку, и тут, словно тень отца Гамлета, возник Дегтярев. Нет, меня сегодня не оставят в покое!

— Что тебе надо? — набросилась я на полковника. — Зачем явился?

Но приятель сделал вид, что не замечает моего хамства.

— Уж извини, — вздохнул он, — я навел справки про этого Ханышева и должен тебе сказать, что парень не слишком чистоплотен. Живет он за счет любовниц, богатых женщин, а его жена Эдита делает вид, что ни о чем не знает. Та еще парочка! На мой взгляд, от подобных людей следует держаться подальше. Конечно, я понимаю, тебе хочется наладить личную жизнь...

— Вопросов не имею, — пробормотала я, забиваясь под одеяло, — иди спать, с Ханышевым покончено, он мне надоел!

— Вот и замечательно, — кивнул полковник и удалился.

Я потушила свет. Ну почему мне верят только тогда, когда я вру? Скажи я сейчас правду о том, что никогда не имела никаких дел с Виктором, Дегтярев бы начал нудно читать мне мораль. Стоило солгать — он мигом удовлетворился.

Глава 9

На следующий день я проснулась крайне недовольная собой. Надо же было допустить такую глупость и не спросить, на какой машине уехал таинственный мужчина, купивший пять штук кукол. Мальчишки, как правило, хорошо разбираются в марках автомобилей. Андрей глазастый паренек, вдруг запомнил номер?

Часы показывали одиннадцать утра, значит, все умылись и ненужных вопросов мне не зададут. Быстро выпив кофе, я вскочила в «Пежо» и понеслась на Киевский вокзал.

Вроде и недалек путь, а занял более двух часов. Мне, как всегда, повезло угодить в пробки. Сначала на съезде со МКАД, потом на Беговой улице... К рынку я подъехала около двух и обнаружила, что железный вагончик с сигаретами заперт, видимо, торговцы ушли на обед.

Рядом, около такого же киоска, сидел на стуле кавказец, меланхолично глядевший перед собой.

— Не подскажете, Ахмет скоро будет? — поинтересовалась я.

— Нет Ахмета, — спокойно ответил дядька.

— Когда у него обед заканчивается?

— О чем толкуешь, дорогая? Какой такой

обед-шмабед, — заявил мужик, продолжая глядеть перед собой. — Сигарет хочешь? У Махмуда купи, мои свежие, Ахмед старыми торгует, мокрыми, рваными! Возьми здесь, сколько надо?

— Мне нужен Ахмед, вернее, Андрей.

— Какой такой Андрей?

— Мальчик, беспризорник, который у него грузчиком работает.

— А-а-а, — протянул кавказец, — отнести чего? Эй, Сережка, заканчивай жрать, пожалуйста, да оттащи сумки.

Из ларька высунулся паренек, очень похожий на Андрея, такой же тощий, в грязных джинсах и с всклоченными волосами.

— И где поклажа? — хрипло спросил он.

— За углом, — спокойно ответила я.

Мы с пареньком отошли в сторону.

— Чегой-то коробок не вижу, — пробормотал мальчик.

Я быстро сунула ему деньги.

— Андрея знаешь?

— Из Ахметовой точки?

— Да.

— Ну!

— Когда он придет?

— А вам зачем?

— Поговорить с ним надо.

Сережа прищурился, потом начал медленно складывать купюру, когда та превратилась в крохотный квадратик, беспризорник сообщил:

— Нету Андрея.

Я решила проявить терпение и повторила вопрос:

— Когда он придет?

— Так никогда, убили Андрюху.

Я схватила парнишку за грязную куртку.

— Кто? Почему?

Оборванец пожал плечами:

— Хрен их знает! Нашли его сегодня утром, в ларьке, ножиком его пырнули, кровью истек. Ахмет так ругался, товар попорчен, и в милицию ехать заставили. Небось девки постарались.

— Какие? — безнадежно спросила я.

— Да с вокзала, — объяснил Сережа, — позвал шалав повеселиться, а они его и истыкали. Сигареты сперли, зажигалки. Чайник еще унесли, электрический, и куртку Ахмета, она у него с зимы в магазине висит. А зачем вам Андрюха, может, я сгожусь?

— Нет, дружок, спасибо, — покачала я головой и двинулась к «Пежо».

В руках у меня есть только тонюсенькая ниточка из паутины — татуировка на руке незнакомого мужчины.

Посидев минут пятнадцать в оцепенении, я стряхнула с себя непонятную усталость, спустилась в метро, купила справочник «Желтые страницы» и принялась искать адреса тату-салонов. Глаза сразу наткнулись на Мосфильмовскую улицу. Так, начну с этой мастерской, улица близко, в двух минутах езды от Киевского вокзала.

Услыхав о моем желании сделать татуировку, мастер, молодой парень, затянутый в кожу, совершенно не удивился и вытащил большой альбом.

— Выбирайте.

Страницы были заполнены рисунками. Знаки Зодиака, кошачьи, собачьи морды, растительные орнаменты, цветы, бабочки...

— Мне такое не нравится!

Юноша без лишних разговоров вытащил другой том. Там превалировала иная тематика: черепа, кости, воины, оружие...

— Слишком жестко, — капризно протянула я.

— Что, не хотите? — спокойно осведомился мастер.

— У меня есть рисуночек...

Несколько минут «татушник» рассматривал «пуму», потом вздохнул:

— Можно попробовать, оригинальная штучка.

— Вы таких раньше не накалывали?

— Никогда, народ в основном из каталога берет, а тут целая эпопея. Дорого встанет.

— И что, в каждом салоне свой каталог?

— Конечно, — ответил парень, — но картинки похожи, в основном для женщин: бабочки, птички, дракончики... Девушки не любят большие изображения, да и больно их делать, просят маленькие татушки, они очень сексуально смотрятся на попке. А на ногу или руку можно пустить орнамент. Хотя иногда клиенты такое пожелают! Позавчера я одному паровоз рисовал!

Я молча слушала паренька. Кажется, гиблое дело. Во-первых, куча времени уйдет на то, чтобы объехать все салоны, во-вторых, мужик мог сделать наколку не в Москве, в-третьих, мастер, сделавший тату, скорей всего забыл о клиенте...

— Похоже, у вас с деньгами порядок? — спросил парень.

— Ну, не бедствую.

— Если хотите что-нибудь оригинальное, ступайте к Лебедю, — вздохнул татуировщик, — вот у кого классные картинки. Я вам так не наколю, правда, у него очень и очень дорого.

— Кто такой Лебедь?

— Не знаете? — удивился парень. — Никита Лебедев, он один из первых в Москве салон открыл, поезжайте на Большую Татарскую улицу, там его мастерская. Только имейте в виду, Лебедь маленечко чокнутый. Колет только то, что хочет, его невозможно заставить делать то, что ему не нравится.

Никита Лебедев принимал посетителей в небольшой комнате, до потолка забитой книгами.

— Тату на предплечье? — спросил он. — Ну зачем вам?

— Хочу быть модной.

— Не советую.

— Почему?

— Вы уже не первой молодости, а татуировка — удар по иммунной системе. Потом, с возрастом кожа теряет эластичность, рисунок может «поехать», исказиться. Вы уверены, что захотите до конца дней ходить с картинкой? Я не советую после тридцати пяти радикально менять свой облик при помощи тату. Если хотите выглядеть моложе, сходите в парикмахерскую или косметологическую лечебницу...

Я вытащила рисунок.

— Смотрите какой красивый!

Никита надел очки и молча принялся рассматривать бумажку.

— И где вы видели подобную роспись? — спросил он наконец.

— А вы встречали такую? — вопросом на вопрос ответила я.

Никита улыбнулся:

— Моя работа. Но вам такое накалывать не стану.

— Это почему? — Я решила прикинуться идиоткой. — Очень красиво! Недавно я ехала в метро, рядом сел мужчина, у него на предплечье красовалась татушка. Так понравилась! Потом я по памяти нарисовала.

— У вас хорошая рука, — пробормотал Лебедев, — наверное, учились в художественном кружке, сразу видно. Значит, с тем мужчиной незнакомы?

— Нет, просто татушка понравилась, — завела я и поняла, что ляпнула глупость, как же теперь выяснить имя клиента?

Никита положил очки на стол.

— Понимаете, татуировка — не всегда невинная забава. В криминальном мире нательный рисунок — своего рода визитная карточка. Допустим, перстни, вытатуированные на фалангах, говорят о числе ходок на зону, форма «украшений» сообщает о том, по какой статье загремел клиент. Есть рисунок, который получает пассивный гомосексуалист, есть «царские» отметины. Человек войдет в камеру, и сразу станет ясно, кто он: лежать новенькому под шконками или сидеть на почетном месте у окошка.

— Так серьезно? — удивилась я. — А что мешает сделать себе самую крутую татушку и жить в неволе припеваючи?

Никита рассмеялся:

— Не получится, моментально выяснится правда. Если человек украшен не по чину, его могут убить, чтобы другим неповадно было.

— Но зачем гомосексуалисту сообщать окружающим о своих наклонностях? Насколько я наслышана, в тюрьме их жизнь очень тяжелая.

Лебедев вздохнул:

— Часто татуировку делают насильно, против воли человека.

— И что, избавиться от нее нельзя?

— Очень трудно, к тому же на месте картинки останется рубец, который знающему человеку мигом расскажет о проведенной операции. Есть другой способ устранить позорную татуировку.

— Какой?

— Превратить ее в другой рисунок. Те, что делают заключенные, не бывают цветными. Значит, надо добавить красок и изменить детали. Вот смотрите, у вас пума, с цветком в лапе.

— Да, только морда странноватая...

— Раньше у этого человека была вытатуирована крыса с плеткой. Я переделал хвост, утолщил туловище, как мог изменил «лицо», в лапу всунул кинжал, а плетку превратил в невиданное растение. Да еще, если вы помните, картинка стала цветной, растение все переливается... Даже если парень вновь попадет на зону, ему ничего не грозит. Вы знаете, что обозначает крыса?

— Нет.

— Ее накалывают парии, человеку, который ворует у своих, а это считается в уголовном мире самым страшным грехом, но даже с крысой можно выжить на зоне, хотя я, честно говоря, не понял, каким образом остался жив тот, у кого изображена еще и плетка! По идее, его должны были сразу замочить!

— Почему?

— Крыса с плеткой — это крысятник-стукач, даже самый последний петух имеет право плюнуть в него.

Я схватила Никиту за руку.

— Пожалуйста, скажите мне его имя.

— Чье?

— Вашего клиента, который переделывал тату.

Лебедев вынул сигареты.

— Я его не знаю.

— Как? Вы же записываете фамилию?

— Зачем?

— Ну, для отчетности.

— Выдаю чек, и все, иногда, правда, люди сами представляются, называют, как правило, только имя. Мне легче общаться с клиентом, если знаю, как его зовут. Но когда человек предпочитает остаться инкогнито — это его право. Впрочем, некоторые, сделав одну татушку, приходят через некоторое время за другой, кое с кем мы стали приятелями, но этот мужчина не из их числа.

— Мне очень, очень надо его найти!

— Почему? — спокойно спросил Никита.

В салоне стояла жара, пахло чем-то едким, наверное, краской, и у меня начала кружиться голова.

— Понимаете, я давно живу одна, без мужа... А этот человек так на меня смотрел! Он жутко сексуальный, мечтаю найти его! Понимаете? Прямо по ночам снится! Думаю, мой супруг ему и в подметки не годился. Время уходит, старость подбирается... Очень хочу его найти! Заплачу вам, только назовите его фамилию!

— Да не надо денег! Я не знаю парня!

— Ладно, — пробормотала я, вставая, — делать нечего, до свидания, наверное, вы правы, возраст для тату уже не тот.

На улице стало совсем душно, над Москвой висело липкое, плотное марево, прохожие разделись почти догола. Мужчины сняли рубашки, большинство влезло в шорты, девушки и молодые женщины нацепили нечто напоминающее носовые платки, даже пожилые матроны надели сарафаны. Я села в «Пежо» и чуть не задохнулась: машина стояла на самом солнце, и теперь на сиденье можно печь пироги. Надо переехать в тень, дать автомобилю остыть, а потом, закрыв окна, врубить кондиционер на полную мощность.

Перебравшись на другую сторону улицы, я вяло смотрела на тротуар. Мозг, одурманенный духотой, отказывался соображать.

Внезапно перед глазами возникла стройная фигура в майке, обтягивающей хорошо накачанный торс. Предплечье мужчины украшали разноцветные татуировки. Лебедев! Интересно, куда это он спешит, бросив работу?

Быстро подняв стекла, я поехала вдоль тротуара. Если Никита войдет в метро, как поступить? Но мастер поднял руку, и тут же около него притормозили старые, раздолбанные «Жигули» странного вишнево-коричневого цвета. Выпуская из выхлопной трубы темно-серый дым, развалюха поехала вперед, я пристроилась за ней.

Похоже, за рулем «Жигулей» сидел не профессиональный шофер. Машина двигалась медленно, странно шарахаясь от тех, кто ее обгонял. Я ползла следом, от души надеясь, что Лебедев не заметит преследователя. Но Никита ни разу не оглянулся, очевидно, не думал о плохом.

«Жигули» прокатились по набережной, пересекли мост, вырулили на Кутузовский проспект и замерли возле дома из светлого кирпича. Лебедев выскочил из салона, что-то сказал шоферу и вошел в дверь. Я разинула рот: татуировщик приехал в «Волшебный мир».

Помедлив секунду, я загнала «Пежо» за угол, а сама притаилась рядом. Вход в магазин был виден как на ладони.

Судя по тому, что вишнево-коричневые «Жигули» покорно стояли у бровки тротуара, водителю велено ждать пассажира. Минут через пятнадцать Никита появился на улице. Он был мрачен и не держал в руке фирменный пакет. Я обрадовалась, ведь могло быть так, что татуировщик просто решил купить подарок ребенку, поэтому и зарулил в магазин игрушек, но его пустые руки без слов сказали: Никита спешно прикатил сюда по иному поводу.

Забыв об осторожности, я побежала к «Волшебному миру». Продавщица Таня очень любит доллары. Сейчас она расскажет мне все, с жадным человеком легко иметь дело, его честность и порядочность мигом засыпают при виде большой суммы налом.

Вновь в разгар солнечного дня я попала в темное холодное помещение. Колокольчик робко звякнул, но гномик не спешил в торговый зал. Стояла полная тишина. Я осторожно прошла между стеллажами и увидела дверь, ведущую в подсобку. Рука сама собой толкнула створку. Передо мной открылся длинный коридор, залитый безжалостным светом галогеновых ламп. На глаза моментально навернулись слезы. Наверное, у местных служащих быстро портится зрение, не слишком-то полезно постоянно перебегать из темноты в яркий коридор, выкрашенный белой краской. И куда все подевались?

Я осторожно прошла вперед, поскреблась в первую дверь, не услышала ни звука в ответ и приоткрыла ее. Кухня! Следующая комната оказалась туалетом. В третью по счету дверь я не стала стучать, просто потянула за ручку и в образовавшуюся щель увидела менеджера Свету.

Девушка стояла спиной ко мне и разговаривала по телефону.

— Не злись, пожалуйста, — сказала она, — Никита ничего о тебе не знает, ни имени, ни фамилии... К нему явилась какая-то пятидесятилетняя кретинка, из молодящихся особ, и попросила сделать татушку, пуму с цветком...

Очевидно, невидимый собеседник пришел в негодование, потому что Света замолчала, а потом извиняющимся тоном продолжала:

— Не нервничай, тебя невозможно найти, не осталось ни одного свидетеля, все под контролем. Вполне вероятно, что тревожиться нет никаких причин. Эта дура заявила, что видела тебя в метро и запомнила тату. Скорей всего так оно и есть. Лебедев очень известный мастер, к нему пол-Москвы бегает.

Вновь повисло молчание, потом девушка усмехнулась:

— Никита ничего не знает, он просто надеется уложить меня в постель, вот и ищет любой повод для встречи, не нервничай, это глупое совпадение, нас невозможно вычислить, болтливые рты заткнули.

Но человек на том конце провода, похоже, не успокаивался.

— Ладно-ладно, — пробормотала Света, — в четыре часа встретимся на Большой Якиманке, там и поговорим.

Я молнией метнулась в торговый зал, потом на улицу. После холодного помещения жара рухнула на тело, словно топор, но мне было не до неприятных ощущений. Постояв пару секунд у порога, я распахнула входную дверь и заорала:

— Здравствуйте! Ой, как темно! Девушки, продавцы... Вы где?

Из-за стеллажей вынырнула Света.

— Добрый день. Что желаете?

— Кукол, разных, много, штук десять. У нас детский праздник, хотим устроить лотерею.

Света обрадованно завела:

— Героев каких сказок... — но потом замолчала и уже другим тоном спросила: — Погодите, вроде вы у нас вчера были?

— Точно, — навесив на лицо кретинскую улыбочку, закивала я, — купила Емелю, ребенок пришел в восторг. Ах, у вас такой выбор, глаза разбегаются... Кстати, в прошлый раз меня обслуживал гномик, такой милый, где он?

Света спокойно поправила плюшевого мишку.

— Таня уволилась, сегодня товар отпущу я.

— Такая жалость, — я продолжала нести ахинею, — милая девушка, впрочем, вы тоже очаровательны. Ах, мишка, зайка, царевна — всех заберу. Снимайте вон ту и эту...

Света послушно принялась наполнять фирменные пакеты. Внезапно мне в голову пришла великолепная мысль.

— Погодите, душечка, надо кое-что уточнить.

Света послушно замерла возле полок.

— Сейчас я позвоню невестке, посоветуюсь,

стоит ли брать домовенка, уж больно он страшный, — сюсюкала я, — вдруг дети перепугаются. Алло, алло... Что за ерунда, отчего не соединяет? Вот черт! Батарейка села! Золотце, у вас есть телефончик?

Девушка вынула из кармана трубку.

— Прошу вас.

Так, надеюсь, она разговаривала только что по этому аппарату. Палец быстро ткнул в кнопочку, украшенную надписью «repat». В окошечке замелькали цифры.

— Алло, — произнес глухой мужской голос, — Света, ты?

Значит, у дядьки есть определитель номера.

— Позовите Олю, — пропищала я.

Мужчина кашлянул и недоуменно ответил:

— Не туда попали!

Я быстро нажала на красную клавишу и капризно протянула:

— Боже, какой странный аппарат! Надавила вот здесь, потом стала набирать номер, а он меня с кем-то сам соединил! Ужасно!

Трубка зазвонила. Светлана поднесла ее к уху.

— Слушаю. Нет, извини, покупательница попросила позвонить, мобильный у нее разрядился, и случайно нажала «повтор». Ладно, чао!

— Ах, я совершенно не умею пользоваться техникой, — закатила я глаза, — вечно попадаю в идиотские ситуации! Вчера у домработницы был выходной, я решила сама постирать белье, запихнула его в машину и чего-то там не то включила. Ха-ха-ха-ха... Несчастные трусики вертелись шесть часов, пока я сообразила, что они слишком долго болтаются в барабане... Ладно, не буду звонить невестке, беру и домовенка тоже, не понравится нашим — отдам кухаркиной внучке. Считайте, душечка!

Получив километровый счет, я поглядела на часы: половина четвертого. Сейчас Света начнет торопиться на свидание. У меня есть телефон оптового покупателя гадких кукол по имени Сара Ли, но неплохо бы и взглянуть на него.

— Котеночек, донесите пакеты до машины. Извините за хамскую просьбу, остеохондроз замучил.

— С удовольствием помогу, — улыбнулась Света и подхватила совершенно ненужные мне покупки, — заходите еще, всегда рады вас видеть.

Еще бы, я оставила в «Волшебном мире» гору денег, такой клиентке не грех и сумочку до автомобиля подтащить. Света вряд ли надорвется, игрушки совсем не тяжелые.

Когда пакеты исчезли в багажнике, я мило улыбнулась:

— Спасибо, кисонька, поеду, мне надо успеть к шестнадцати в салон, на Большую Якиманку.

— Куда? — переспросила Света.

— В парикмахерскую спешу, может, вас подвезти? Вы тоже уходите? Если вам по дороге, то я с большим удовольствием.

— Наверное, это неудобно, — пробормотала Света, — хотя мне тоже надо на Большую Якиманку, к метро «Октябрьская».

— Почему неудобно?

— Ну вы клиентка...

— Фу, какие глупости, залезайте, ангел мой.

Но Света колебалась, наверное, вспоминала мои рассказы о конфликтах с техникой.

Я решила приободрить ее.

— Душечка, я сижу за рулем давно, правда, езжу очень медленно, но ведь лучше проявить осторожность, чем лететь сломя голову? Садитесь, милочка, не глупите! Смотрите, какая жарища стоит! Вам сейчас до метро по самому солнцепеку топать, да и в вагоне небось задохнуться можно... А у меня в «Пежо» кондиционер, поверьте, никакого труда вас подбросить мне не составит, все равно в то же место качу!

— Спасибо, — улыбнулась Света, — я только за сумочкой сбегаю и радиотелефон служебный оставлю.

Глава 10

До Большой Якиманки мы добрались за полчаса.

— Если вас не затруднит, притормозите вот тут, — попросила Света, — возле подземного перехода.

Я высадила девушку, проехала до французского посольства, влетела внутрь здания и наскочила на свою знакомую Анетту, работницу миссии.

— Скорей дай мне твою кофту и бейсболку.

— Зачем? — удивилась Анетта.

— Давай, потом объясню!

Удивленная приятельница молча повиновалась. Я нацепила на себя пахнущую чужими духами шмотку, надвинула кепку на лоб, водрузила на нос темные очки и побежала к метро, только бы Светка не ушла.

Но девушка сидела на скамейке, откинувшись на спинку. Возле ее правой руки стояла бутылка с минеральной водой. Похоже, Света тяжело переносит жару, потому что она выглядела как-то странно.

Я спряталась за ларек с мороженым, изображая из себя привередливую покупательницу холодного лакомства. Минуты текли и текли, к «объекту» никто не подходил. Мне стало невыносимо жарко, голова под бейсболкой вспотела, от кофты Анетты одуряюще несло парфюмом. Ну надо же быть такой дурой, чтобы вылить на себя в знойный день целый пузырек «Дольче вита» от Диора!

Продолжая задыхаться, я топталась у ларька. Света сидела не двигаясь. Через час у меня потемнело в глазах, но девушка словно приросла к скамейке, ни разу не изменив позы.

В начале шестого в мою голову начали закрадываться нехорошие подозрения, но тут к лавочке подошли два милиционера и тетка в цветном сарафане.

— Целый час сидит, не моргает, — затараторила баба, — небось плохо от жары стало, купила у меня бутылку, плюхнулась и замерла.

— Эй, гражданочка, — баском сказал парень в форме и тронул Свету за плечо.

Девушка молча повалилась на скамейку.

— А-а-а-а, — завизжала баба, — гляньте, в боку-то! Ой-ой-ой, убили, мама родная!

Народ на площади замер, а потом кинулся на звук.

— Граждане, — надрывался один из милиционеров, — отойдите, ну ничего интересного нет, вы что, покойников не видели никогда?

Второй парень бормотал что-то, поднеся к губам рацию. Я протолкалась сквозь толпу зевак и постаралась сдержать крик. Света лежала на скамейке, нелепо вывернув ладонями вверх руки. Полная бутылка минеральной воды валялась у ее ног, обутых в красивые светло-бежевые замшевые туфельки.

— Чего уставились? — сердито спросил у меня мент и велел: — Ступайте отсюдова, здесь вам не цирк.

— Слышь, Петь, — крикнул другой парень, — у ней в сумочке паспорт лежит.

— Такая молодая, — вздохнула баба в цветастом платье, — небось любовник прирезал. Мужики ревнивые... страсть! Может, изменила ему?

— Почему вы решили, что ее убили? — тихо спросила я.

Тетка ткнула пальцем в тело.

— Ты че, слепая? Вон рукоятка торчит, в боку. Ножом пырнули, ровнехонько в сердце, оттого и крови мало. Когда прямиком в «мотор» попадают, рана чистая совсем. Я раньше, до того как в ларек торговать села, в больнице работала, всякого насмотрелась, потому и шум подняла, вижу — неживая сидит! Ну дела, вот это штука! Я первая заметила, я дайте объясню, как дело было...

Торговка рванулась к милиционерам, но мне удалось ухватить ее за локоть.

— Вы видели момент убийства?

— Ну!

— Расскажите.

— Купила девка у меня бутылку воды. Я еще подумала: такая симпатичная, а в глазах беда, прямо почувствовала, сейчас плохо будет, у меня экстрасенсорные способности, умею порчу снимать...

— Заплатила за воду — и дальше?

— Села на скамейку. Я сразу поняла, дело плохо, вокруг нее темно, мухи летают, смерть ходит.

— Устроилась на скамейке — и?..

— Убили!

— Кто?

— Любовник!

— И как он выглядел?

— Не знаю!

— Может, припомните?

— А я его не видела, — пояснила баба, — народ все время у ларька толчется, воды всем подавай. Только гляжу, она все сидит и сидит, а рядом смерть ходит! Я очень нервная...

— Значит, кто ее ударил ножом, не знаете?

— Так любовник, — понеслась по кругу продавщица, — ясное дело, больше некому! Кому еще быть-то! Мужик ее прирезал.

Я молча стала выбираться из толпы. Если у Дегтярева основная масса свидетелей похожа на эту тетку, то полковника следует пожалеть.

Разозленная Анетта, получив назад свою кофту и бейсболку, сердито сказала:

— Ты — сумасшедшая.

— Ладно, не сердись.

— Бог знает, что в голову приходит, — кипятилась Анетта, — раздела меня, убежала.

Но я, отмахнувшись от нее, села в «Пежо», выкатилась за ворота, свернула в сторону Большой Полянки и притормозила. Ноги противно дрожали, руки, несмотря на работающий кондиционер, прилипали к рулю. Свету убил ее приятель, тот самый мужчина с татуировкой, телефон которого я знаю. 120... нет, кажется, 128... впрочем, вроде 220...

От злости я нажала на педаль газа. Несчастный «Пежо» скакнул вперед, дернулся и замер. Ведь я знаю, что у меня отвратительная память! Ну почему не записала номер, отчего понадеялась на себя? И что теперь делать?

Ясное дело, возвращаться назад. В магазине остались служащие, телефон лежит, очевидно, у Светы на столе, как-нибудь подберусь к трубке.

Чувствуя, как накатывает мигрень, я поехала назад в «Волшебный мир».

В торговом зале никого не было, я снова дошла до служебных помещений и закричала:

— Ау, отзовитесь!

Открылась самая последняя дверь, и высунулась ярко мелированная голова.

— Вам кого?

— Продавцов!

— Они в торговом зале.

— Там ни души.

— Да ну? — удивилась девушка и позвала: — Света!

Естественно, ответа не последовало.

— Говорю же, никого нет.

— Вот ведь какая, — забубнила служащая, выходя в коридор, — обед давно прошел, где же она?

Я потрясла пакетом, набитым игрушками.

— Уж извините, утром приобрела у вас товар, хозяйка велела, для детского праздника, а торговый чек мне не выписали.

Девушка улыбнулась.

— Кассовый цел?

— Вот, пожалуйста.

— Без проблем тогда, идите ко мне в бухгалтерию, сейчас решим вопрос.

Я втиснулась в крохотную комнатку, где едва поместился стол, и вздохнула.

— Похоже, ваш хозяин экономит на чем только можно!

— Жуткий жлоб, — покачала головой бухгалтерша, — зарплата чистые слезы, поэтому и текучесть кадров большая. Виданное ли дело, заставляет людей за копейки работать. Естественно, народ увольняется, у нас вечно недобор продавцов. Придут, сначала радуются, хороший магазин, в центре, покупатели приличные, всякая пьянь детям игрушки не покупает. А как первые денежки получат... Наш хозяин хитрый, обещает при найме приличное жалованье, а потом принимается штрафовать за все: курила в неположенном месте, с обеда опоздала, ничего не продала за смену...

Пока бухгалтерша болтала, я разглядывала кабинетик. На столе у говорливой девицы стоял телефон, но не радио, а стационарный аппарат. Светлана пользовалась другим.

— Простите, — улыбнулась я, — а ваша продавщица скоро придет? Кажется, ее Светой зовут.

— Так уж давно должна тут быть! — воскликнула бухгалтерша. — А что?

— Да после того как игрушки купила, она предложила у нее в комнате кофе попить. Угостила меня конфетами, я потом губы подкрасила, а помаду у нее на столе забыла. Жалко очень, дорогая косметика, хозяйка на день рождения подарила. Но ждать не могу, пора ехать. Вы уж попросите Светлану, чтобы не выкидывала, выберу время и заеду.

Девушка приветливо предложила:

— Зачем же лишний раз кататься? Идите к ней в кабинет, Светка двери не закрывает, у нас ворюг нет!

— Вот спасибо! — воскликнула я и бросилась в коридор.

— Нашли? — спросила бухгалтерша, когда я вернулась в ее кабинет.

Я показала синий футлярчик, вынутый из сумки.

— Ага, так вам благодарна.

— Не за что, вот чек, приходите еще.

— Обязательно, хотя мне ваши цены не по карману. Но здесь такие милые люди работают, что хочется зайти вновь. В прошлый раз меня Танечка обслуживала, переодетая гномиком...

Бухгалтерша вздохнула:

— Вот бедняжка!

— Кто?

— Да Танюха!

— Согласна с вами, в таком костюме весь день ходить очень напряженно, еще зимой туда-сюда, но в жару!

— Я не об этом.

— А о чем?

— Таня вчера под машину попала, перебегала проспект на красный свет, и все!

— Когда?!

— Вечером, после работы. Хотя этого следовало ожидать, она такая неосторожная, вечно наперерез машинам неслась. Тут неподалеку подземный переход, а Танюха прямо по проспекту чесала, жуть брала на нее смотреть.

— Где же случилось несчастье? — медленно спросила я.

— Здесь, — бухгалтерша ткнула пальцем в окошко, — прямо на глазах у Светки. Они вместе к метро шли. Светлана аккуратная, под землю спустилась, а Танюха засмеялась, сказала ей: «Охота тебе ноги на лестницах бить», — и поскакала, как всегда, между машинами. Светка наружу вышла, а Танька посреди дороги лежит! Водитель, конечно, уехал, номера никто не запомнил.

В полной растерянности я выпала из магазинчика и совершенно не ощутила жары. Несмотря на духоту, тело сотрясал озноб, руки были ледяными, а ноги словно принадлежали другому человеку, отказывались повиноваться хозяйке.

Дрожащими руками я открыла «Пежо»,

влезла внутрь, заблокировала двери и схватилась за сигареты. Сбылось предсказание цыганки, смерть настигла Таню на дороге, гадалка лишь слегка ошиблась во времени.

Однако странная закономерность. Андрей, купивший кукол, убит, продавщица Таня, приведшая меня к нему, тоже, а Света, разговаривая с незнакомцем по телефону, бросила фразу:

— Болтуны устранены. — Нет, она сказала это другими словами, но суть осталась прежней: те, кто мог распустить язык, скончались.

Значит, Светлана была в курсе убийства беспризорника и своей коллеги, более того, хорошо знала, кто убрал мальчика и продавщицу. А потом киллер избавился и от последнего свидетеля — самой Светы.

Голова пошла кругом, перед глазами запрыгали черные мушки, только не хватало завалиться в машине в обморок!

А может, я зря связала все нити в один клубок? Вдруг дело обстояло совсем иначе? То, что Таня очень неосторожно переходит улицу, я видела сама. Девушка на моих глазах ринулась на красный свет через оживленную магистраль и была очень недовольна, когда я заставила ее остановиться. Вполне вероятно, что она в очередной раз нарушила правила и была сбита лихачом или неумелым водителем, не успевшим вовремя притормозить.

Андрея убили местные бомжи, в его смерти тоже может не быть ничего экстраординарного. Беспризорный мальчик, скорей всего пил, общался с себе подобными маргиналами. Убийство в такой среде, к сожалению, самое обычное дело.

Света... Вдруг болтливая торговка водой права? Вероятно, у девушки имелся ревнивый любовник, который решил наказать ее за измену. Может, все элементарно? Сколько раз я убеждалась, что самые непонятные явления имеют простые объяснения!

Когда-то у меня был студент, совершенно отвратительный парень. Большинство студиозусов лентяи, глотающие накануне сессии пройденный материал непрожеванными кусками. Но Ваня Топорков не утруждал себя даже перед экзаменами и поэтому благополучно два раза завалил французский. Я по пальцам могу пересчитать ребят, которые получили у меня «неуды», всегда старалась поставить тройку. Только не думайте, что я настолько любила студентов, нет, мне просто становилось жаль себя. Ведь если выгонишь оболтуса, он через какое-то время вновь заявится на пересдачу, поэтому лучше влепить ему «удочку» и распрощаться до следующей сессии. Коли человек не желает учить иностранный язык, заставить его взять в руки учебник невозможно. А я тоже имею право на спокойную жизнь. Но Топорков своей ленью и наглостью вывел из себя даже меня, и я решила проучить противного мальчишку, нагло заявившего в столовой:

— Нечего над словарем сохнуть, я шпоры гениально делаю!

Когда пакостник явился пред мои очи в

третий раз, я предприняла исключительные меры. Отвела «Митрофана» в кабинет декана и велела ему раздеться.

— Вы чего, Дарья Ивановна, — попятился Ваня, — зачем?

— Затем, — ответила я, — сюда клади брюки и свитер, надевай лабораторный халат, иначе не допущу к пересдаче и тебя отчислят.

Ваня ворча вылез из штанов, я встряхнула одежонку и показала пальцем на бумажки, дождем усеявшие пол.

— Собирай свои шпаргалки и отдай их мне.

Топорков, красный как рак, поднял шпоры.

— Вот и замечательно, — кивнула я, — теперь слушай: ты в кабинете на пятом этаже, все подсказки у меня, сейчас запру тебя снаружи и вернусь через час. Уж не обессудь за такой антураж, но мне хочется выяснить: что же осело в твоей голове? Хотя, честно говоря, полагаю: в ней пусто, но как исследователь желаю проверить предположение эмпирическим путем. Кстати, окна здесь не открываются, и под дверь ничего подсунуть нельзя, порог мешает. Кабинет нашего декана просто тюремная камера, поэтому я и привела тебя сюда. Вот держи текст для перевода и вопросы по грамматике. Не теряй времени зря, помощь ниоткуда не придет, лучше пораскинь своими мозгами!

Произнеся эту филиппику, я преспокойно удалилась, не забыв тщательно запереть дверь, а ключ прихватить с собой.

Спустя шестьдесят минут, вернувшись, я со вздохом сказала:

— Давай, демонстрируй знания.

Сами понимаете, я ожидала увидеть чистый лист, ну пару беспомощных фраз... Но парень мне протянул великолепно сделанный перевод, даже при огромном желании в нем нельзя было обнаружить ни одной самой малюсенькой ошибочки. Более того, в скобочках стояли и другие значения слов, ну, допустим: замок (запор). Грамматическая часть поражала подробностями. За такой ответ мало поставить пять баллов! Шесть, семь, десять!

На мгновение я онемела, но потом взяла себя в руки. Он списал, это понятно. В голове Топоркова нет никаких знаний!

— А ну, признавайся, как сдувал? — наскочила я на парня.

Тот нагло ухмыльнулся:

— Да вы что? Все заперто, под порог ничего не подсунуть, сижу, словно туркмен, в халате! Просто выучил.

— Не ври! Это невозможно.

— Почему? Посидел ночку, и готово!

— Французский не философия, с наскока тут ничего не сделать.

— Я учил, — стоял насмерть Ваня, — ставьте мне «пять»!

Поспорив минут десять, мы пришли, как сейчас принято говорить, к консенсусу: Топорков получает четверку и раскрывает тайну.

Пока я заполняла его зачетку, в голове прокручивались варианты: он держит дубликат шпаргалок в трусах, в нижнее белье я, естественно, не заглядывала. Или нашел длиннуюпредлинную веревку и спустил из форточки, а может, ему простучали ответ азбукой Морзе, через дверь? Дело происходило в самом конце семидесятых, и ни о каких пейджерах или мобильниках речи не шло. Мысли, одна другой изощренней, лезли в голову: из соседнего дома подавали световые сигналы или кричали ему хором во дворе ответы. Увидав оценку с подписью, Ванька быстро выхватил у меня зачетку и сунул в карман.

— Ну, — в нетерпении подскочила я, — рассказывай! Через вентиляцию из соседнего кабинета шпору бросили?

— Ну зачем такие сложности, — заржал Топорков, — вон на столе у декана телефон стоит, я позвонил ребятам в общагу, они все и продиктовали.

Я уставилась на черный аппарат и только сейчас поняла, какого сваляла дурака!..

Скорей всего в череде этих смертей нет ничего загадочного.

Но тут перед глазами возникла пляшущая в темноте за моим окном Сара Ли, удочка, прислоненная к дому Кутеповых, Неля, с тихим «а-а-ах» выпадающая из окна... Нет, все смерти, кроме нелепой кончины Роди, связаны между собой. Какой-то режиссер поставил кровавый спектакль, манипулируя людьми, словно марионетками, и я не знаю ни кто он, ни какие цели преследует!

Глава 11

Увидав машину хозяйки, собаки бросились к «Пежо» и радостно заскакали.

— Будет вам, — сказала я, оглядывая стаю. — А где Хучик? Эй, Хуч, ты куда подевался?

— Он не пойдет, — высунулась из окна Ирка.

— Почему? — удивилась я.

— Любовь у него, — засмеялась домработница, — вон, у гаража, гляньте!

Я обернулась. На лужайке, среди зеленой травы виднелись два серо-бежевых тельца.

— Он эту Индюшку с утра обхаживает, — засмеялась Ирка, — прямо дымится весь. И так подходит, и эдак, а она его не подпускает. Ну цирк смотреть! Жюли забыл, вот ветреник.

Я улыбнулась. Йоркширская терьериха пару раз рожала щенят от Хуча, наш мопс ловелас, собачий Казанова и сейчас ни за что не отстанет от Индюшки. Но я не буду мучиться по этому поводу. Если Дита подсунула незнакомым людям собачку с течкой, то пусть сама и расхлебывает заваренную кашу.

— Он ей сыр принес, — веселилась Ирка, — спер в столовой и приволок даме подарок от чистого сердца!

Скорей от голодного желудка! Да уж, видно, Хуч влюбился не на шутку, вчера утром, увидав

«Эдам», он слопал бы его сам. Впрочем, наш Хучик никогда не ворует еду, просто выклянчивает вкусные кусочки, а на откровенный разбой решился из-за любви.

— Хуч, — крикнула я, — иди кушать! Курица!

Но мопс даже ухом не повел. Зато Индюшка мигом откликнулась на зов. Она, быстро перебирая толстыми лапками, подбежала ко мне, села и свесила набок круглую, курносую мордочку.

— Вот оно как, — засмеялась я и погладила ее по бархатной спинке, — молодой человек влюблен и потерял аппетит, а ты, мадемуазель, готова променять любовь на курицу!

Услыхав знакомое слово, Индюшка взвизгнула и завиляла толстым скрученным хвостиком.

— Эй, Хуч, — крикнула я, — дама желает ужинать! Пошли в дом.

Мопс с самым грустным видом поплелся за мной. Да, похоже, сегодня ему не повезло, любимая девушка не обратила на Хучика никакого внимания.

В столовой не оказалось никого, в гостиной, в одном из кресел, повернутых к телевизору, сидел Женя.

— Я сегодня не сумел попасть в город, — капризно сказал он.

— Да? Почему?

— И вы еще спрашиваете? — удивился парень. — Но каким образом отсюда добраться до Москвы? Ваш поселок стоит на шоссе, достаточно далеко от города.

— Во-первых, не так уж и далеко, — спокойно ответила я, — во-вторых, если пройти немного вперед, то увидишь автобусную остановку, а в-третьих, как ты сюда вечером попал?

Честно говоря, я ожидала услышать в ответ: «На такси приехал», но Женя заявил:

— Мама привезла.

— Она же в Израиль уехала! — удивилась я.

— Ну и что? — фыркнул парень. — По дороге в аэропорт и завернула в Ложкино! А кто меня завтра в Москву доставит, а? Между прочим, я аспирант, у меня занятия! Мне тут у вас недосуг жить! Я только собаку привез.

Я уставилась на его женоподобное личико, без всяких вторичных мужских половых признаков. Интересно, сколько лет капризнику? Впрочем, если парень спешит на лекцию в вуз, ему вряд ли больше двадцати пяти.

— Муся, — закричала Маруська, — ты дома? А я и не услышала... Ты знаешь, Хуч влюбился в Индюшку!

— Как ваша мама отнесется к щеночкам? — спросила я у Жени.

— Наша собака из хорошей семьи, — отрезал тот, — никаких щенков не будет. Индюшку один раз пытались свести с кавалером, элитным мопсом, суперчемпионом, уникальным производителем, но ничего не получилось.

Надо же, собака из хорошей семьи! Первый раз слышу подобное высказывание!

— Так как насчет завтра? — перешел в наступление Женя.

Я хотела было заявить: «Возьмите у Иры

расписание автобусов», но потом воспитание, данное бабушкой, взяло верх, и я сказала совсем другое:

— Аркадий в восемь выезжает на работу, он прихватит вас.

— В восемь?! — ужаснулся гость. — В такую жуткую рань! А позже нельзя?

— Во сколько же у вас начинается первая лекция?

— В двенадцать двадцать.

Настал мой черед удивляться:

— Когда?! Как называется ваш институт?

— Академия фундаментальных знаний по менеджменту и экономике, — процедил Женя, — элитное место, год обучения стоит шесть тысяч долларов.

Я включила телевизор. Да уж, каких только учебных заведений не появилось в последнее время!

— Еще мне надо погладить костюм, — забубнил парень, — рубашку, почистить ботинки...

— Утюг в комнате рядом с кухней, там же стоит и доска, щетки и крем для обуви в шкафчике у входа, слева...

— Я что, сам должен гладить? — взвился Женя. — Неужели некому сделать домашнюю работу?

От подобной наглости у меня пропал дар речи, потом, правда, я открыла было рот, чтобы достойно ответить наглецу, но тут в гостиную с диким криком «Помогите!» влетела Аля.

— Что случилось? — кинулась я к девочке.

— Там, во дворе, у гаража, большая собака грызет Хуча!

Мы с Машкой опрометью кинулись на улицу. По дороге я машинально схватила уродский зонтик-трость, принадлежавший полковнику.

— Где? Ну где же они? — вопрошала Машка, топчась у входа. — Не вижу!

— Там, смотри. — Аля ткнула пальцем влево.

Я повернула голову и тут же почувствовала возле ноги что-то теплое. Мопс!

— Алечка, ты ошиблась, вот он, Хучик, сидит около нас!

— Мусечка, — заорала Маня, — это Индюшка!

Я посмотрела влево и похолодела. На зеленой лужайке перед гаражом, отлично освещенной лампой, которую Ирка зажигает, едва на двор спускаются сумерки, на мягкой травке, в том самом месте, где примерно полчаса назад Хучик безуспешно пытался соблазнить Индюшку, большая, лохматая незнакомая собака трепала мопсиху. Действие происходило почти в тишине, слышалось лишь тихое повизгивание и робкое поскуливание.

Выставив вперед зонтик, с воплем «Немедленно убирайся!», я ринулась вперед, горя желанием прогнать невесть откуда взявшуюся дворнягу.

В нашем поселке много собак, но я их знаю, если можно так выразиться, в лицо. Кроме того, в доме охранников постоянно «дежурят» ротвейлеры. Но первых псов хозяева держат на своих участках, а вторые, отлично выученные и безукоризненно послушные, всегда ходят только в компании с инструкторами. Откуда в поселке взялась дворняга? Да еще злобная, вон как трясет несчастную Индюшку...

— Мусечка, — воскликнула Маня, — он ее не грызет, а совсем даже наоборот!

Я уставилась на собак. Не похоже, чтобы Индюшка страдала. Мопсиха улыбалась во всю пасть, а дворняга...

Через секунду до меня дошло, чем они занимаются! Вот вам и собачка из хорошей семьи, отказавшая во взаимности элитному мопсу, суперчемпиону. Впрочем, и наш Хучик не пришелся Индюшке по вкусу.

— И что теперь делать?

Маня хихикнула:

— Ничего. Уже поздно!

— Давайте обольем их водой, — предложила Аля.

— Не поможет, — вздохнула Маруська, — интересно, какие щеночки получатся?

Я пришла в ужас.

— Кавалер огромный, Индюшка может не разродиться!

— Ой, жалко ее, — зашмыгала носом Аля.

Маня задумчиво почесала левую бровь.

— Есть лекарство, точное название не помню, надо сделать укол, и все, никаких последствий. Завтра узнаю в академии. Ладно, пошли домой.

— А Индюшка? — спросила Аля.

— Сама прибежит, — ответила Маруська, — куда она денется.

— Вот Хучик расстроится, — пробормотала Аля, — он за ней ухаживал, сыр носил.

— Да уж, — ухмыльнулась Маня, — собаки как люди, без любви никак. Не понравился ей Хуч!

— А этот урод подошел? — возмутилась Аля. — Грязный, блохастый, глистастый...

— С ее, собачьей, точки зрения, он потрясный красавец, — засмеялась Маня.

Девочки убежали в дом. Я села на скамейку и закурила, спустя некоторое время Индюшка подбежала ко мне и стала преданно заглядывать в глаза.

— Да уж, дорогая, похоже, вечер не прошел у тебя зря, — вздохнула я, — двигай домой. Следовало бы отшлепать тебя, да только какой толк после драки кулаками махать?

Ночью духота спала. Сегодня собаки не пришли в мою спальню. Хуч остался возле не доставшейся ему Индюшки. Снап и Банди убежали к Аркадию, Черри бродила по дому, Жюли дремала в холле. Я легла и сразу заснула.

Тук-тук-тук...

— Кто там? — не открывая глаз, спросила я.

Тук-тук-тук...

Меня как громом поразило — стучат в окно.

Я рывком села и схватила будильник. Три часа ночи, время между волком и собакой, на мой взгляд, самая неприятная часть суток. Вы знаете, что большинство людей умирает именно в это время? И сердечные приступы с инсультами часто наступают у спокойно спящих... О черт, ну и чушь же мне приснилась. Вернее, послышалась.

Тук-тук-тук...

Я соскочила с кровати, подбежала к окну, отдернула занавеску и отпрянула. Перед окном плясала Сара Ли. Меня охватил дикий ужас, но только на мгновение, через секунду пришла злость. Кукол-убийц не существует! Надо посмотреть вниз, и сразу станет понятно, кто держит шест, к которому привязана игрушка. Хотя никакой палки не видно, небось гадкий Карабас-Барабас воспользовался удочкой. Ну-ка, проверим!

Я свесилась через подоконник. Кукла исчезла. Куда же она подевалась? Внизу было очень темно и слышался легкий шорох. Ага, значит, я права, там человек! Я высунулась еще ниже.

— Эй, вижу тебя!

На самом деле я сказала неправду, мои глаза ничего не различали.

— Не смей двигаться, — прошипела я, подалась чуть вперед и в ту же секунду поняла, что падаю вниз.

Наверное, в минуту смертельной опасности у человека просыпаются невероятные способности. Мне до сих пор непонятно, каким образом я ухитрилась извернуться и уцепиться пальцами за подоконник. В голове билась только одна мысль: если упаду со второго этажа, то в лучшем случае поломаю ноги, в худшем же лишусь жизни. Следовало заорать, позвать на помощь, но отчего-то пропал голос и изо рта несся хрип.

— Мама, — просипела я и попыталась подтянуться.

Безуспешно, руки у меня слабые, давно ничего тяжелей чашки с кофе не поднимаю, вот мышцы и превратились в кисель. Хотя даже в прежние времена я не могла похвастаться особой силой в бицепсах. Что делать? Долго мне тут не проболтаться, подержусь пару секунд и шлепнусь вниз.

— Эй, кто-нибудь, — пискнула я, — спасите, помогите! А-а-а.

— Что случилось? — раздалось в моей спальне. — Даша, ты где?

Вдруг у меня появился голос, и я во всю мочь заорала:

— Здесь, скорей, поднимите меня, больше не могу.

В окне показался полковник. Надо отдать должное приятелю, он не стал задавать глупых вопросов, ахать и суетиться, просто схватил меня за плечи и рывком втащил внутрь.

— Ты ободрал мне живот, нельзя ли поаккуратней? — возмутилась я.

Александр Михайлович сердито спросил:

— Что случилось?

Я раскрыла было рот, чтобы рассказать про Сару Ли, но потом прикусила язык, полковник все равно не поверит.

— Все в порядке, не бери в голову!

Дегтярев нахмурился.

— Ты считаешь, что хозяйка дома, висящая в окне второго этажа в то время, когда подавляющая часть населения видит пятый сон, — это естественно?

— Ерунда!

— Нет уж, изволь объясниться!

— Абсолютный пустяк, просто я хотела выйти в коридор!

— И попала в окно?

— Ну да, перепутала, повернула не в ту сторону! Знаешь, так иногда бывает, вскочишь с кровати, хочешь пойти налево, а случайно выруливаешь направо. Мозг плохо работает спросонок!

— Похоже, он у тебя и днем не слишком напрягается, — мрачно заявил приятель. — Ты хоть понимаешь, что могло произойти, не услышь я твой крик?

— Ой, ты мне пижаму разорвал! Ужасно жаль, была такая удобная, красивая... Ну кто просил тащить меня вверх с такой силой?

Полковник молча вышел в коридор, я перевела дух, кажется, пронесло.

Утром над нашим участком пронесся истошный вопль:

— Помогите, убивают!

Отметив краем глаза, что часы показывают девять, я выбежала из комнаты, скатилась по лестнице вниз и увидела Ирку, издававшую звуки, которым могла позавидовать паровозная сирена.

— Сейчас же прекрати! Что случилось?

— Собачку разорвут!

— Какую?

— Ну эту, Утку.

— Индюшку?

— Да, вон там, у гаражей!

Я выглянула наружу. На лужайке в ласковых лучах летнего солнышка вновь развлекалась парочка. Женская часть была представлена Индюшкой, а вот кавалер теперь оказался другой. Вместо лохматой дворняги — гладкошерстное нечто с тупой мордой. Впрочем, и первый любовник был тут, вон он сидит в сторонке и наблюдает за действием, рядом стоит грустный Хуч с самым несчастным выражением на складчатой мордашке.

Решительным шагом я подошла к Хучу и ухватила его поперек живота.

— Незачем маленьким мальчикам смотреть на подобные сцены, иди, подкрепись «Докторской» колбаской. Индюшка тебя не стоит, развратная особа из хорошей семьи.

Хучик горестно вздохнул и закрыл глаза.

— Убивают! — надрывалась Ирка.

— Прекрати! — крикнула я.

— Господи, что вы так орете? — высунулся из окна Женя. — Спать невозможно! Безобразие! Сначала все по лестницам носились, топали, хлопали дверцами машин, потом наконец уехали, так теперь вопль поднялся! У вас так всегда?

— Посмотри-ка, что твоя мопсиха творит, — прервала я недовольные речи.

— Где?

Я собиралась показать рукой в сторону лужайки, но тут же увидела сидящую у моих ног с самым невинным видом Индюшку.

— Ну и что? — недоумевал Женя.

— Ваша собака нимфоманка, вчера сыграла свадьбу с одним дворнягой, сегодня уже с другим!

— Думаете, я вам поверю? — скривился Женя и исчез.

Я легонько шлепнула «новобрачную».

— Милая, ты шлюха! Неужели тебе совсем не стыдно? Ладно, я согласна, любовь зла, элитный кавалер не пришелся тебе по вкусу, а выходец с помойки взволновал, но столь стремительная смена партнеров выглядит отвратительно, или у тебя иное мнение по данному вопросу?

Но Индюшка не выглядела смущенной, более того, она казалась очень довольной.

— Ступай в дом, — сурово велела я, — боюсь, нам придется привязать тебя! Хотя до сих пор еще ни разу не сажали собаку на цепь.

Глава 12

Запихнув любвеобильную даму в комнату, где Ирка держит приспособления для глажки, я тщательно закрыла дверь на замок. Так, теперь можно успокоиться, мопсихе ни за что отсюда самой не выбраться. Пойду к Мане в спальню и включу компьютер.

Среди массы программ есть в Маруськиной «консервной банке» и база Московской телефонной сети. Можно ввести имя и фамилию и узнать нужный номер, но можно сделать и наоборот. Выстукиваете цифры и получаете адрес и ФИО владельца. Ну-ка, попробуем.

Маруська терпеть не может, когда кто-нибудь залезает в ее компьютер, но как она узнает, что я возилась в программах? И потом, я буду действовать аккуратно, ничего не сломаю.

Экран заморгал, возникла надпись: «Пароль». Ну это легко! Хуч! Окно погасло, зато возникло следующее: «Нет места на диске С, создать диск Ундо?» Что за чертовщина, наверное, нужно мышью кликнуть на слово «нет», но рука дрогнула, строчка переместилась на «ОК». Непослушная машина загудела и выставила новую преграду: «Отсутствует файл». Я вновь кликнула на «ОК». «Создать диск Ундо?» — «Нет». — «Отсутствует файл». —

«ОК». — «Создать диск Ундо?» — «Нет». — «Отсутствует файл»... Пройдя пять раз по одному кругу, я обозлилась и пнула системный блок ногой. Внезапно экран моргнул, и появилась картинка: девчушка лет пяти, одетая в кружевное платьице, смотрит в окно, возле ее ног сидят два мопса.

Я пришла в восторг: вот оно как! Оказывается, компьютер просто надо бить!

То ли противная машина испугалась, то ли решила подчиниться, но больше никаких проблем не возникло, и через десять минут я узнала адрес: улица Костолевского и прочие паспортные данные — Рахлина Юлия Львовна. Я аккуратно выключила компьютер. Ну и совсем не странно, что телефон зарегистрирован на женское имя. Наверное, эта Юлия мать типа с татушкой или его жена... А может, сестра...

Ноги сами понесли меня на первый этаж. С одной стороны, мне было понятно, что идти в гости к мужику опасно, с другой — очень хотелось взглянуть на татуированного. Ладно, съезжу на улицу Костолевского, просто погляжу, что к чему, потолкую с соседями, вдруг выплывет интересная информация.

Я вышла в холл, потом вспомнила, что забыла наверху сумочку, опять поднялась по лестнице и наткнулась на Алю, несущую стопку книжек в ярких обложках.

— Правильно, читай, пока лето, осенью не

удастся детективами наслаждаться, придется учебники листать.

Внезапно Аля воскликнула:

— Ну их на фиг!

— Кого?

— Не кого, а что! Учебники дурацкие, да и не понадобятся они мне больше!

— Почему? — удивилась я. — Ты в каком классе?

Аля посмотрела на меня чуть выпуклыми глазами и заявила:

— Я не вернусь в колледж!

Я подошла вплотную к ней:

— Алечка, если ты думаешь, что после смерти родителей не хватит денег на твое образование, то ошибаешься. Конечно, я не слишком хорошо разбираюсь в финансовых и юридических вопросах, но, думаю, бизнес Родиона...

— Меня деньги не волнуют, — с детской наивностью заявила Аля, — просто я больше не хочу учиться!

— Но, котеночек, так нельзя!

— Почему?

— Надо получить аттестат. Без него не примут ни в один институт.

— Ну и за фигом он мне сдался? — не дрогнула Аля. — И так полно хороших профессий! И вовсе не надо трубить в вузе! Вон эстрадные певицы, например!

Из моей груди вырвался тяжелый вздох.

Родя и Неля скончались, получается, что теперь за судьбу Али ответственна я. Поездку на улицу Костолевского надо временно отложить, потому что никому, кроме меня, не объяснить девочке, что следует продолжить учебу.

— Пойдем поболтаем у меня в спальне? — предложила я.

Аля дернулась, но потом ответила:

— О чем?

— Ну... так просто, о жизни.

— Вот еще, — надула губки девочка, — и потом у меня голова болит!

Я не стала настаивать. Она перенесла шок, до сентября полно времени, пусть отдохнет, поваляется с приключенческими книгами. Думаю, к концу лета она сама поймет, что к чему.

— О господи, — закричала со двора Ирка, — вы только гляньте!

Мы с Алей побежали на зов и ахнули. Возле гаража, на лужайке, вновь вовсю резвилась собачья парочка. В роли невесты выступала, конечно, Индюшка, женихом на этот раз был грязно-белый пес с рыжими ушами и лопушистым хвостом. Впрочем, и предыдущие «мужья» не собирались покидать двор, сидели, как зрители в Большом зале консерватории, в полной тишине, без лишних движений.

— Это что за безобразие! — заорала я.

Сладкая парочка, не обращая ни на кого внимания, продолжала самозабвенно заниматься своим делом. Вне себя от злости, я вернулась в дом, схватила вазу, выдернула из нее большой букет, который подарил вчера Зайке Кеша, вылетела во двор и выплеснула воду на радостно повизгивающих Ромео с Джульеттой.

Естественно, большая часть жидкости попала на мои тапки. Индюшка с кавалером даже не вздрогнули, «группа поддержки» не повернула голов. Собаки усиленно делали вид, что они на лужайке одни.

Чувствуя, как влажные тапки противно прилипают к босым ступням, я вернулась в дом.

— Она теперь каждый день станет, ну это?.. — застенчиво спросила Аля.

— У собак спаривание возможно лишь в критические дни, — пояснила я.

— Неделю? — решила уточнить девочка.

— Нет, двадцать один день, — машинально ответила я и тут же пришла в ужас. Да за этот срок в наш двор сбегутся все дворняжки Москвы и Московской области.

— Интересно, как она вылезла? Закрыли ведь Индюшку на ключ!

— Наверное, кто-то открыл, пошли посмотрим, — предложила Аля.

Мы добежали до гладильной, удивились — заперто, вошли внутрь и сразу все поняли. Хитрая Индюшка сначала вспрыгнула в кресло, с него на стол, потом попала на подоконник и смело ринулась вниз, навстречу любовному приключению.

— И что теперь делать? — протянула Аля.

— Ты не знаешь, Маня делала ей укол?

Аля кивнула:

— Сказала, Индюшка больше и близко к кавалерам не подойдет!

— Да, похоже, медицина ошибается, — пробормотала я. — Отнесу-ка девушку из хорошей семьи на второй этаж и устрою ее в своей спальне, оттуда уж ей точно не удрать!

Примерно через полчаса, посадив провинившуюся Индюшку в «тюрьму», я стала запирать дверь, увидела, что мопсиха без всяких признаков раскаяния вспрыгивает на кресло, и не выдержала:

— Похоже, тебе абсолютно все равно, с кем проводить свободное время! Отчего не отвечаешь Хучику взаимностью? Смотри, как мальчик страдает!

Индюшка зевнула и поудобней умостилась в подушках. Весь ее вид говорил: «Хорошо-то как!»

Я постояла пару минут на пороге, потом позвала Хуча и сказала:

— Вот что, ты просто слишком интеллигентен. Даришь подарки, говоришь комплименты. Понапористей следует быть, поухватистей. Ладно, так и быть, помогу тебе. Небось побаиваешься дворняжек и не решаешься отбить у них Индюшку? Входи, запру вас тут вместе, авось любовь и состоится. Конечно, не слишком красиво с моей стороны оставлять развратную

Индюшку в полном твоем распоряжении, но ведь у нее и так щенки будут!

Словно поняв мои слова, Хуч опрометью бросился в спальню. Я повернула ключ в замке и с чувством выполненного долга постучалась к Жене.

— Чего надо? — весьма неделикатно ответили из-за двери.

Я вошла в комнату. Женя сидел возле трюмо. На секунду мне показалось, что у парня в руках карандаш для подводки глаз, но я тут же решила, что это мой очередной глюк.

— Чего надо? — хмуро повторил гость.

— Если хочешь, довезу тебя до города.

— Ладно, — оживился парень, — буду готов через двадцать минут.

Но собрался он только через час. Я хотела было возмутиться, но не стала трепать себе нервы.

Всю дорогу мы молчали, слушая радио.

— Идиоты, — неожиданно сказал парень.

— Кто?

— Да все, — ответил Женя, — вокруг одни свиные рыла.

Я предпочла не развивать тему и велела:

— Вылезай, метро «Сокол».

Женя обиженно поджал губы:

— Но мой институт на проспекте Вешнякова, это совсем в другом конце Москвы!

Внезапно я разозлилась:

— А вот мне туда не надо, топай в подземку.

Отъезжая от бордюра, я увидела в зеркало, как парень встал на краю тротуара с поднятой рукой, он явно не собирался пользоваться общественным транспортом.

Юлия Львовна Рахлина жила в огромном доме, построенном, очевидно, в начале пятидесятых годов двадцатого века. Серое здание, похожее на диковинный торт, высилось среди блочных пятиэтажек. Квартира Рахлиной оказалась в последнем подъезде. Лифт не работал. Я сначала и не собиралась знакомиться с Юлией Львовной, более того, и не думала даже подниматься на нужный этаж, но ноги сами вознесли меня наверх, а руки нажали на кнопку звонка.

Раздалась переливчатая трель, и на пороге появилась женщина неопределенного возраста.

— Вы ко мне? — тихо спросила она.

На всякий случай я кивнула.

— Условия знаете? — еле слышно прошелестела хозяйка.

— Нет.

— Идите сюда, смотрите. Комната большая, с двумя окнами. Из мебели — кровать, стол, шкаф и стулья. Могу дать постельное белье и одеяло с подушкой, — монотонно перечисляла тетка, — холодильник на кухне, им, как и плитой, можно пользоваться сколько хотите, а за электричество оплатите вперед. Гостей приводить можно, но прошу не собирать шумных компаний.

— Извините, — улыбнулась я, — очевидно, вышла накладка. Можно увидеть Юлию Львовну?

— Слушаю вас.

— Вы сдаете комнату?

— Ну да, я только что вам объяснила условия проживания.

— Мне жилплощадь не нужна!

Юлия Львовна насторожилась:

— Зачем тогда вы пришли?

— Скажите, Иван дома?

— Кто? — отступила в глубь коридора Юлия Львовна.

— Иван.

— Здесь нет человека с таким именем.

— Ну как же, совсем недавно я с ним болтала по телефону. Ваня, такой приятный молодой мужчина. У него еще вот тут татуировка яркая — пума с цветком.

— Был такой, — спокойно кивнула Юлия Львовна, — но его зовут не Иван, а Михаил.

— Ну да, — я стала выкручиваться, — правильно, никто и не говорил про Ивана. Михаил Иванов. Он дома?

— Уехал.

— Куда?

— К себе, наверное, командировка закончилась, вот и убыл.

— Где он живет?

— Понятия не имею, — по-прежнему апатично заявила Юлия Львовна.

— Вы его паспорт видели?

— Нет.

— Пускаете к себе постороннего человека и не интересуетесь удостоверением личности?

— К чему оно мне?

Я возмутилась:

— Потрясающая беспечность! А вдруг вор явится или насильник?

На лице Юлии Львовны промелькнуло нечто отдаленно напоминающее улыбку.

— Красть у меня нечего, и потом, Михаила прислала Полина, она великолепно разбирается в людях, только посмотрит на человека — и сразу понимает, порядочный он или нет. Кстати, от нее ко мне почти все клиенты приходят, ни разу ничего плохого не случилось. Михаил тоже положительный, не пил, не курил, женщин не водил...

Ага, у парня другое хобби. Скупает по магазинам кукол и пугает ими людей, доводит их до того, что они выпадают из окон.

— Очень аккуратный, — как ни в чем не бывало бубнила Юлия Львовна, — перед отъездом комнату тщательно вымыл, не оставил ни клочка бумажки, так редко кто делает.

— Кто такая Полина?

— Моя подруга и бывшая коллега, — пояснила Юлия Львовна, — мы раньше в одном НИИ бок о бок сидели, хорошие деньги получали, жили себе не тужили, а потом бац! Институт развалился, пенсия — копейки. Вот теперь я комнаты сдаю, а Поля в ларьке сидит, мороженым торгует.

— И где этот ларек стоит?

— А на Комсомольской площади, — вяло ответила хозяйка, — прямо у Ленинградского вокзала.

Дивясь на беспечность Юлии Львовны, я села в машину. Неужели Рахлина настолько уверена в своей неуязвимости? Распахнула двери квартиры перед незнакомцем! Пустила на ночь человека, о котором знает лишь только то, что его зовут Миша!

Киоск с надписью «Нестле» стоял вплотную к зданию метро. Я подошла к торговой точке и уставилась на ценники: «Розочка», «Эскимо»... Может, съесть стаканчик? Нет, в такую жару лучше не пробовать ничего сладкого и липкого.

Возле пластмассовой тарелочки, на которую следовало класть деньги, виднелась картонка: «Сдаются комнаты, чистота и тишина гарантируются». Я наклонилась к окошку. Излишне полная женщина в ситцевом, туго обтягивающем крупное тело платье возилась у холодильника. Не успела я раскрыть рот, как мороженщица повернулась и устало спросила:

— Какое хотите? Стаканчики мягкие.

— Я насчет комнаты.

— Останетесь довольны, — оживилась Полина, — дом в центре, недалеко от станции метро, хозяйка милейшая женщина, которая никогда не сует нос в чужие дела. Если не хотите регистрироваться, то и не надо. Хотя вы, похоже, москвичка?

Я чуть было не заорала от возмущения. Каждый день людям рассказывают об угрозе терроризма, велят проявлять бдительность, а Полина совершенно спокойно предлагает такое место, где никто не потребует паспорт.

— И цена подъемная, — суетилась мороженщица, — давайте пятьдесят рублей.

— За что? — Я решила продолжить диалог.

— Так за адрес, — улыбнулась Полина, — мне с каждого клиента по полтиннику причитается. Да вы не сомневайтесь, обмана никакого нет. Сами посудите, какой мне смысл вас «кидать»? Съездите ведь и вернетесь меня заложить, коли чего не так. Я тут, на площади, пятый год сижу, меня здесь каждая собака знает. Ну, пойдет? Решайте скорей, у Юлии Львовны сейчас только одна комната свободна. Если не хотите, то и не надо, другой клиент мигом найдется.

— А сколько же там комнат? — поинтересовалась я.

— Три сдаются, в четвертой хозяйка.

— Много народу!

— Ты найди за такие деньги в центре жилплощадь, — рассердилась Полина, — сто рублей в день! Смех, а не цена. Давно уж пора повысить, только Юлия Львовна чересчур интеллигентная. Да не бойся, у нее сейчас две девушки живут, молоденькие, приехали в институт поступать, на актрис выучиться хотят, мужиков нет!

— Я не боюсь, мне Миша сказал: «Хозяйка классная тетка».

— Какой Миша? — удивилась Полина.

— Неужели не помните? Вы его к Юлии Львовне отправили? Такой симпатичный, вот тут татуировка...

Полина прищурилась:

— Да? Может быть! И что из того?

Я положила на пластмассовое блюдечко пятьдесят рублей.

— Дайте адрес.

Мороженщица оторвала листок от лежащего перед ней блокнота и протянула его мне. Улица Костолевского!

— Мне не нужны координаты Юлии Львовны, я сама живу в Москве.

Полина облокотилась на холодильник.

— Чего тогда голову морочишь, сразу же сказала, что ты москвичка!

— Понимаете, Миша мой приятель. Познакомились с ним, ну, в общем... А теперь парень пропал, от Рахлиной съехал. Мог бы и денег на врача дать!

— Ну и при чем тут я?

— Юлия Львовна сказала, что Мишу вы прислали.

— Было дело.

— Дайте мне его адрес, — заканючила я, —

у нас такая любовь была! Миша хотел на мне жениться, а потом пропал неведомо куда.

Лицо Полины разгладилось.

— Вы уже не девочка, чтобы мужику сразу поверить!

Я зашмыгала носом.

— Хочется жизнь устроить, не везло до сих пор! Думала, Миша моя судьба, а он...

— Вот поэтому мужики над нами верх и берут, — вздохнула Полина, — пользуются, что бабам любви хочется. Гады! Ты не унижайся, плюнь да заведи другого!

— Где же его взять? — Я старательно пыталась изобразить истерические рыдания. — И потом, я Мишу люблю, да еще и беременная осталась!

— Ох, горюшко, — покачала головой Полина, — рада бы помочь, да не могу.

— Только адресочек! — умоляюще залепетала я. — Впрочем, можно и телефон.

— Да не знаю я ни того, ни другого! — в сердцах воскликнула мороженщица.

— Но как же... Вы отправили его к Юлии Львовне...

— Правильно. Вот видишь, картонка стоит, люди просто подходят и спрашивают адрес. Мне дают пятьдесят рублей, Юлии Львовне платят за день проживания и особо не тратятся, потому что не в гостинице живут, все довольны!

— И Михаил так появился?

— Конечно!

— Паспорт у него не спрашивали?

— Нет, я никогда документами не интересуюсь, — гордо заявила Полина, — у меня глаз — ватерпас, сразу вижу, кому дать адресок, а кому отказать. Вот ты только заговорила, я сразу поняла: не квартира нужна! И про любовь могла не рассказывать, я тут же сообразила, что к чему, я очень чуткая!

Ну и что ответить на подобное заявление? Вот уж воистину человеческая глупость беспредельна.

— И помочь тебе хочется, и не знаю как, — болтала Полина, абсолютно не понимая, что за мысли вертятся у меня в голове. Я уже собиралась распрощаться с мороженщицей, как та воскликнула: — Слушай, поговори-ка ты с девками, ну теми, что у Юлии Львовны живут. Может, он им что про себя рассказал?

Я так и подскочила. Ну почему эта простая идея не пришла мне в голову?

Глава 13

Увидав снова меня на пороге, Юлия Львовна не выказала никакого удивления. То ли она жуткая пофигистка, то ли жизнь так долго била ее по голове, что просто лишила всяких эмоций.

— Что хотите? — равнодушно спросила Рахлина.

— У вас девочки живут, абитуриентки. Можно их позвать?

Если представить на минуточку, что нужда заставила меня сдавать комнаты людям, то как минимум я отбирала бы у постояльцев паспорта и требовала заполнить анкеты. И уж никогда бы не стала разговаривать со странной теткой, которая сначала хочет узнать адрес одного жильца, а потом является, чтобы поболтать с другими! Но Юлия Львовна преспокойно обернулась и крикнула:

— Вера, Клара, к вам пришли.

Тут же в коридор выскочила тощая девчонка, с виду чуть старше Маши, и затараторила:

— Здрасте! Вы небось устали? Так заходьте...

С провинциальной приветливостью она распахнула дверь в свою комнату и спросила:

— А сумка где?

— Сейчас-сейчас, — пообещала я и быстро вошла.

Юлия Львовна не обманывала своих жильцов. В небольшом помещении было даже уютно. Окно прикрывали симпатичные, недавно выстиранные ситцевые занавески, стол застелен скатертью, кровать выглядела удобной, на полу лежало некое подобие паласа, а в буфете, громоздящемся у стены, сверкали хрустальные фужеры.

В кресле, между стеной и шкафом, сидела девушка с книгой в руках. Увидав меня, она буркнула:

— Здрасте, — и продолжила чтение.

— Ну, — воскликнула девочка, приведшая меня, — где посылка?

— Вы Вера? — спросила я.

— Нет, Клара.

— Что за посылку вы ждете?

— Так от мамы, с Копелевска, — пояснила глупышка, — все будет как обещали, не волнуйтесь. Вы нам привет привезли, мы вас за это переночевать пустим, без денег, вот тут, на кресле, оно раскладывается.

Я вздохнула. Ну почему все встреченные сегодня мной люди хотят устроить Дашутку на квартиру?

— Где сумка? — нетерпеливо переминалась с ноги на ногу Клара.

— Ее нет, — честно ответила я, думая, что девушка сейчас возмутится.

Но Клара обрадовалась:

— Вот маманька молодец! Не то что твоя, Верка, прислала колбасу со сгущенкой. Ну кому в Москве харчи нужны, здесь деньги требуются. И где же мои рублики?

Я обрадовалась, разговор сразу съехал на нужную тему, сейчас все узнаю!

Клара уставилась на протянутую ей зеленую бумажку.

— Эт-то чего? — в полном изумлении спросила девушка.

— Никогда не видели? Доллары. Их можно обменять на рубли.

— Уж не такие мы темные, — протянула Вера и отложила книгу, — пользуемся баксами. Продвинутая у тебя, Кларка, маманька. Где она только валюту взяла?

— Деньги не от вашей мамы, а от меня.

Клара отступила к окну.

— Я не пойму... Где посылка?

— Наверное, едет в поезде. Извините, не представилась, Дарья Ивановна Васильева, следователь по особо важным делам при администрации Президента.

Уж не знаю, отчего мне в голову взбрело представиться подобным образом. Интересно, у главы государства есть в штате следователь? И как бы отреагировал Дегтярев, услышь он о моем «месте работы»?

Но провинциальная девочка пришла в полный ужас. Клара быстро положила купюру на стол.

— Ой!

Вера встала из кресла.

— Мы ничего плохого не сделали!

— Знаю, вы в театральный собрались поступать? Странно, однако.

— Что же тут удивительного? — дрожащим голосом осведомилась Клара. — Или, по-вашему, только москвичи имеют право в артистки идти, а люди с Копелевска должны всю жизнь на кирпичном заводе горбатиться?

— Конечно, нет, — улыбнулась я, — многие талантливые актеры родом из маленьких городков. Удивляет другое, сейчас начало июня, выпускные экзамены еще не кончились, а вы уже тут!

Вера презрительно сморщилась.

— Второй год приезжаем. В прошлом нас прокатили, взяли лишь своих. Вот мы и решили еще раз толкнуться, если опять облом — пойду в строительный, там вечно недобор, мне без разницы где, лишь бы в Москве остаться.

Клара молча теребила рукав кофточки.

— Ладно, одно недоразумение выяснили, — приветливо сказала я, — теперь другой вопрос. С вами в одной квартире проживал парень, Михаил, постарайтесь припомнить о нем мельчайшие подробности.

— Волосы черные, глаза такие быстрые... — принялась послушно перечислять Клара.

Но Вера мигом заткнула подругу:

— Молчи.

Потом девушка одернула кургузую юбочку и заявила:

— У меня брат в милиции работает, и я правила знаю. Не имеете права нас допрашивать без протокола.

— Ни о каком допросе речи не идет, это просто дружеская беседа.

— Ежели так, то до свидания, нам болтать не о чем. Забирайте деньги, свои девать некуда.

Клара, раскрыв рот, глянула на ухватистую подругу.

— Я просто хочу задать вопрос.

— А мы просто не желаем отвечать, — заявила Вера.

Слегка растерявшись, я попробовала заехать с другой стороны:

— А в какой вуз вы отдали документы?

— В училище, на Родниковской улице, — ответила Клара.

— Захлопнись! — рявкнула Вера.

— Трудно поступить в театральный вуз, — с сочувствием сказала я, — число мест ограничено, а у всех актеров есть дети, сами понимаете, кого в первую очередь возьмут. Но я могу помочь!

— Правда? — обрадовалась Клара.

— Прекрати, — сквозь зубы процедила Вера, — не видишь, она врет!

Я посмотрела на Клару в упор.

— Одна из моих подруг работает как раз в этом училище, куда ты отнесла документы. Если ответишь на мои вопросы, познакомлю тебя с ней.

В глазах Клары мелькнула надежда, но Вера, решительно шагнув ко мне, каменным тоном заявила:

— Уходите вон!

Пришлось подчиниться. У девушки было самое злое выражение лица, а руки сжимались в кулаки.

Оказавшись на лестнице, я села на подоконник и закурила. В голове было пусто, хотелось пить, впрочем, и перекусить бы неплохо. Кажется, тут недалеко есть кафе, пойду гляну на заведение.

На улице стало еще жарче, теперь понятно, что ощущают куски теста, когда их засовывают в духовку. Я медленно пошла к «Пежо». Моя машина, поставленная в тень, сейчас очутилась на солнце, внутри салона, наверное, хуже, чем на проспекте. Удивительно, но Москва, как всегда, оказалась не готова к резким перепадам температуры. Наши градоначальники уверены, что столица России расположена на Карибах, где, как говорят, круглый год градусник стабильно показывает плюс двадцать пять по Цельсию, а дожди случаются четко по расписанию.

Иначе чем объяснить удивление городских властей, когда на Москву обрушивается жара. «Кваса нет», — сообщают таблички на ларьках, но «Кока», «Фанта», «Миринда» и иже с ними теснятся на полках. Однако меня от этих напитков только больше начинает мучить жажда, а вкусный квас словно испарился. Непригодными для отдыха оказываются и городские пляжи. Ну не ждал никто, что людям захочется поплескаться в водичке, и поэтому с берегов водоемов не убраны осколки бутылок, ржавые железки и полусгнившие доски. Правда, зимой еще хуже. Совершенно неожиданно начинается снегопад, ударяет мороз...

— Простите, — раздалось за спиной, — у вас правда есть знакомая в училище? Не соврали?

Я обернулась и увидела растрепанную Клару.

— Да, могу познакомить тебя с ней.

— Спрашивайте чего хотите! — обрадованно воскликнула девушка. — Только давайте отойдем подальше, чтобы Верка нас не поймала.

— Пошли, — согласилась я.

Через пятнадцать минут, уютно устроившись за столиком около вентилятора, я отхлебывала плохо сваренный капуччино и слушала Клару. Чем больше девушка говорила, тем ясней становилось: никаких сведений о Михаиле у нее нет. Вернее, Клара вывалила кучу ненужных бытовых подробностей: Михаил вставал поздно, ложился ближе к утру. Дома не сидел, постоянно пропадал в городе, говорил, что приехал в командировку. Но откуда, не сообщил, впрочем, девушки особо и не настаивали на тесном знакомстве.

— Он такой симпатичненький, — откровенничала Клара, — черненький, волосы кольцами вьются, глаза карие, кожа смуглая, цыган, одним словом. Мне такие по душе, можно и роман закрутить, вот был бы москвич — тут же начала атаку. Но Миша из глубинки, а я хочу в столице остаться. Да и «голубой» он скорей всего!

Я потрясла головой.

— «Голубой» цыган! На чем основаны твои заявления?

Клара захихикала.

— Он в ванную без стука вошел, а я сарафан новый купила, стою перед зеркалом...

Увидав парня на пороге, Клара кокетливо состроила глаза:

— Ну как? Идет мне?

— Ничего, — спокойно ответил Миша, — только бретельки от лифчика торчат, некрасиво.

— Сама знаю, — разозлилась Клара, — без бюстгальтера никак. Эх, видно, надо сарафанчик назад нести.

— Купи белье с прозрачными бретелями, — неожиданно посоветовал Миша.

— Такое есть? — удивилась Клара.

— Конечно, — пожал плечами парень.

— И где его взять?

— В подземных переходах поищи, — ответил Миша и ушел.

— Ну какой мужчина может знать о прозрачных лямках, — хихикала Клара, быстро черпая ложечкой подтаявшее мороженое, — только «голубой».

Ага, еще стилист, модельер, художник,

скульптор, продавец, да просто внимательный любовник.

— Ладно, с геем разобрались, а цыган откуда взялся?

— Похож очень. Смуглый, волосы вьются.

Очень здорово, с таким же успехом Миша может быть евреем, чеченцем, грузином...

Видя, что я молчу, Клара понеслась дальше. Миша ел на ужин сосиски с кетчупом, чай пил с шоколадом. Еще подолгу мылся в ванной. Утром просиживал не меньше часа, а вечером тратил на банные процедуры еще больше времени. Поливался одеколоном...

Мне надоел поток бессмысленных сведений.

— Назови его фамилию и отчество.

— Не знаю.

— С кем он по телефону разговаривал?

— Не слышала! Впрочем, нет. Позавчера сняла трубку, а там девушка...

Клара вежливо спросила:

— Вам кого?

Из трубки донесся чуть хрипловатый голос:

— Послушай, красивая, сходи по коридору, позови Мишу.

Клара постучала в дверь к соседу.

— Тебя.

— Скажи, ушел, — попросил парень.

Девушка вернулась к трубке.

— Его нет!

Невидимая собеседница рассмеялась:

— Врешь, красивая, сбегай еще раз и передай, Ромала от Барона зовет, пусть идет. Давай, красивая, счастье тебя ждет.

— Какое? — от неожиданности спросила Клара.

— Мечта сбудется, — пообещала женщина, — смотри не отпугни, когда радость придет, больше ничего не скажу, зови Михаила.

Когда парень подошел к трубке, то первая фраза, которую он сказал, была:

— Зачем трезвонишь, велено же сидеть тихо...

Потом Миша осекся, глянул на развесившую уши Клару и буркнул:

— Тут не поговорить, жду где всегда...

... — Вот и доказательство того, что он цыган, — оживленно болтала Клара, — тетка как цыганка говорила, да и Ромала — ихнее имя.

— Их, — машинально поправила я девушку.

— Да какая разница? — удивилась та. — Все говорят «ихняя».

Да, каждый слышит по-своему. Я подозвала официантку. И вспомнила курьезный случай.

Когда Маруське исполнилось девять лет, она, как многие девочки ее возраста, решила завести заветную тетрадочку, нечто вроде дневника. Туда записывались «страшные тайны» и тексты любимых песен. Однажды, зайдя к Мане в комнату, я нашла дочь за письменным столом.

— Ой, погоди, — попросила она, — только строчку запишу.

Из радиоприемника неслось: «Незабудкою в поле стоишь ты, любимая...»

Я машинально, по старой преподавательской привычке глянула к дочке в тетрадь. Высунув от старательности язык, Манюня выводила: «Не за будкою в поле стоишь ты, любимая».

— Ну, — нетерпеливо заерзала Клара, — все, теперь ваш черед.

Я вытащила мобильник, соединилась с Ларисой Макеевой и вмиг договорилась о ее встрече с девочкой. Обрадованная Клара, веселая, как двухмесячный котенок, побежала домой. Я посидела несколько минут в одиночестве, потом поехала на Киевский вокзал.

Группу девушек, одетых в цветастые юбки, я увидела сразу. Цыганки, словно экзотические птички в слишком ярком для Москвы оперении, бродили по площади между ларьками. Выбрав, на мой взгляд, самую симпатичную, я подошла к ней.

— Послушай...

— Здравствуй, красивая, — блеснула неправдоподобно белыми зубами девушка, — погадать тебе? Всю правду расскажу.

— Думаю, всю правду знать вредно для здоровья, меня не интересует будущее, лучше подскажи, где найти Катю.

— Катю? — спокойно переспросила смуглянка. — Сигаретами торгует? Спроси у Ахмета, он смотрящий, всех в ларьках знает! Давай погадаю, счастливая ты, удачу поймала. Дай денег, правду расскажу.

— Деньги получишь без гадания, если скажешь, как найти Катю. Она из ваших, цыганка. Дочка у нее есть, Маша, маленькая совсем, недавно лоб разбила, наверное, до сих пор с пластырем ходит.

— Давай деньги, — потребовала девушка.

Получив бумажку, она ловко спрятала ее в цветастые тряпки и, ткнув пальцем в сторону вокзала, сообщила:

— Туда ступай, там Катя.

— Это точно? — с недоверием переспросила я.

— Может, куда в другое место подалась! — как ни в чем не бывало заявила врунья.

Поняв, что совершенно зря отдала деньги, я подошла к другой цыганке.

— Подскажи, где найти Катю?

— Ну я Катя.

— Другая нужна, дочка у нее, Маша.

Гадалка засмеялась:

— Вот Маша, и та Маша, и у стены Маша стоит, тебе какую?

От полной безнадеги я ляпнула:

— А Ромала где?

Внезапно собеседница насторожилась.

— Ромала? Не знаю такую! Ступай себе, не лезь к цыганкам, у нас бабы дурные, приревнуют к мужику, и покою не будет. Иди мимо.

Я хотела было еще раз спросить про Катю, предложить денег, но цыганка внезапно исчезла, испарилась, словно зарплата, быстро и бесследно.

Я стала бродить по площади, но женщины в ярких юбках и бесчисленных золотых украшениях больше не попадались мне на глаза, по непонятной причине они покинули площадь. Обойдя все ларьки, я устала и устроилась на стуле, стоявшем под бело-красным зонтиком. Мигом подскочил официант, черноволосый парень.

— Слюшаю, дорогая!

— Спасибо, я просто присела, ноги устали, — сказала я.

— Так нельзя! Сделай заказ и отдыхай сколько хочешь.

— Чашку кофе.

— Съешь шаурму, — не успокаивался владелец, — мясо свежее, только что бегало.

— Твой деликатес делается из собачатины?

— Вай, какой глупость пришел тебе в голову.

— Ну тогда из кошатины...

— Зачем обижаешь!

— Сам же сказал, мясо только что бегало. Вряд ли держишь тут стадо коров!

— Из курицы шаурма! — обозлился официант. — Деликатес! Во рту тает, парную берем!

Я увидела чуть в стороне гору пустых упаковок из-под замороженных куриных ножек, произведенных в Америке, и вздохнула:

— Только кофе, можно с пирожным, если оно тоже недавно бегало. Но если эклер поймали неделю назад, то не напрягайся и не тащи его.

Мужчина рассмеялся:

— Шютница, а! Разве у пирожных есть ноги?

Вопреки всем моим ожиданиям кофе оказался просто великолепным, а булочка с маком растаяла во рту. Я подобрала крошки и решила заказать еще одну.

— Эй, официант, подойдите, пожалуйста...

— Зачем искала? — послышался тонкий голос.

Я подняла глаза и увидела перед столиком цыганку Катю.

— Ну, надо-то чего? — нетерпеливо спросила она.

— Ой, — обрадовалась я, — вот здорово, я уж думала, не найду тебя.

— Что хочешь?

— Скажи, среди ваших есть девушка по имени Ромала?

— Тебе зачем?

— Она знает одного парня, которого я ищу.

— Не ищи, не надо.

— Почему?

— Я сказала, ты услышала. Не ищи, худо всем будет, оставь его, он плохой человек.

— И все же, где найти Ромалу?

— Нигде.

— А Барон? Кто он такой? Не знаешь случайно?

Катя села за столик, вытащила из юбок пачку «Парламента».

— Барона тут нет и быть не может. В своем доме живет, с чужими не общается, с тобой говорить не станет. Лучше к себе поторопись, беда у вас.

Конечно, я понимаю, что цыганки только прикидываются ясновидящими, но на душе внезапно заскребли кошки.

— Что за беда?

— Не знаю.

— Ничего-то тебе не известно, а еще цыганка!

Катя резко встала.

— Прощай. Ромалы у нас нет.

— А в других таборах?

Катя прищурила черные бездонные, как пропасть, глаза.

— Цыган на свете много, может, и есть где Ромала, только хочешь совет? Далеко не ищи, около себя смотри, беда рядом ходит!

Выплюнув «приятную» фразу, цыганка быстро встала и ушла. Я не успела ее остановить, бросилась следом, но Катя, очевидно, обладала умением проваливаться сквозь землю.

Глава 14

Делать нечего, пришлось спешить домой. С некомфортным ощущением приближающихся неприятностей я докатила до Ложкина и обнаружила, что дорога, ведущая через поселок, отчего-то перекопана.

— Что случилось? — спросила я у охранника.

Тот махнул рукой.

— И не спрашивайте, авария! Тут из-под земли фонтан горячей воды хлестал, еле-еле исправили, весь асфальт раскурочили. Завтра обещали в порядок привести. Рабочий день у них, видите ли, кончился! По мне, если устроил кавардак, так убери. Людям-то сколько неприятностей, во двор не заехать. Вы «Пежо» оставьте возле нас и пешочком идите.

Я послушно полезла через обломки черно-серого цвета и мигом порвала тонкие летние брюки. Наверное, в другой раз я бы расстроилась, но в моей душе вдруг поселилась радость. Будем надеяться, что это и есть беда, поджидавшая меня вечером.

Преодолев все препятствия, я добралась до нашего дома, приоткрыла дверь и услышала вой, полный тоски:

— А-а-а...

— Вот... мать, — сурово перекрыл его незнакомый мужской голос.

Не успела я удивиться, как из кухни вышел огромный детина в окровавленной рубашке, в руках он держал большой топор, с которого, как в дурном триллере, падали на пол тяжелые бордово-черные капли. Мужик постоял в коридоре, потом громко сказал:

— Ну все порубил, теперь и на дом спокойно посмотреть можно, — и с этими словами исчез в ванной.

У меня подкосились ноги. Значит, сюда пробрался бандит, который, похоже, только что убил Катерину и Ирку. В доме стоит невероятная тишина, следовательно... Господи!

Откуда-то сверху вновь понесся заунывный плач, переходящий в отчаянный вой:

— Оу-ау-ау-оу...

Это Хучик, почуявший смерть, рыдал на втором этаже. Плохо понимая, что делать, я подбежала к ванной и быстро заперла дверь снаружи. Убийца, похоже, не заметил моего маневра. Из-за двери доносилось журчание воды, негодяй, думающий, что находится в доме один, преспокойно наводил марафет.

Я влетела в кухню и зажала рот руками. На плитке, которой был выстлан пол, тут и там виднелись кровавые лужи, в углу валялась скомканная юбка, похоже, Иркина, на столе лежала огромная доска, усеянная ошметками чего-то непонятного и от этого жуткого.

Понимая, что сейчас лишусь чувств, я изо всей силы ущипнула себя за нос и побежала в холл, где спрятана тревожная кнопка. Только бы охрана не подвела и приехала сразу. И что делать дальше?

Я вбежала в гостиную, и вновь крик застрял в горле. На диване, неловко уткнувшись лицом в подушку и свесив неожиданно длинную руку, лежал Дегтярев. На ковре блестела лужа крови, ею же было испачкано изголовье софы, плед... Рядом, на маленьком столике, вплотную придвинутом к смертному ложу приятеля, стояла тарелка, на которой сиротливо лежала откушенная сосиска. Очевидно, убийца ударил Александра Михайловича, когда тот, не ожидая ничего плохого, ужинал, сидя перед телевизором.

Ноги подломились в коленях. Какой ужас! Потом в мозгу вспыхнула новая мысль. Слава богу, детей нет дома. Маня и Аля отправились в театр, Аркадий в городе, он должен привезти девочек не раньше одиннадцати вечера, а Зайка монтирует очередной выпуск «Мира спорта» и появится дома около полуночи. Нет и близнецов с няней. Серафима Ивановна с малышами на неделю отбыла в санаторий.

Жертвами нападения бандита стали кухарка, домработница и полковник.

— Эй, Федор Саныч! — донеслось из холла.

Я глянула в щелку и увидела нашего садовника, тоже с топором в руке.

— Где вы? — крикнул Иван. — Возьмите другой колун, поострей, тяжело-то тем по мослам лупить!

Внутри меня поднялась буря. Вот почему убийца свободно проник в дом, у него есть сообщник, и это садовник, который принес еще один топор, чтобы было удобней расчленить тела несчастных жертв.

Не успела я сообразить, что следует делать дальше, как Иван толкнул дверь в гостиную и, увидев меня, моментально растерялся.

— Дарья Ивановна? Уже приехали? Чего так рано? А где же «Пежо»? Его возле гаража нет!

— Э-э-э... да... здрасте, Ваня, — залепетала я, отодвигаясь в глубь комнаты, — вот, прикатила домой, ха-ха-ха, ужинать пора... Никого почему-то нет...

Иван, нехорошо улыбаясь, шел ко мне, его руки цепко держали топор.

— Куда же все подевались? — лицемерно ласково спросил садовник. — Надо на кухне посмотреть. Вы туда ходили?

— Нет, — дрожащим голосом ответила я, продолжая пятиться.

Спина уперлась в стену, дальше пути не было. Иван, ухмыляясь, приближался. Я судорожно заметалась глазами по комнате, что же делать? Сейчас меня убьют! Может, дело обстоит не так плохо, как я думаю? Вдруг все рассказы про тот свет правда и через пару минут я встречусь с бабушкой?

Тут из коридора послышался стук и вопли:

— Эгей, дверь не отпирается, зараза!

Это убийца, смыв с рук кровь невинных жертв, пытался выйти из ванной. Иван повернул голову. В ту же секунду мои глаза увидели уродливую статуэтку из бронзы, которую подарила мне на день рождения Манюня. Страдающий ожирением мопс сидит в кресле. Девочка долго выбирала презент, и мне, естественно, не пришло в голову воскликнуть: «Где ты взяла этот ужас?!» Наоборот, развернув яркую обертку, я восхитилась: «Какая прелесть! Всю жизнь мечтала иметь бронзового мопса!»

Обрадованная Машка водрузила копию Хучика в гостиной на комод, где она и стоит, вызывая у окружающих самые разные ощущения. Ирка, например, терпеть не может статуэтку и, приближаясь к ней с тряпкой, всегда ворчит:

— И как прикажете из складок пыль вытирать, а?

К слову сказать, Хуч, когда ему показали бронзового «братика», сначала растерянно обнюхал фигурку, а потом, жалобно заскулив, убежал.

— Кажется, сие произведение искусства показалось бедному мальчугану похожим на собственный памятник, — заявила ехидная Зайка.

Но сейчас, увидав бронзового монстра, я обрадовалась так, как никогда в жизни. Руки схватили «зверя» и без промедления опустили его на голову Ивана. Садовник покачнулся, попытался открыть рот и рухнул на пол, не успев издать ни звука. Я тут же ринулась в холл, вытащила из шкафа крепкую бельевую веревку и побежала назад, к поверженному врагу.

Дверь в ванную дрожала под мощными ударами. Будем надеяться, что она устоит. Ну почему не едет милиция?

Ворвавшись в гостиную, я мигом связала Ивану руки-ноги, вытерла пот и услышала тихий стон. Дегтярев слегка пошевелился.

— Милый, — заорала я, — только не двигайся, лежи!

Господи, отчего я решила, что полковник мертв? Он просто ранен и сейчас истечет кровью.

Я вцепилась в телефон.

— Алло... «Медицина для вас»? Скорей, человек умирает, ранение топором... поселок Ложкино.

— А ну всем стоять, — прогремел грубый голос.

В дом наконец-то прибыли парни в форме. Не чуя под собой ног, я бросилась к одному из них и принялась целовать юношу.

— Милые, дорогие! Помогите!

— Вы хозяйка? — сурово спросил патрульный, ловко выворачиваясь из моих объятий.

— Нет, то есть да, вернее, не я, а дети, но я тоже.

— Успокойтесь и объясните, в чем дело!

Но у меня отказал центр, ответственный за членораздельную речь.

— Там, такой! С топором! Ирку убил! Кровь повсюду...

— Где?

— В ванной! А трупы на кухне, этот с топором, на полу... Я его мопсом долбанула... Дегтярев ранен, он из ваших, полковник милиции, я его связала... Мопсом по башке...

— Так, — абсолютно спокойно отреагировал старший из приехавших, — насколько я понимаю, в дом проникли двое, один с топором.

— Другой тоже...

— И где он?

— Вот на полу, я его мопсом по башке!

— А второй?

— В ванной заперт.

— Трупы?

— На кухне. На диване полковник.

— Коля, Сергей, идите в санузел, — приказал начальник, — Андрюха, загляни на кухню!

— Где раненый? — донеслось из коридора.

— Тут, — завизжала я, — скорей, спасите его!

Двое парней и девушка в голубых халатах, мигом оценив ситуацию, бросились к дивану. Иван, до сих пор лежавший без движения, внезапно заворочался, я пнула его ногой, села на корточки и разрыдалась. Из коридора доносились крики, мат и грохот.

— Козлы, — вопил убийца, — менты долбаные, волки позорные, уйдите, я за себя не ручаюсь, ща в лоб вломлю, суки...

Врачи звякали какими-то инструментами,

старший патрульный вытащил планшет и равнодушно спросил:

— На вопросики ответите?

Я вытерла сопли, слезы, почувствовала огромную каменную, свинцовую усталость и сказала:

— Чего говорить-то? К чему слова, Ирка...

— Ох и ни фига себе, — донесся из коридора до боли знакомый голос, — что творится!

Я подпрыгнула, словно сидела на пружине. Не может быть! Дверь гостиной с треском распахнулась, на пороге возникла красная, потная Ирка с большой сумкой. Домработница грохнула торбу о пол, уперла руки в боки и с негодованием спросила:

— У нас опять кино снимают? Нагваздали, натоптали... Между прочим, я полы перед уходом мыла! И чего? Снова здорово! Могли бы и ботинки скинуть, вон песка натащили!

Мент отложил планшет.

— Это кто?

— Наша домработница, — прозаикалась я.

— Убитая?

— Вроде живая!

— А чьи трупы на кухне?

— На кухне мертвецы?!! — заорала Ирка. — С ума сойти! Нашли где тапки отбросить! Мне теперь вовек помещение не отмыть!

— Чье тело лежит в месте для приготовления пищи? — не успокаивался мент.

— Кухарки, — прошептала я.

— Ирка, — раздалось со двора, — ты где застряла? Долго мне тут стоять?

Я бросилась к окну.

— Добрый вечер, Дарья Ивановна, — приветливо сказала Катерина, — вон как неудобно сделали, дорогу разломали, пришлось от ворот пакеты переть, один порвался. Ирка, иди скорей!

— Вы где были?! — заорала я.

— За покупками ездили, — спокойно пояснила Катерина.

— Нет на кухне никаких трупов, — всунулся в гостиную Андрей, — грязно только у них очень.

— Вот, так и знала, — всплеснула руками Ирка, — ничего мужикам поручать нельзя, даже мертвяков не найдут. Ой, Ваня! А почему он на полу со связанными руками?

Я не успела ответить на ее вопрос, потому что один из докторов раздраженно спросил:

— Кто сделал ложный вызов? О каком ранении идет речь? Мужик просто спит.

— А кровь? — оторопела я. — Гляньте на лице... И лужа возле дивана.

Врач потряс пустой бутылкой.

— Кетчуп.

— Какой?

— Обычный, шашлычный, производство «Кальве».

— Но...

— Очевидно, мужчина ужинал и уснул рядом со столиком, потом повернулся, сшиб рукой незакрытую бутылку с соусом...

— С чего бы ему дрыхнуть столь крепко? — задумчиво произнес второй эскулап. — Не иначе снотворное выпил.

— Да отвяжитесь от меня, — понеслось из холла, — ща тресну! Офигели совсем!

— Федор Саныч! — воскликнула Ирка и вылетела в прихожую. В ту же секунду оттуда раздался ее крик.

— Вы чего, сдурели, отпустите Федора Саныча!

— Ой, моя голова, — стонал Иван.

— Значит, трупов нет, — заметно повеселел старший, — ну-ка, объясните, что происходит!

— Папа! — вплелось в общий хор высокое сопрано Зайки. — Господи, в каком ты виде! Почему у нас милиция? Ира?

— Не знаю, это Дарья Ивановна... — завела домработница, но Ольга, не слушая ее, вбежала в гостиную и затопала ногами.

— Что у нас происходит? Немедленно объясните!

— Так я кабанчика привез, — сказал, входя за ней следом, убийца, — разделал его, а тут...

Через десять минут все вернулось на свои места. Пока домашние восстанавливали цепь событий, я сидела тихо, как мышка, надеясь, что меня не заметят.

Оказывается, сегодня Дегтярев приехал с работы очень рано и лег в гостиной на диван, полковника мучила головная боль. Вообще говоря, Александру Михайловичу давно нужно отправиться к врачу и выписать таблетки от повышенного давления, однако приятель терпеть не может медиков и предпочитает заниматься самолечением, применяя народные средства. Но сегодня его прихватило не на шутку, и Дегтярев маялся в гостиной. Сердобольная Ирка притащила ему сосиски и бутылочку с кетчупом. Без всякой охоты Александр Михайлович поел и лег на диван. Открытая упаковка кетчупа «Кальве» осталась на столике.

— Не легче? — поинтересовалась домработница.

— Прямо жуть, — пожаловался полковник, — мне бы заснуть, только сон не идет.

Ирка мигом смоталась к себе и приволокла упаковку таблеток.

— Вот, выпейте, очень хорошее средство от бессонницы.

Дегтярев ненавидел лекарства, но череп просто раскалывался, поэтому полковник для верности сунул в рот сразу две капсулы. На организм, не приученный к медикаментам, снадобье подействовало с утроенной силой. Через пару минут Дегтярев заснул, в какой-то момент, повернувшись, он сшиб рукой со столика «Кальве», кетчуп выплеснулся на полковника, стек на пол, но Александр Михайлович, одурманенный ударной дозой снотворного, ничего не почувствовал.

Ирка больше не заходила в гостиную. С одной стороны, ей там было нечего делать, с другой — в доме появился гость, отец Ольги, Федор Александрович.

Родители Зайки давно развелись. Мама живет в Киеве, я ее великолепно знаю. Очень милая женщина, изумительная хозяйка и самоотверженная бабушка. А вот с Федором Александровичем познакомиться не удалось. Он обосновался очень далеко, в небольшом селе под Иркутском, разводил кур, свиней, имел большой дом, крепкое хозяйство и новую жену. Федор давно хотел слетать в столицу, поглядеть на Аньку с Ванькой, но билеты жутко дорогие, на путешествие нужно выбросить почти десять тысяч, а в фермерском хозяйстве Федора лишних денег не водится. Помог случай. В деревню к матери приехал погостить пилот, командир лайнера, совершающего регулярные рейсы Иркутск — Москва — Иркутск. После третьей бутылки первача он предложил Федору:

— Могу свозить тебя бесплатно, посидишь в отсеке у стюардесс. В среду вылетим, в пятницу вернешься.

Естественно, мужик с радостью согласился и собрал нехитрые подарки, основным сюрпризом была целая тушка заколотого накануне кабанчика. Добравшись до столицы, Федор позвонил Ольге на мобильный. Зайка привезла нежданного гостя в Ложкино и уехала на работу, пообещав пораньше завершить дела.

Федор основательный человек крестьянской закваски. Поэтому, перед тем как познакомиться с домом, где живет дочь, он решил разделать кабанчика и переработать мясо, потому что за целый день на жаре оно стало терять свежесть.

На кухне не нашлось подходящих инструментов для рубки, мы никогда не покупаем мясные туши и держим в ящиках только ножи. Катерина позвала Ивана, и тот принес топор, который не понравился Федору. Садовник, пообещав найти другой, отправился в сарай.

Отец Зайки потребовал еще кучу прибамбасов, которых не нашлось у Катерины: соль крупного помола, огромную кастрюлю для перетапливания жира, банки, в которые надо разложить домашнюю тушенку, крышки, закаточную машину, мелкий репчатый лук...

В конце концов Ирка и Катерина, подгоняемые хозяйственным мужиком, поехали в магазин, а Федор, не дождавшись Ивана, порубил тушку тупым топором, естественно, перемазался и отправился приводить себя в порядок... А тут подоспел садовник с остро наточенным орудием труда.

— Ну дела, — обиженно ворчал Федор, — я хочу открыть дверь — заперто. Пинал, пинал, потом эти козлы налетели... Что у вас в Москве творится!

— Давайте разберемся, — гневно сверкая глазами, потребовала Ольга, — кто затеял сыр-бор?

Присутствующие моментально повернули головы в мою сторону.

— Так с топора кровь капала, — попыталась отбиться я.

Один из докторов оглушительно рассмеялся.

— Кетчуп! Нет, ребята, скажите, такое с нами в первый раз!

— Ничего веселого, — надулся второй врач, — это ложный вызов называется, за такое платить надо.

— Обязательно, — пообещала Зайка.

— Ой, что у нас стряслось? — закричала Маня, входя в гостиную. — Дядя Саша! Тебя ранили!

Я обрадовалась.

— Вот, любому нормальному человеку в голову приходит мысль об увечье!

— Что вы так орете? — закряхтел полковник, садясь. — Ира, ну и гадость ты мне дала, голова как пивной котел! Эй, погодите... Отчего тут милиция?

— Дядя Ваня, — пискнула Аля, — а почему ты связан?

— У меня дико болит черепушка, — прошептал садовник, — сейчас на части развалится.

— Вместо того чтобы ныть о ложном вызове, помогите человеку, — накинулась Зайка на докторов.

— Чем вы его так? — поинтересовался более приветливый врач.

— Мопсом, — ответила я.

— Хучем? — подскочила Маня. — Он же мягкий.

— Она его долбанула дурацкой статуэткой, — вступил в разговор пришедший с девочками Аркадий.

— Вовсе фигурка не дурацкая, — обиделась Маруська, — авторская работа, я купила ее в художественном салоне, между прочим, дорогая штука!

— Думается, Ивану все равно, сколько она стоит, — задумчиво протянул Кеша, — как минимум сотрясение могла заработал. Да развяжите вы его! Кстати, где собаки?

— Оа-уа-оа, — понесся сверху вой.

— Пойду выпущу мопсов, — обрадовалась я возможности скрыться с места событий.

Перепрыгивая через ступеньки, я добежала до своей спальни, распахнула дверь и подхватила Хуча.

— Ну, почему ты плачешь?

Мопс вывернулся из рук и шлепнулся на пол.

— А где Индюшка? Эй, дорогая, отзовись...

Через секунду стало понятно, что мопсихи в комнате нет. Хуч стоял у раскрытого окна, отчаянно воя. Я подошла к подоконнику, глянула вниз и сама чуть не завыла от ужаса.

Глава 15

Под окнами моей спальни растет довольно большое дерево. Год назад Маня решила соорудить в ветвях гнездо для птиц. Сказано — сделано. Целую неделю кипела работа, в которую она вовлекла кучу приятелей. Кто-то плел из лозы корзинку, кто-то потрошил подушку, добывая перья для подстилки. Потом Иван, чертыхаясь, взгромоздил огромное гнездо, в котором при желании смог бы поместиться страус, на указанное место и объявил:

— Все, больше не просите, не полезу туда ни за какие пряники.

Но ребята не угомонились, на следующий день Максик Кочергин решил посмотреть, не поселились ли в гнезде птички, ловко вскарабкался по веткам и... упал, сломав, по счастью, лишь левую руку. Я испугалась и строго-настрого запретила даже приближаться к дереву, а Иван, чтобы исключить возможные эксцессы, обрубил все сучья, которые можно было использовать в качестве лестницы. Теперь от земли до дурацкого гнезда, так и оставшегося на ветках, тянется голый ствол, на который невозможно взобраться, не имея кошачьих когтей.

И вот в этой самой плетеной штуке, слегка

разрушенной зимней непогодой, на приличной от земли высоте сидела тихо поскуливающая... Индюшка. У подножия дерева собралась стая разнокалиберных псов, возбужденно помахивающих хвостами.

— Сюда, на помощь, скорей! — закричала я.

Послышался топот, и толпа людей вбежала в мою спальню.

— Еще один убийца с топором? — поинтересовался милиционер по имени Андрей.

Я ткнула пальцем в окно.

— Гляди!

— Вот это птичка! — изумился другой мент, Сергей. — И не понять, что за зверь. На ворону не похожа.

Ворчливый доктор подошел к Сергею.

— Ну ты даешь! Это же собака!

— Как она туда влезла? — изумился Андрей.

— Наверное, решила выпрыгнуть в окно, — пояснила я, — Индюшка сегодня уже удрала из гладильной таким образом. Небось приняла крону дерева за лужайку и соскочила с подоконника, к кавалерам торопилась.

— Вот шлюха! — в сердцах воскликнула Зайка.

— Как ее достать? — заволновалась Аля.

— Из рогатки подстрелить, сама свалится, — предложил Сергей, — или просто кирпичом швырнуть, живо слезет.

— Глупости-то не говори, — возмутилась

Маня, — смотри, как высоко, мопсиха разобьется. Надо лестницу принести.

— Такой длинной нет, — пробормотала Ирка.

— И у нас тоже, — добавила Аля, — ой, Индюшечка погибнет, убьется насмерть!

Из глаз девочки полились слезы.

— Прекрати разводить сырость, — приказал Аркадий, — сейчас достану дурищу!

— Каким же образом? — поинтересовалась Зайка.

— Просто высунусь из окна и схвачу.

С этими словами Кеша перегнулся через подоконник.

— Черт, не дотягиваюсь. Вот что, ребята, держите меня за ноги, я подцеплю идиотку, а вы нас втащите назад.

— Ой, не надо, — пискнула Аля, — так и упасть недолго.

— Не боись, — хмыкнул Кеша и начал выползать наружу.

Сергей и Андрей, переглянувшись, взяли Аркадия чуть повыше щиколоток.

— Пониже, парни, — крикнул сын, — чуть-чуть, чуть-чуть, еще пару сантиметров.

Милиционеры переместили руки на ботинки и тут же остались стоять с ними у подоконника, а Аркадий с тихим криком исчез.

— Кретины, идиоты, — хором завизжали Маня с Зайкой, — вы уронили его!

— Ботиночки снялись! — глупо ухмыляясь, объяснил Андрей.

— Как же такое получилось? — растерянно бормотал Сергей.

— Хорошо хоть обувь осталась, — выступил доктор, — дорогая, баксов на триста потянет.

— Урод, — зашипела Зайка и пнула врача остроносой туфелькой.

Эскулап взвыл и схватился за голень. Я подскочила к окну и в полном ужасе глянула вниз, ожидая увидеть окровавленного Кешу. Но на земле его не было, только дворовые собачки сидели вокруг дерева.

Я подняла глаза и увидела Аркашку, сидящего около гнезда на ветке.

— Котеночек, ты жив!

— Как видишь, — мрачно сообщил Кеша.

— Ты не ушибся? — затараторили Зайка и Маня. — С тобой все хорошо?

— Просто отлично, — буркнул сын, — сижу на дереве, на уровне высокого второго этажа, босой, в компании развратной мопсихи, а внизу беснуется стая дворняг, щелкающих зубами. Хорошо хоть в наших широтах не водятся крокодилы.

— Ты им не нужен, — заявила Маня, — они Индюшку поджидают!

— Ну спасибо, — уныло сказал Кеша, — успокоила. Теперь точно знаю: если упаду отсюда, то погибну не от собачьих клыков, а из-за сломанной шеи.

— Милый, — зарыдала Зайка, — мы тебя спасем!

— Как? — задал вопрос Аркадий. — Жду конструктивных предложений.

Следующие полчаса мы выдавали разнообразные идеи.

— Надо достать лестницу, — воодушевленно воскликнула Зайка.

— Так где же ее взять? — резонно возразила Ирка. — Такой здоровенной не найти нигде. Ежели у кого чердак имеется, так изнутри ходят, снаружи не лезут!

— Надо вызвать пожарных! — оживилась Маня. — Вот у них точно есть нужная, длинная-предлинная, выдвижная.

— Ни в коем случае, — отмел это предложение Аркадий, — чтобы весь поселок, затаив дыхание, наблюдал, как меня снимают! Босого и с мопсихой? Между прочим, в Ложкине есть потенциальные клиенты. Хорошенького же мнения они обо мне будут!

— Можно сказать, что ты решил собирать яблоки и застрял, — предложила я.

Кеша поморщился.

— Очень мило. Полез за антоновкой на елку, а Индюшку прихватил с собой в качестве охотничьего пса.

— Собак используют при поиске трюфелей, — задумчиво сообщила Аля.

— Не собак, а свиней, — возразила Маня.

— Собак!

— Свиней!!

— Собак!!!

— Свиней!!!

— Вы тут все сумасшедшие, да? — поинтересовался Сергей. — Ну при чем здесь конфеты и собаки со свиньями?

— Трюфели — это не только сладкое лакомство, но и сорт грибов, которые, к слову сказать, растут под землей, а не на ветках, — во мне проснулся преподаватель.

— Нет, вы точно психи, — покачал головой Андрей.

— Не все, а только Дарья, — сердито уточнила Зайка, — вон чего устроила!

— Аркадий сам полез за Индюшкой, — отбивалась я.

— А кто запер мопсиху в комнате? — обозлилась Ольга. — Естественно, бедная собака решила обрести свободу. И вообще, лучше молчи. Кто повернул ключ, когда папа вошел в ванную, долбанул Ивана по башке и, наконец, кто устроил собачью свадьбу?

Я возмутилась до глубины души:

— Индюшка сама позаботилась о своем счастье.

— Это аллегорическое выражение! — фыркнула Зайка.

— Вы про меня не забыли? — подал голос Кеша. — Может, пойдете в гостиную, поспорите возле чашечки с чаем, а мы уж с Индюшкой тут перетопчемся. Бросьте нам одеяльце, а то, не ровен час, дождь пойдет.

Внезапно меня осенило. Одеяло!

— Я знаю! Надо натянуть внизу брезент, а ты спрыгнешь, так спасают людей из горящих зданий! Иван! Неси скорей из сарая чехол для машины!

— Ваш садовник еле-еле сидеть может, — пояснил доктор.

— Я сбегаю, — вызвалась Маня.

Спустя десять минут мы все выстроились под деревом. Дворовые собаки и не подумали испугаться, они просто сбились в кучу и сдвинулись в сторону, к кустам. Ни одна шавка не покинула сад, похоже, им было интересно, чем закончится действо.

Руководство операцией взял на себя полковник. Александр Михайлович прирожденный начальник, поэтому он мастерски раздает указания, ухитряясь при этом лично ничего не делать. Например, вечером, сидя у телевизора, полковник приказывает:

— Следует задвинуть на воротах щеколду и зажечь свет над входной дверью.

После этого он смотрит на меня и повторяет:

— Надо запереть ворота.

И я покорно иду выполнять указание, вместо того чтобы ответить: «Правильная мысль, ступай запри».

Еще меня раздражает его манера поучать вас после того, как дело уже сделано.

— Не забудь включить охрану, — советует Александр Михайлович, видя, как я берусь за трубку, чтобы позвонить на пульт. Еще он обожает обсуждать произошедшие события и подводить итоги.

— Во дворе грязи по колено, — бурчит Дегтярев, — понятно, отчего вокруг лужи, водосток забит, а Иван его не прочистил. Следовало попросить садовника об этой услуге еще неделю назад, я видел, что ливневка засорена.

Раз видел, почему не сказал? Подошел бы к Ивану да распорядился! Но нет, дождался «наводнения» и сделал выводы.

Вот и сейчас Дегтярев раздавал ненужные, запоздалые распоряжения. Мы начали разворачивать брезент.

— Нужно раскатать ткань, — советовал полковник.

Маня начала пересчитывать присутствующих.

— Маша, посмотри, сколько нас, — тут же влез Дегтярев.

Андрей стал осматривать чехол.

— Ну-ка проверьте, нет ли там дырок, — засуетился Александр Михайлович.

Честно говоря, он всем только мешал, и я сердито сказала:

— Отвяжись, без тебя ясно, как поступить.

Дегтярев побагровел:

— Вас ни на секунду нельзя оставить одних, без руководства, процессом должен управлять человек, четко представляющий себе цели и последствия, а также видящий пути достижения наилучших результатов. Вот скажи, вы сейчас суетливо дергаете в разные стороны брезент, а, на мой взгляд, сначала надо четко понять: для чего мы вынули его из гаража? Какова конечная цель действий? Что желаем получить?

Я на секунду обалдела, но потом спокойно ответила:

— Милый, неужели ты не понял? Конечная цель — поймать Аркадия и Индюшку, вон они сидят на ветке, словно попугайчики-неразлучники.

Дегтярев сердито отвернулся и набросился на Сергея, изо всех сил тянущего край брезента:

— Надо натягивать, давай, давай!

Наконец, несмотря на присутствие полковника, мы выстроились кругом. Александр Михайлович закричал:

— Внимание, пять, четыре, три, два, один... пуск!

Я вцепилась в ткань, но ничего не последовало.

— Эй, Кеша, ты где? — Полковник задрал голову вверх.

— Тут.

— Чего не прыгаешь?

— Ты же сказал «пуск», вот я и ищу кнопку, на которую следует нажать, чтобы стартовать в космос, — пояснил Кеша.

— Хватит острить, — вскипел Дегтярев, — смотри не оставь в гнезде Индюшку!

— Ты думаешь, я способен забыть, зачем полез на елку, — хмыкнул Кеша и, обхватив скулящую мопсиху руками, обвалился вниз.

Как ни странно, но мы удержали ткань, и спустя пару секунд Зайка и Маня целовали сердитого Кешу.

Менты молча скатывали брезент. Охающий Иван выполз на крыльцо, сел на ступеньки и заявил:

— Тошнит.

— Только не на вымытую лестницу, — встрепенулась Ирка, — отползай в сад.

Доктора и промолчавшая все время медсестра выжидательно посмотрели на Зайку. Ольга оторвалась от вновь обретенного мужа и побежала за кошельком. Дегтярев удовлетворенно заметил:

— Правильно организованное дело всегда приносит нужный результат, главное — четко продумать цели и действия.

Я оглядела клумбы с истоптанными цветами, стаю дворовых собак, нервно дышащих поодаль, и спросила:

— Может, чаю?

Милиционеры замялись, а доктора сразу пошли в дом.

— Ладно вам, ребята, — Федор хлопнул по плечу Сергея, — я зла на вас не держу, служба такая! Пошли, я привез кедрач.

— Это что такое? — заинтересовался полковник.

— Ща попробуете, — улыбнулся Федор, — потом за уши от бутылки не оттянешь.

Все бодро побежали в столовую, я осталась одна, постояла пару минут, наслаждаясь ночной свежестью и наступившей тишиной, потом поежилась и двинулась следом за домашними. Сзади раздался счастливый визг. Я обернулась и увидела, что Индюшка с самым радостным выражением морды предается разврату с серой дворняжкой. Очевидно, на сексуальные способности мопсихи из хорошей семьи не повлияло ни падение из окна, ни долгое сидение в гнезде, ни полет к земле. У Индюшки оказалась на редкость устойчивая психика. Чуть поодаль за процессом наблюдал несчастный, страдающий от безответной любви Хуч.

Глава 16

На следующий день мне пришлось заниматься тягостными обязанностями. Милиция наконец разрешила выдать тела Роди и Нели для похорон. Поскольку никаких родственников у Кутеповых не было, то все заботы упали на плечи друзей. Валя Аносова занималась поминками, Гриша Марков общался с погребальной конторой, а мне вручили две пухлые записные книжки и велели:

— Обзвони всех, по алфавиту. Тем, кто не знает о несчастье, расскажи о случившемся и сообщи, что кремация завтра, в десять утра, на Митинском кладбище.

Вспомнив не к месту, что в Древней Греции и Риме гонца, принесшего печальное известие, убивали, я села за телефон.

Услыхав известие, люди реагировали по-разному. Кто-то пугался и глупо бормотал:

— Э-э-э... Завтра не могу, дела... пришлю венок.

Другие, в основном женщины, начинали кудахтать:

— Боже! Расскажите скорей, как произошло несчастье! Он упал на нож, а она вывалилась из окна?! Да ну!

Третьи молча выслушивали меня и сухо отвечали:

— Хорошо, спасибо за информацию.

Примерно через два часа я устала так, словно таскала камни для строительства египетских пирамид, но деваться было некуда, и я набирала очередной номер. Ободряло одно: телефонная книжка Роди заканчивалась, я добралась до буквы Ф, и на этой страничке имелась лишь одна запись: Фаустов Александр Валерьевич. Около фамилии было записано несколько номеров телефонов — очевидно, рабочий, домашний и мобильный.

По первым двум никто не откликнулся, а по мобильному ответила женщина, судя по голосу, молодая.

— Алло, — протянула она, — кому я понадобилась?

Слегка удивившись, я попросила:

— Можно Александра Валерьевича?

Дама помолчала мгновение и уже другим тоном осведомилась:

— Какого?

— Фаустова.

— Его нет, он в командировке. Кто его спрашивает?

— Понимаете, тут такое дело... Вы его жена?

Невидимая собеседница закашлялась и ответила:

— Какая вам разница?

— Извините, если вопрос показался бес-

тактным, я не хотела вас обидеть. Тут такое
дело. Похоже, Фаустов дружил или, по крайней мере, был знаком с Родионом Кутеповым.

— Никогда не слышала о таком, — быстро
сказала женщина.

— Пожалуйста, передайте господину Фаустову, что похороны Родиона и его жены Нели
состоятся завтра, в десять утра на Митинском
кладбище.

Повисло молчание, потом женщина со злостью выкрикнула:

— Идиотские шуточки! — и бросила трубку.

Я удивилась, какая странная реакция! Если
она никогда не слышала о Роде, то почему
столь бурно реагирует? И потом, с людьми
могут случаться самые разнообразные неприятности. Конечно, Родя и Неля находились в
том возрасте, когда еще очень рано думать о
смерти, но они могли попасть в автокатастрофу... Отчего незнакомка так возмутилась?
Впрочем, это ее дело, может, она просто истеричка?

Я перелистнула страничку, вновь потянулась к телефону, намереваясь позвонить Храповой Лене, но трубка зазвенела у меня в
руках.

— Это вы сейчас искали Фаустова? — поинтересовалась дама. — Не надо думать, что можете безнаказанно мерзко шутить. У меня стоит определитель номера. Между прочим, за подобные розыгрыши и огрести легко...

— Почему вы решили, что я шучу?

— Дура, — сердито выплюнула женщина. — Сволочь! Напугать решила или проверить? Ну погоди! Ты и впрямь идиотка, если занимаешься такими вещами со своего телефона, думаешь, трудно узнать адрес и фамилию? Ну погоди, вот Родион узнает, мало тебе не покажется!

— Меня зовут Дарья Васильева, я училась в институте с Родей и Нелей, мы дружим очень много лет, а вдобавок живем рядом в коттеджном поселке Ложкино. Родион и Неля умерли.

— Ты врешь, — прошипела женщина, — врешь, врешь, врешь!

— Увы, нет, я говорю правду. Родя чистил клинок — он собирал коллекцию ножей — и случайно упал грудью на лезвие. А Неля выпала из окна — это по версии милиции, лично мне кажется, что ее убили. Пожалуйста, передайте Фаустову, может, он захочет проститься со знакомыми, завтра, в десять утра...

— Это я, — прерывающимся голосом сообщила собеседница.

— Кто?

— Фаустов, — донеслось из трубки.

Я изумилась:

— Вы мужчина?! То есть, я хотела сказать... Извините, конечно, но у вас просто колоратурное сопрано... Прошу прощения, но я подумала, что говорю с женщиной.

— Фаустова Александра, — безжизненным голосом сказала дама.

— А Александр Валерьевич где? — глупо спросила я.

— Его нет. Вообще в природе не существует, — пробормотала женщина. — Родя записал в книге Фаустов Александр Валерьевич, чтобы Неля случайно не наткнулась. Меня зовут Александра Валерьевна, лучше просто Саша!

У меня голова пошла кругом. Саша, наконец поняв, что я сказала правду, тихо заплакала, потом внезапно спросила:

— А что с Алечкой? Где она?

Александра Валерьевна была единственной, кому в голову пришел этот вопрос.

— Она у меня.

— Несчастная девочка, — прошептала Саша, — что же теперь с ней будет, что станет с нами... Простите... Пожалуйста, умоляю, приезжайте ко мне. Расскажите все...

Ее голос, словно раненая птица, бился в трубке. В словах Саши была такая черная безысходность, что я быстро согласилась:

— Да, конечно, диктуйте адрес.

— Лукинская улица, дом одиннадцать, — залепетала Саша.

Я тяжело вздохнула. Знаю эту местность, бывала там, не ближний путь для человека, который живет в Ложкине, но делать нечего.

Оказавшись в Новопеределкине, я принялась разглядывать таблички с номерами домов. После шумной, душной Кольцевой дороги сонная, практически пустая Лукинская улица выглядела патриархально. Меня всегда поражало, отчего квартиры, расположенные на Тверской и в пределах Садового кольца, стоят намного дороже, чем жилье в «спальном» районе. Ладно, согласна, в прежние времена в центре было намного лучше с продуктами, здесь работали хорошие школы, но теперь!

Необходимое пропитание легко можно купить на любом углу, школ и детских садов понастроили даже слишком много. Единственное, что не радует, — это отсутствие метро. Но лично я предпочитаю потратить лишний час на дорогу до работы и не жить на загазованной магистрали, по которой с утра до ночи несется шумный поток машин, а по тротуарам бегут полоумные прохожие. Намного лучше обитать на такой улице, как Лукинская, вдали от городского шума, здесь дышится легко, рядом зеленеет лес, а на простирающемся перед глазами поле пасутся лошади.

Дом одиннадцать стоял кольцом, во дворе была церковь, старая, построенная в начале двадцатого века. Я припарковала «Пежо» в тенечке и спросила у чистенькой старушки в панамке, сидевшей на скамейке:

— Где пятый подъезд?

— А иди влево по дорожке, — словоохотливо начала объяснять бабуська, — там увидишь.

— Спасибо, — улыбнулась я, — надо же, первый раз вижу, чтобы во дворе жилого дома стояла церквушка.

Старуха перекрестилась.

— Эх, милая, тут раньше кладбище было, большое. Место-то прежде Суковом называлось, и станция такая имелась на железной дороге. Потом стали новые дома строить, район в Солнцево переименовали, а кладбище снесли. Грех, конечно, у меня на нем сестра была похоронена и племянница. Могилы срыли, кости увезли, дом построили. Только знаешь чего, — бабушка понизила голос, — счастья здесь никому нет. Вон на третьем этаже видишь красивые занавесочки? Людка там живет, у ей муж под поезд попал, в Переделкине, а Колька с седьмого этажа повесился, Раиса с девятого на бандита налетела, все лицо ей изрезал. Ты ведь небось к Колпаковым идешь? Квартиру они продают. Не покупай, гиблое место, а Колпаковы обормоты, ихняя собака вечно на детской площадке гадит. Ежели дом на костях стоит — счастья никому не будет.

— Сами же сказали, что останки вывезли.

— А души-то остались, — на полном серьезе заявила старушонка и принялась креститься.

Воспользовавшись моментом, я побежала к пятому подъезду. Это неправда, что к старости люди делаются лучше. Нет, в преклонном возрасте начинают проявляться все негативные качества: был глуп — станешь совсем идиот, раздражался на родных — превратишься в отвратительного брюзгу. Я уже не говорю об обидчивости, страстном желании поучать всех,

кто хотя бы на два дня моложе, и о невыноси-
мом эгоизме... А обсуждение работы собствен-
ного желудка становится самой любимой те-
мой за обеденным столом. Очень редко кому
удается избежать возрастных изменений, впрочем, я, наверное, тоже не стану исключением.

Дверь в квартиру распахнулась, на пороге
стояла... Аля. В первую секунду я растерялась и
попятилась, но потом сообразила, что дочке
Роди и Нели исполнилось четырнадцать лет, а
девочке, которая сейчас улыбается в прихожей,
от силы семь-восемь. Но именно так выглядела
в этом возрасте Алечка, даже прическа у ребенка была идентичной: волосы глубокого черного
оттенка, вьющиеся красивыми крупными кольцами, были забраны в два хвостика, на лоб спускалась изогнутая прядка. И глаза смотрели с
Алиным выражением: в глубине темно-карих
очей плясали бесенята. Выпятив пухлую нижнюю губку, девочка спросила голосом Али:

— Вам маму, да?

Я обрела способность говорить:

— Сделай одолжение, позови ее.

— Мамуся, — закричал ребенок, — к тебе
пришли!

В холл вышла худенькая женщина в джинсах. Несмотря на дикую жару, вот уже несколько дней изнуряющую москвичей, на ней был
толстый свитер, а на ногах белели вязаные
носки. На дочь она была похожа, как позитив

на негатив. Беленькая, голубоглазая, с веснушками.

— Вы Саша?

— А вы Даша? — тихо спросила в ответ хозяйка.

Потом она положила руку на голову девочки и сказала:

— Родя говорит, что она похожа на Алю, словно близнец.

Я не нашлась что ответить и только развела руками.

Саша поморщилась.

— Понимаю, это для вас неожиданность. Родя тщательно прятал нас. Я так хотела, чтобы сказанное вами оказалось злой шуткой.

— Какие могут быть шутки, — покачала я головой и протянула Саше газету «Жизнь», — вот, смотрите, это издание напечатало статью о случившемся, не видели?

— Я не читаю желтую прессу, — ответила Саша, но «Жизнь» тем не менее взяла и уставилась на фотографию, помещенную на обложке.

— Вот, значит, где он жил, — протянула она, — как вам кажется, мне разрешат взять к себе Алю, если я докажу, что девочки сестры?

— Не знаю, — пробормотала я, — мне думается, Але лучше ни о чем не знать. Боюсь, она испытает шок. Она-то считает себя единственной папиной дочерью. И потом, доказать родство сейчас будет крайне затруднительно, генетическую экспертизу не сделать, Родион умер,

тело завтра кремируют. Надеюсь, вы не будете
настаивать на изъятии материала для исследования.

Саша молча подошла к тумбочке, ютившейся около вешалки, вытащила оттуда небольшую книжечку, обернутую в бумагу, и протянула мне. Свидетельство о рождении. Кутепова Елизавета Родионовна, отец Кутепов Родион...

— Думаю, этого документа достаточно, — забубнила я, старательно сгребая мысли в кучу, — вы хотите подать на наследство? Я плохо разбираюсь в юридических тонкостях, но, если Елизавета является родной дочерью, ей причитается равная с Алей доля.

Саша вспыхнула огнем, у нее покраснела даже часть шеи, не спрятанная под воротником свитера.

— Нам ничего не надо. Деньги, дом, фирма — все останется у Али. Мне просто жаль девочку, как она станет жить одна? Без отца и матери...

— Может, разрешите пройти в квартиру? Неудобно как-то на пороге, — попросила я.

— Да, конечно, — опомнилась Саша, — ступайте сюда, на кухню.

Если хотите составить мнение о женщине, к которой пришли в гости, загляните туда, где она готовит пищу, многое станет ясно.

У Саши в десятиметровом пространстве уместилась куча бытовых приборов и царил строгий порядок. Утварь хозяйка подобрала ярко-красного цвета, тут и там виднелись досочки, подставочки, кружочки, полотенчики — все одного колора, на мой взгляд, немного утомительная для глаз картина.

Я села на табуретку и неожиданно для себя заявила:

— Кто бы мог подумать! Родя казался исключительно верным мужем.

Саша схватила со стола салфетку и принялась скручивать ее в жгут.

— Вы его не осуждайте, все случайно вышло.

Я молча смотрела на женщину, похоже, ей лет тридцать, а может, и того меньше. Ай да Родион, ай да безупречный семьянин! И ведь никто ни о чем даже не подозревал. Лизе восемь лет, и ни разу Родя не обмолвился ни словом о ней, не намекнул о том, что имеет еще одну дочь.

Когда Родя и Неля поженились, то через пару месяцев молодая жена залетела. Нелька принеслась ко мне, плюхнулась на диван и зарыдала:

— Что делать?

— Рожать, — безапелляционно заявила я, — дети — это радость.

Нелька шумно высморкалась.

— Ага, хорошо тебе говорить. Квартиру имеешь, прописку, а мы здесь на птичьих правах, помощи ждать неоткуда, учиться еще четыре года. Мне что же, институт бросать? Нет уж, сделаю аборт.

— Ни в коем случае, — испугалась я, — знаешь, какие осложнения бывают!

— Только не со мной, — по-детски самоуверенно заявила Нелька.

Она таки сбегала в больницу и избавилась от ненужного ребенка. Потом Родион и Неля благополучно закончили институт. В их дом пришел относительный материальный достаток, и Неля стала поговаривать о младенце. Но ни через год, ни через два, ни через три желанная беременность не наступила. Нелька бегала по клиникам, ездила на воды, лечилась у гомеопатов и бабок-травниц. Толку — чистый ноль. Очевидно, первый аборт нанес непоправимый вред ее организму.

Сначала подруга расстраивалась, без конца рассказывала о каких-то новых методах лечения бесплодия, затем притихла, смирилась с тем, что ей никогда не испытать чувства материнства, и... забеременела. То ли подействовали наконец принимаемые много лет лекарства, то ли Неля просто перестала психовать, но факт остался фактом.

Ошалевшие от радости Кутеповы никому не рассказали о скорых переменах в своей судьбе. Мы не знали ни о чем вплоть до того момента, когда Родя около шести часов утра позвонил к нам домой и, отбросив всегдашнюю серьезность, завопил:

— Дашка! У нас дочка родилась! Рост пятьдесят один сантиметр, вес три пятьсот двадцать, образцово-показательный младенец!

Я так и села на кровати, хлопая глазами. Последние четыре месяца Нелька упорно избегала всяких встреч не только со мной, но и с остальными друзьями, говоря: «Извините, ребята, приболела немного. Вот приду в себя, и погуляем».

Услыхав о младенце, я сначала подумала, что виновник бесплодного брака Родя, а Нелька, испробовав все способы родить ребеночка от законного мужа, просто сбегала налево и принесла в подоле дочку, выдав ее за законную дщерь Кутепова. Но когда мне впервые показали Алю, все хитрые мысли испарились разом. Крохотная девчушка, смуглая, с иссиня-черным пушком на голове и шоколадно-карими очами, была копией Родьки. От светловолосой, голубоглазой Нельки ей не передалось ничего. Алечка пошла в отца, даже характер, спокойный, тихий, ровный, передался ей от папы.

Жизнь подбросила еще одно доказательство его отцовства. Пару лет назад у Али сильно заболел живот. Неля, решив, что ребенок объелся фруктами, сначала потчевала девочку фуразолидоном и сульгином, и только когда той стало совсем плохо, вызвала врачей. Алю моментально отправили в больницу, диагноз был поставлен сразу: аппендицит с перитонитом. Понадобилось переливание крови. Почему ее не взяли у Нели, я не знаю, но донором стал Родя, его кровь идеально подошла девочке, и у меня отпали последние сомнения по поводу того, кто является ее папой.

Суровый с виду, малоэмоциональный Родя обожал Алю и потакал всем ее капризам. Неля иногда пыталась воспитывать дочь, могла даже наказать ее: поставить в угол, лишить сладкого или карманных денег, но Родион все спускал баловнице...

— Абсолютно случайно получилось, — повторила Саша, превращая в тряпку безукоризненно выглаженную и накрахмаленную салфетку. — Вы мне не верите?

— Ну отчего же...

— Нет, послушайте, — настаивала она, — давайте я все расскажу.

Голос ее срывался, руки дрожали, вид у Александры Валерьевны был безумный, и я решила не спорить с бедняжкой.

— Конечно, говорите, я вся внимание.

Глава 17

Сашенька была родом из маленького городка с невероятным названием Свинск. Вроде местечко находится недалеко от Москвы, а жуткая провинция. Сашенька закончила училище и стала работать геодезистом. Ее бывшие однокашницы повыскакивали замуж, нарожали детей и зажили простой семейной жизнью от получки до получки. Но Сашенька не спешила устроить свою судьбу. Жизнь с человеком, который думает лишь о рыбалке, ее не привлекала. Разговоры о сэкономленных деньгах на покупку дачи вызывали зевоту. И еще очень не хотелось стать женой алкоголика. Душа жаждала романтики, приключений. Девушка ждала принца на белом коне или капитана — владельца парохода. Но фрегат с алыми парусами не спешил заходить в местный порт. Честно говоря, в Свинске и причала-то не было, зато имелась птицеводческая фабрика, главный инженер которой, мордатый Ваня Леонтьев, сделал Сашеньке уже три предложения руки и сердца. Среди местных невест Ваня считался завидной партией: не пил, не курил, имел трехкомнатную квартиру, машину, дачу. Но Сашеньке влюбленный инженер совсем не нравился. Он без конца говорил о комбикормах, лечении легочных заболеваний у несушек, яйценоскости и новых поилках, которые фабрика закупила у немцев. Цветов Ваня не покупал, приносил «нужные» вещи. Подарил набор хрустальных бокалов, сокодавку, электромясорубку.

— Ну какая в букете польза? — спросил он однажды у Сашеньки и, не дождавшись ответа, добавил: — Завянет — и на помойку, а из стаканов можно вино пить, чего зря деньги на ерунду переводить!

Подобная основательность и правильность очень нравилась родителям Сашеньки, и они начали давить на дочь, сначала деликатно, потом более твердо, а под конец отец заявил:

— Мы уже не молодые с матерью, тебе пора определяться. Не мотай Ваньке душу, давайте приходите к соглашению. Свадьбу сыграем. А то, не ровен час, уведут жениха, останешься в старых девках.

Сашенька недовольно поморщилась, и тут отец заявил:

— Сколько же тебя содержать можно? Изгорбатились все, растили, учили, одевали, поили, ничего на старость не собрали, а у Ивана дача. Нам с матерью отдохнуть на природе охота. Мое тебе последнее слово — либо идешь замуж за Леонтьева, либо съезжай от нас куда хочешь!

Сашенька прорыдала всю ночь, видно, придется послушаться и расписаться с нелюбимым. Наверное, папа прав, нечего ждать принцев, они в Свинск не заглядывают.

Наутро отец, очевидно, чувствовавший себя виноватым за излишнюю резкость, не стал продолжать тягостный разговор. Но девушка понимала, что это временная передышка. Месяцем раньше, месяцем позже, а придется топать в белом платье под венец.

С ужасным настроением она отправилась на работу и получила от начальства задание: сопровождать на съемку местности москвича Родиона Кутепова, прибывшего из столицы делать карту деревни Телепеево, находившейся под Свинском.

К вечеру Сашенька была влюблена по макушку. Девушку ничто не смутило: ни то, что Родион был намного ее старше, ни то, что у него на пальце сверкало обручальное кольцо. Сашу просто трясло при взгляде на Кутепова, это был тот самый принц, долгожданный, заочно нежно любимый, обожаемый мужчина. В Телепееве они должны были провести три дня и три ночи. Поселили их в одной избе, но, естественно, в разных комнатах. Хозяйка, глухая, подслеповатая бабка, укладывалась спать в семь часов вечера, а Родя с Сашенькой в первый день проболтали до двух, а во второй — до четырех утра. На третью ночь, преодолевая застенчивость, Саша вошла в комнату к Родиону и без лишних слов скользнула под одеяло.

Он попытался было перевести дело в шутку, потом сказал:

— Извини, у меня жена...

Сашенька схватила любимого за руку. Слова так и полились из нее. Нет, она ни на что не претендует, послушается отца, выйдет замуж за «птичника»... Но она невинна и очень не хочет, чтобы ее девственность досталась толстокожему Ване Леонтьеву...

— Ну, пожалуйста, милый, — умоляла она Родю, — только один раз, потом мне не страшно будет с Ванькой.

Видя, что Кутепов колеблется, девушка заплакала, прижалась к нему... При всей своей порядочности Родя все-таки был мужчина, а не святой Иосиф. Он обнял Сашеньку, начал ее утешать, потом понял, что под тонкой ситцевой ночной рубашечкой нет ничего, кроме крепкого, красивого молодого тела, и случилось то, что случилось.

Расстались они друзьями. Родион оставил девушке номер своего телефона, Сашенька, взяв бумажку, сказала:

— Спасибо, но ты женат, и звонить я не стану, я люблю тебя и желаю только счастья.

Родион уехал. Саша сдержала слово. Правда, листочек с цифрами не выбросила, положила в укромное место, впрочем, даже если бы он и потерялся, драмы не случилось бы. Номер навечно врезался девушке в память.

Саша согласилась на брак с Иваном, была

назначена свадьба, но через месяц девушка поняла, что беременна, еще через два это сообразили ее родители. Отец сначала обрадовался.

— Ну ничего, что поторопились, дело молодое. Надо свадьбу пораньше играть, чтобы мой внук появился на свет законнорожденным.

Сашенька глянула на отца и твердо сказала:

— Свадьбе не бывать, ребенок не от Ивана.

Разразился дикий скандал. Сначала родители думали, что дело можно обстряпать шито-крыто, и налетели на Сашу.

— Собирайся, поедем в Москву, — суетилась мама, — избавимся от плода, восстановим девственность, Ванька ни о чем никогда не узнает.

— Я ему все рассказала и вернула кольцо, — сообщила Сашенька.

— Дура, — заорал отец, — идиотка! Имей в виду, родишь выблядка — утоплю в корыте.

Беременность проходила ужасно. На четвертом месяце отец отправил Сашу с глаз долой от позора к тетке, в Москву. Любящая родственница попрекала племянницу каждым куском, а когда Сашенька родила, к ней приехал отец и мрачно потребовал:

— Оставь младенца в больнице. Домой вернешься одна, мне сплетни да пересуды не нужны. Давай пиши отказ.

— Нет, — прошептала Сашенька, все еще надеясь, что отец сменит гнев на милость, — никогда не брошу Лизочку.

— Значит, ты нам больше не дочь, забудь дорогу в Свинск, — отрубил папаша.

Когда Саша пришла к тетке, та просто не пустила ее на порог, заявив:

— Пусть тебя кормит тот, кто трахал! Ишь, хитрая, еще дите мне на шею повесить вздумала!

Саша оказалась в буквальном смысле на улице. Несколько дней она жила на вокзале, потом попыталась устроиться на работу, но кому нужна шатающаяся от слабости женщина с грудным ребенком. Пришел момент, когда есть стало нечего, в придачу от голода и переживаний у нее пропало молоко. И тогда Сашенька позвонила Родиону.

К чести Кутепова, он мигом примчался к ней и ни на секунду не усомнился в ее рассказе. К тому же Лизочка, как и Аля, оказалась невероятно похожа на папу. Родион, честный до зубовного скрежета, признал девочку, дал ей свою фамилию, единственное, о чем он просил Сашу, — это не требовать от него развода с Нелей.

— Я люблю свою жену, — объяснил Кутепов, — и никогда не разрушу семью. Впрочем, ты можешь не волноваться, тебя я обеспечу полностью, Лизочка не будет нуждаться.

Сашенька заплакала.

— Мне и в голову не могло прийти сделать тебе гадость и повиснуть камнем на шее. Только бы сейчас немного перебиться, а там жизнь наладится.

Родион купил квартиру на Лукинской улице, обставил ее, потом, когда Лизочка подросла, устроил Сашеньку на работу. Он был хорошим отцом, минимум три раза в неделю навещал дочку, давал регулярно деньги, дарил подарки. Но никаких отношений, кроме дружеских, с Сашенькой не поддерживал. Лизочка знала, что у нее имеется папа, который развелся с мамой очень и очень давно, через несколько недель после рождения дочки. Информация о существовании Али не дошла до ушей Лизы, и девочка совершенно не сомневалась в правдивости истории, которую рассказала ей мама. У Лизочки в классе было полно детей из неполных семей.

Пока Сашенька, разрывая на клочки ни в чем не повинную салфетку, рассказывала историю своей жизни, я молчала, лихорадочно соображая, как отреагировать на услышанное. Наконец она швырнула изуродованный кусок полотна в мойку.

— Господи, мне даже не проститься с ним.

— Почему?

— Но не могу же я явиться на похороны, что люди подумают?

— Если не станете с воплями валиться на гроб, никто не обратит на вас никакого внимания. Скорей всего у крематория соберется большая толпа, коллеги по работе примут вас за родственницу, друзья посчитают сотрудницей. Препятствий для того, чтобы проводить в последний путь Родю, нет.

— Бедная, бедная Алечка, — всхлипнула Сашенька, — мне очень хочется взять девочку к себе, но как рассказать ей о Лизе? Боюсь, она возненавидит меня!

Я внимательно посмотрела на Сашеньку. Милое, простое личико с яркими голубыми глазами, пушистые волосы прозрачным облаком стоят над головой, и кажется, что над ней сияет нимб. Честная, открытая женщина, любящая Родю так, как никогда не любила его Неля.

Алечка осталась совсем одна. Естественно, мы не дадим ей пропасть, но никаких родственников у девочки нет. Насколько помню, у Родиона была сестра, но я незнакома с ней, более того, никогда ее не видела и не представляю, сколько ей лет и где она живет. Вроде она не москвичка, да и Кутеповы не упоминали о том, что имеют близкого человека, наверное, сестра давно умерла. Значит, Алечка останется одна-одинешенька на белом свете, богатая сирота, и скорей всего, когда ей исполнится двадцать, на нее налетят не слишком честные люди, любители поживиться за чужой счет. А вот тут передо мной сидит Сашенька, готовая стать Але родной матерью, и Лизочка, ее сводная сестра. Нет, надо что-то придумать...

Внезапно меня осенило:

— Сашенька, я помогу вам! Собирайтесь с Лизой к нам.

— Зачем?

— У Роди есть сестра, только никто из наших ее и в глаза не видел. Скажете, что вы — это она, а Лиза — племянница Родиона. В этом случае удивительное сходство Лизы и Али никого не удивит. Двоюродные сестры часто очень похожи. Мы скажем, будто вы приехали из... Ну...

— Из городка Вяльцы, — неожиданно сказала Сашенька и отчего-то сильно покраснела.

— Вяльцы? — удивилась я.

Саша кивнула.

— Есть такой в Московской области, у нас на работе женщина оттуда.

— Вяльцы так Вяльцы, — согласилась я, — никакой разницы, никто проверять не станет! Значит, так, я стала обзванивать людей по телефонной книжке, добралась до вас, ну и пригласила в Москву!

Саша покачала головой.

— Ничего не выйдет.

— Почему?

— Лизочка тут же расскажет, что мы живем в Москве, разболтает про свою школу, глупо получится!

— Действительно, выйдет по-идиотски, — вздохнула я и уставилась в окно.

— Может, знаете, как поступим, — тихо пробормотала Саша.

— Как? — оживилась я.

— Надо сказать, что я приехала в Москву, но с братом связи не поддерживала, потому как родила ребенка вне брака и побоялась, что Родион меня осудит. Сами знаете, какой он был правильный.

— Все хорошо, за исключением нескольких деталей. Если вы не поддерживали никаких отношений, то и телефона вашего в книжке Роди не могло быть. Как я вас нашла? И почему вам надо жить у нас, если вы имеете свою квартиру?

— Ой, очень просто! Допустим, я купила эту газету «Жизнь», прочитала про смерть брата, стала разыскивать тех, кто занимается похоронами... Не вы мне, а я вам позвонила... А насчет дома...

— Знаю! Вы затеяли ремонт! Вот я и позвала вас пожить в Ложкино! Никто не удивится!

— Вы уверены?

— Абсолютно. Немедленно собирайтесь. Алечка познакомится с вами, подружится с Лизочкой, все замечательно наладится! Аля будет думать, что обрела родственников. А потом посмотрите, стоит ли говорить девочкам о том, что они сестры.

— Они и по этой версии будут сестрами, — улыбнулась Саша, — двоюродными!

Операция «Приезд неизвестной родственницы» прошла без сучка и задоринки. Сашенька собралась с такой скоростью, как будто за два дня знала о том, что предстоит отъезд. Десяти минут ей хватило, чтобы собрать сумку. Наверное, в моих глазах мелькнуло удивление, потому что Саша сказала:

— Зачем набирать много вещей? Понадобится чего — приеду да возьму.

Когда мы вошли в столовую, домашние сидели за столом. Как я и предполагала, никакой бурной реакции с их стороны не последовало. Зайка, Аркадий и Александр Михайлович тесно не общались с Нелей и Родей, ограничиваясь визитами на дни рождения, поэтому появление сестры Кутепова их не удивило. Маруська тоже не стала задавать лишних вопросов, меня изумила позиция Али. Отложив в сторону вилку, всегда приветливая Алечка буркнула:

— Я ее не знаю.

— Вот и познакомишься, — улыбнулась я, — Сашенька очень милый человек, мы много лет знакомы, встречались в прежние годы, когда тебя еще и в проекте не было.

— Я ее в первый раз вижу, — набычилась Аля.

— Ну и что? Смотри, как вы с Лизочкой похожи, просто как две капли воды. Теперь у тебя есть тетя и сестричка, — попыталась я уговорить девочку.

Но Алечка, всегда безукоризненно вежливая, встала, оттолкнула чашку и, не обращая внимания на выплеснувшееся какао, заявила:

— Мне никакие сестры не нужны.

Маруська старательно заработала ножом, кромсая мягкую котлету в крошки.

— Сашенька, вам чаю? — засуетилась Зайка.

— Лизочка, возьми пирожок, — захлопотала я.

Аля спокойно наблюдала, как мы пытаемся исправить неловкую ситуацию, потом вышла за дверь, не сказав никому ни слова.

— Не обращайте внимания, — повернулась Ольга к Саше, — у Али подростковый период, дети в это время делаются невыносимыми.

— Алечка глубоко переживает несчастье, — вклинилась я в разговор, — она очень сдержанная девочка, все носит внутри себя. Представьте, она ни разу после трагической смерти родителей не заплакала на людях, потрясающее самообладание для подростка, но в какой-то момент ее «пробивает». Я понимаю, как девочке тяжело.

— Не обижайтесь на племянницу, все наладится, — улыбнулся Дегтярев, — надо же, как девочки похожи! Лиза — просто вылитый Родион, ничего вашего нет!

— Разве можно обижаться на ребенка, — тихо ответила Саша, — тем более на такого, который вне себя от горя. А в Лизе моего и впрямь совсем нет, говорят, что темные волосы и карие глаза — доминанта. Если у кого в роду были, обязательно в следующем поколении проявятся и забьют русый и голубой цвет. Впрочем, Лизин отец был грузин, очевидно, его гены, перемешавшись с генами нашего отца, дали такой результат.

— Грузины — один из самых древних народов в мире, — с видом знатока заявила Маруся.

— Евреи древнее, — сообщила Зайка, — Иисус Христос был иудей.

— Разве у сына бога может быть национальность? — удивилась Маня.

— Он родился от земной матери, — пустился в объяснения Аркадий.

— Можно взять конфетку? — прошептала Лизочка.

— Конечно, бери, — Ольга протянула ей коробку, — вон та самая вкусная, кругленькая, а внутри мармеладка.

— Собачка тоже хочет угоститься, — засмеялась Лиза и погладила Банди.

Наш питбуль, едва услышит волшебное слово «конфета», моментально подходит и кладет свою треугольную голову на колени тому, кто собирается развернуть бумажку.

— Можно ему дать трюфель? — спросила Лиза.

— Вообще говоря, нет, — ответила Маня, — собакам сладкое строго-настрого запрещено, но ради твоего приезда нарушим правило. Только не шоколадку, а карамельку.

Банди захрустел «Гусиной лапкой». Тут же около стола материализовались остальные псы и уставились на Лизу.

— Им тоже карамельки? — Девочка посмотрела на Маню.

— Конечно, а то нечестно получится.

Обрадованная Лиза принялась рыться в вазочке, выискивая совершенно одинаковые конфетки. Сашенька потянулась за лимоном. Зайка, Кеша и Дегтярев обсуждали вопрос о национальности Иисуса Христа. Я облегченно вздохнула. Кажется, все в полном порядке. Авось через пару дней Аля успокоится и примет Лизочку с Сашенькой.

Внезапно дверь открылась, и появилась Ирка:

— Дарья Ивановна, там какая-то женщина с чемоданом, говорит, на похороны Кутеповых приехала, вы выйдете?

— Зови ее сюда, — велела я.

Все повернули головы. Через секунду в комнату вошла смуглая, черноволосая, кареглазая женщина. На стройной фигуре ловко сидели узкие брючки и коротенькая кофточка, на красивом нервном лице не было практически никакой косметики. Возраст нежданной гостьи определялся с трудом: то ли сорок, то ли пятьдесят... Скорей всего незнакомка тщательно следит за собой и выглядит моложе своих лет.

— Прошу прощения, — сказала она низким, бархатным голосом, — разрешите представиться, меня зовут Раиса, я сестра Родиона Кутепова. Вот приехала на похороны, прошла к дому, а там заперто, охранник сказал, что Алечка вроде у вас.

Я почувствовала, как по спине от затылка вниз рванулась горячая волна. Сашенька, сильно покраснев, уткнулась в чашку с чаем. Маня, Зайка, Кеша и Дегтярев метали на нас взгляды, потом Ольга спросила:

— Никак не врублюсь в ситуацию, значит, вы и Сашенька сестры?

Раиса скользнула взором по матери Лизы и пожала плечами:

— Первый раз ее вижу.

Я ощущала себя рыбаком, которого оторвавшаяся от берега льдина несет в открытый океан.

Внезапно дверь хлопнула еще раз.

— Мама Рая, — взвизгнула Аля и повисла на шее у незнакомки, — ты!!! Приехала!!! Мне так плохо!!!

— Алечка, — осторожно спросила я, — ты хорошо знаешь эту женщину?

— Конечно, — затараторила девочка, — это папина сестра, моя тетя Рая, я у нее в прошлом году гостила.

Я удивилась. Надо же, ни Родя, ни Неля в последнее время не упоминали о ней, хотя какие-то разговоры о том, что у Кутепова есть сестра, я с молодых лет помню.

Внезапно Дегтярев откинулся на спинку стула и «ментовским» голосом осведомился:

— Не пойму никак. Если Раиса сестра Родиона, что подтверждается показаниями Али, и если она в первый раз видит Сашеньку, то кто такая Саша? На мой взгляд, кто угодно, но не сестра Кутепова.

Глава 18

Обычно в минуту опасности я теряюсь и начинаю глупо хихикать, болтая глупости. Потом, когда ситуация разруливается, в голову приходят замечательные мысли, как следовало выпутаться из неприятной истории. Таким качеством, как «лестничное остроумие», я обладаю в полной мере, но сегодня мне откуда-то явилось озарение. Придав лицу самое удивленное выражение, я спросила:

— А кто сказал, что Саша сестра Родиона?

— Ты, — нахмурился Дегтярев.

— Мне и в голову такое не могло прийти, — замахала я руками, — прочисти уши. Шесть раз повторила — Сашенька родственница Кутеповой, то есть Нели. Разве вы не видите, как они похожи? Глаза голубые, волосы светло-русые — портретное сходство! Ну а теперь, когда недоразумение выяснилось, давайте пить чай! Вот замечательные булочки с кремом, просто восторг. Кому положить?

— Спасибо, — вежливо ответила Раиса, — но мне хотелось взглянуть на Алечку и убедиться, что она в порядке. Прямо извелась вся, звоню, звоню, а у Роди автоответчик работает, потом на нем лента кончилась. Ну, думаю, дело плохо — дом опечатали, девочку в детский дом сдали, надо выручать!

Алечка прижалась к тетке, та погладила ее по голове.

— Дроля моя, все хорошо, стану твоей мамой. У Родиона никаких родственников, кроме тебя и меня, не было, значит, поселимся здесь вместе. Я ради тебя в Москву перееду.

Что-то в гладкой, спокойной речи Раисы мне очень не понравилось, и я быстро сказала:

— Саша — Нелина сестра, Лиза — племянница. Они тоже наследники!

Раиса поджала губы, потом деловито заявила:

— Я человек честный, законам подчиняюсь, если в завещании они указаны, все будет так, как хотел Родя.

— А если нет? — тихо спросила Саша.

— На нет и суда нет, — сурово заявила Раиса, — много сейчас сюда всяких прилетит, как мухи на... простите за вульгарный оборот.

— Кто прав? — повернулась к Аркадию Маня.

Кеша спокойно окинул взглядом присутствующих.

— Если есть завещание, то никаких проблем не будет. Впрочем, если в документе не упомянута Александра, она может подать в суд на наследство. Если же последнее волеизъявление отсутствует: потеряно, или Родион оказался настолько беспечен, что не составил завещания, тогда наследницей первой очереди явля-

ется Аля как единственная дочь умерших Кутеповых. Во вторую очередь равные права будут
иметь Александра и Раиса как сестры Родиона
и Нели, но только в том случае, если докажут
родство документально. Впрочем, это не трудно, хватит метрики о рождении. И уже самой
последней оказывается Лиза.

— Почему моя доченька должна быть последней? — напряглась Саша.

— Лиза всего лишь племянница Нели, —
терпеливо растолковал Кеша, — закон очень
точно трактует права наследников, если не верите мне, сходите в юридическую консульта-
цию, но я абсолютно уверен, там вы услышите
то же самое.

— Значит, Аля станет самой богатой, а Лизочка получит две копейки? — уточнила, крас-
нея, Саша.

— Думаю, копеек будет больше, — без тени
улыбки заявил Аркадий, — впрочем, имейте в
виду, судебные процессы по завещаниям —
вещь муторная, тянутся порой годами. Иногда
люди просто договариваются между собой,
минуя зал заседаний. Одна сторона платит другой определенную сумму, и все. Вам не кажется, что разговор о наследстве накануне похорон трагично погибших Кутеповых выглядит,
как бы это помягче сказать... ну не совсем
уместным?

— Я и не рассчитывала на ваше гостепри-
имство, — взвилась Раиса, — а сюда зашла

только потому, что искала Алю. Поеду в гостиницу.

— Тетечка, не уходи, — вцепилась в нее Аля.

— Что за ерунда, — подскочила Зайка, — завтра кремация, не стоит затевать свары накануне похорон. Дом большой, места много, оставайтесь, Раиса, утро вечера мудрее, мы просто все излишне перенервничали.

— Спасибо, коли не шутите, — кивнула та, — но, может, нам с Алей в ее дом пойти?

— Здание пока опечатано, — пояснил Кеша, — Аля по закону не имеет права жить одна, ее у нас оставили только потому, что Александр Михайлович похлопотал.

— И долго нельзя будет войти? — поинтересовалась Раиса.

— Пока все не вступят в права наследства, а это только через полгода.

— С ума сойти, — всплеснула руками Раиса.

— Это общее положение, — пояснил полковник, — но вы можете обратиться в компетентные органы, объяснить ситуацию, и печати снимут хоть завтра. Впрочем, Аркашка прав, давайте похороним бедняг по-христиански, а потом уж будем вести разговоры о деньгах.

— Я ни о чем не говорила, — надулась Раиса, — но кто теперь, кроме меня, защитит Алечку? Ей же надо где-то жить!

Девочка опять прижалась к тете и исподлобья угрюмо поглядывала на Лизу. Та, не замечая взглядов сестры, усиленно потчевала собак печеньем. Лиза была еще слишком мала и не понимала, отчего присутствующие так разгорячились.

— Мне ничего не нужно, — прошептала Саша, — спасибо, сама себе заработаю, но Лизоньку нельзя ущемлять в правах.

— В первую очередь все получает родная дочь, — отрезала Раиса, — слышали, что молодой человек растолковывал?

Сашенька стала похожа на огнетушитель. Секунду она сидела молча, потом, глубоко вздохнув, вынула из сумочки свидетельство о рождении Лизы и протянула Кеше.

— Насколько я понимаю, этот документ уравнивает права девочек.

Аркадий повертел в руках книжечку.

— Вот это пердимонокль! Ну и дела!

— А что там? Что? — засуетилась Маня.

Аркадий протянул свидетельство Зайке. Ольга охнула и уставилась на Лизу.

Когда зелененькая книжечка попала наконец в руки Раисы, та в негодовании закричала:

— Нет, это подделка! Такого быть не может!

— Отдавайте на любую экспертизу, изучайте под микроскопом, — гордо заявила Саша, — ничего противозаконного не увидите! Документ подлинный. Лиза дочь Родиона!

— Незаконная, — ринулась в атаку Раиса.

Саша повернулась к Кеше:

— А что закон говорит в этом случае?

— Внебрачные дети уравнены в правах с теми, кто рожден в законном браке, — растерянно ответил наш адвокат, — основная задача доказать родство, но в этом случае все ясно. Родион признал девочку.

— Но как... Откуда?.. — бестолково начала спрашивать Раиса. — Я никогда и слыхом не слыхивала об этой... Просто чушь какая-то!

Сашенька торжествующе посмотрела на почти поверженную соперницу и сказала, тронув меня за плечо:

— Уж извини, хотели-то как лучше...

Ага, а вышло, как всегда. Сейчас в нашем доме разгорится дикий, первобытный скандал. Хорошо бы без мордобоя обошлось. Вон какая красная сидит Саша, а у Раисы на щеках ходят желваки. Как бы бабоньки не кинулись друг на друга, на всякий случай я быстро схватила бутылку «Эвиан» и открутила пробку. Если дамы примутся выдирать друг у друга волосы, плесну в них минеральной водой.

Но Раиса неожиданно мирно спросила:

— Может, расскажете нам, как у вас любовь получилась? Уж не стесняйтесь, родственники теперь!

На щеках Саши слегка поблекла краска.

— Стыдного в этой истории ничего нет.

И она стала рассказывать. Никто не перебивал Сашу, даже Маня сидела тихо, изредка шумно вздыхая. Сашенька сухо изложила факты, опустив кое-какие рассказанные мне романтические подробности. В адаптированном варианте ситуация выглядела обыденно. Родя приехал в командировку, Саша потеряла голову. В результате на свет появилась Лиза.

— Я любила Родиона, — делано спокойным голосом вещала Саша, — намного больше, чем Неля. Кстати, она изменяла Роде, он об этом знал, но ни разу не дал жене понять, что он в курсе ее амурных похождений. Так что Аля запросто может быть не дочерью Кутепова, а Лизочка совершенно точно отпрыск Родиона!

— Для получения наследства это не имеет значения, — объявил Кеша, — главное, что Родион считал Алю...

Внезапно Алечка, бледная, словно у нее из вен вытекла вся кровь, подлетела ко мне и отвесила пощечину. Я, не ожидавшая наскока, упала со стула.

— Муся, — завопила Маня и ринулась на Алю, — ах ты дрянь!

Все вскочили на ноги. Я сидела на паласе, чувствуя, как одна щека горит огнем. Кеша крепко держал вырывающуюся из рук Маруську, Раиса и Дегтярев схватили бьющуюся в истерическом припадке Алю.

— Да! — кричала та. — Еще мало ей! Это она привела сюда этих... новую дочку с маменькой. Неля всегда говорила, что Дарья слишком любопытная и во все дыры нос сует! Ненавижу, ненавижу, ненавижу!

Топая ногами, Аля мотала головой, черные

блестящие волосы упали девочке на шею, заколки посыпались на пол. Саша обняла перепуганную Лизу. Ольга бросилась на кухню за валокордином. Хучик выл под торшером, Снап засунул голову под диван, наш ротвейлер в минуту опасности превращается в страуса, главное для него — спрятать морду, а о филейной, мелко дрожащей, выставленной всем на обозрение части он почему-то не беспокоится. Черри залезла на диван и лаяла, как безумная. Банди, по обыкновению, надул лужу...

— Убить ее мало, — бесновалась Аля, — Дарья меня ненавидит!!

— Что ты, детка, — я попробовала успокоить ребенка, — конечно, получилась ужасная ситуация, но я преследовала благие цели, хотела, чтобы около тебя были родные люди.

— Ненавидит, — не слушала мои речи Аля, — ненавидит! Она маме советовала сдать меня в интернат! Ненавижу, ненавижу! Вечно приходила, улыбалась! Ненавижу! И Машку ненавижу! Дура толстая, кретинка безмозглая! Мама ее мне в пример постоянно ставила: «Ах, Машенька веселая, приветливая, а ты бука». Ненавижу...

— Молчи! — заорала Маша.

Хучик взвыл еще громче.

— Ненавижу всех, — визжала Аля, потерявшая человеческий облик, — ненавижу! Убить всех, всех, всех... А мама и папа — они-то всем врали...

Внезапно Раиса схватила Алю за плечи, встряхнула и со всего размаха влепила бьющейся в припадке девочке оплеуху. Аля всхлипнула.

— А ну закрой рот, — велела тетка, — немедленно!

Алечка вздрогнула.

— Ты должна молчать, — сурово заявила Раиса, — иначе будет плохо, понимаешь? Ну же, постарайся справиться с собой.

Аля судорожно вздохнула, дернулась, потом закатила глаза и рухнула на ковер, словно ей подпилили ноги. Все засуетились вокруг потерявшего сознание ребенка. Когда быстро пришедшую в себя Алю унесли в спальню, я попыталась встать с ковра, но не сумела, ноги меня не держали.

— Вовсе я не советовала сдать Алю в интернат, — принялась я оправдываться, — Неля жаловалась, что у дочери плохо идет французский, вот я и посоветовала ей отправить Алечку на три летних месяца в Париж, в колледж Святой Магдалины, девочка бы вернулась с отличным словарным запасом. Неля стала уговаривать Алю, но та не захотела, и идея отпала. Вот уж не думала, что девочка так восприняла мое вмешательство!

— Чего приседаешь?! — рявкнула Зайка. — А то мы не знаем тебя! Выбрось эту ерунду из головы!

— А меня она за что ненавидит? — глотая

слезы, прошептала Машка. — Ну при чем тут я, если Неля ее букой обзывала?

Раиса вздохнула:

— Ты, детка, не держи зла на Алю, она вовсе так не думает, это ее горе кричало. Ну подумай, легко ли без родителей разом остаться?

Манюня затрясла головой.

— Ужас, если с мусечкой что случится, я просто не переживу.

— Может, врача вызвать? — спросила я.

— Не надо, — ответила Зайка, — спит она, завтра посмотрим.

— Пожалуй, пойду тоже лягу, — пробормотала я.

Кеша неожиданно воскликнул:

— Давайте выпьем чаю, как будто ничего не случилось! А потом ты отправишься на боковую, а Зая разместит гостей.

Я кивнула. Действительно, лучше сейчас сделать вид, как будто ничего не стряслось.

Следующий час все присутствующие самым старательным образом поддерживали светскую беседу. Я устала неимоверно и еле дождалась момента, когда смогла подняться наверх.

В спальне царили прохлада и темнота. Чувствуя себя пустой и выжатой, словно скомканный тюбик «Аквафреш», я доползла до тумбочки и зажгла ночник. Мягкий желтый свет упал на постель. Я приблизилась к кровати, хотела сесть, подняла глаза и... заорала в полный голос. Мне стало дико холодно, потом душно-жарко, затем на голову будто кто-то надвинул ушанку, перед глазами запрыгали черные мушки. Последнее, что видели мои закатывающиеся глаза, — была мерзкая кукла Сара Ли, восседавшая на моей подушке.

Глава 19

В нос ткнулась остро пахнущая вата. Я попыталась оттолкнуть ее и открыла глаза.

— Что случилось? — спросила Ольга.

— Там, — прошептала я, садясь на кровати, — вернее, здесь...

— Кто? — нахмурился Кеша.

— Говори скорей, — торопил полковник.

— Кукла, Сара Ли, сидит на подушке, мне очень страшно.

— Так я и знала, — протянула Зайка, — опять глупости. Ну как не стыдно! Только-только успокоились. Ну при чем тут кукла?

— Она убийца, Сара Ли, — лепетала я, обшаривая глазами спальню.

— Мусечка, ее здесь нет, — сказала Маня, — тебе показалось.

— Я видела ее совершенно ясно...

— Вы лучше лягте, — посоветовала Сашенька, — переволновались сильно, вот всякое и мерещится.

— Ты последнее время неадекватна, — поставила диагноз Зайка, — вчера моего папу за убийцу приняла, всех перебаламутила. Он сегодня страшно расстроенный уехал. Теперь с куклой... Нет тут ничего, да посмотри сама.

— Но она была.

— Зая, — велел Кеша, — принеси ей пятьдесят граммов коньяка и два куска сахара.

Мой сын пребывает в уверенности, что коньяк «Камю» вприкуску с рафинадом — идеальное средство от бессонницы, первых признаков гриппа, сломанных ног, туберкулеза и внематочной беременности. Причем, прошу отметить, сам он пьет исключительно виски, а коньяком потчует домашних. Я же терпеть не могу сахар и никогда не кладу его ни в чай, ни в кофе.

Но сопротивляться Аркадию бесполезно. Через пять минут в меня влили обжигающую, словно кипяток, маслянистую темно-коричневую жидкость и всунули в рот мигом рассыпавшиеся на крупинки кусочки сахара.

— Теперь на боковую, — голосом, не предвещающим ничего хорошего, велел сын.

Пришлось залезать под одеяло.

— Спать!!! — приказал Аркадий.

Все выскользнули в коридор. Манюня поцеловала меня и, обдав запахом коньяка, сказала:

— Забудь, мусик! Сара Ли — просто глупая выдумка.

— Тебе Аркадий тоже дал «Камю»? — заплетающимся языком спросила я.

— Исключительно в медицинских целях, — хихикнула Маня, — я предпочитаю водку, по пол-литра с утра вместо кофе.

Я хотела улыбнуться, но губы не слушались. Потом наступила тишина.

Когда мы построили дом в Ложкине, хитрые дети быстро выбрали себе комнаты, поставив меня перед фактом.

— Вот это, мать, твоя спальня, — заявил Кеша, — смотри, как удобно.

Мне же больше нравилось помещение, расположенное по другую сторону коридора, о чем я совершенно честно сказала сыну.

— Да там уже Зайка устраивается, — ухмыльнулся Аркадий. — Маруське по душе пришлась угловая комната, с двумя окнами. Слушай, тебе не все равно, а? С правой стороны коридора входить или с левой?

Я послушно кивнула. На самом деле это не принципиально. Но когда наступила весна, сразу стал понятен хитрый расчет Зайки и Мани. Их комнаты выходят на запад, а моя — на восток. И с раннего утра солнце начинает бить в окно. Чтобы не просыпаться в жуткую рань, я повесила темные занавески, но частенько забываю их задергивать по вечерам. Вот и вчера они остались незадернутыми, и луч света упал на мое лицо около пяти утра. Я проворочалась еще с полчаса под одеялом, потом, вздыхая, встала и отправилась на кухню пить кофе.

Дом спал, даже собаки и кошки не поднимали голов. Я спустилась на первый этаж, дошлепала до кухни, толкнула дверь и обнаружила возле стола Алю, насыпающую в чашку какао.

Как бы сейчас она вновь не накинулась на меня с кулаками, надо тихонько выскользнуть в коридор, но девочка обернулась и уронила банку. Коричневые гранулы рассыпались по кафельной плитке.

— Это ерунда, — забормотала я, — не расстраивайся, деточка, сейчас открою новую баночку. Где она у нас? А вот тут на полочке... Ой, нету, сейчас, сейчас.

Я болтала, боясь остановиться. Внезапно Аля подошла ко мне.

— Даша, прости. Сама не знаю, что вчера со мной произошло.

— Забудь, милая. Истерика может случиться с каждым.

— Ужасно вышло, — каялась Аля, — как теперь Машке в глаза смотреть?

— Она уже все забыла, Манюша совсем не злопамятна, и потом, она хорошо понимает, каково тебе пришлось.

Аля поморщилась, я решила, что девочка сейчас зарыдает, и постаралась сменить тему.

— Когда же ты ездила к Раисе?

— В прошлом году.

— Да ну? — удивилась я. — Насколько я помню, июнь ты провела в Ложкине, в июле вы с папой отправились в Испанию, а в августе с мамой в Грецию.

Аля печально улыбнулась:

— А мы с папой не ездили в Испанию.

— Но Неля говорила...

— Она думала, будто мы в Коста дель Соль, папа ей соврал.

— Родион обманул жену?! Зачем?

— Хотел к тете Рае съездить, меня показать.

— Однако странно. Почему для этого потребовалось врать?

Алечка вытащила пакетик «Липтона», залила его кипятком и пробормотала:

— Мама с папой жили очень плохо, вечно грызлись, словно кошка с собакой.

— Кошка способна вполне мирно существовать с псом, — мягко сказала я, — наша Клеопатра катается верхом на Снапе, сама знаешь. Это люди придумали, что они не уживаются.

Аля насыпала в кружку сахар и стала размешивать его ложечкой.

— Ладно, пусть не как кошка с собакой, но ссорились они постоянно. Мама вообще чуть что орать начинала. Ее злила папина правильность и спокойствие, а его раздражала манера мамы без конца созывать гостей и обниматься со всеми мужчинами. Знаешь, она изменяла папе.

— Ну и ерунда тебе пришла в голову, детка. — Я решила защитить покойную подругу. — Твоя мама была очень веселой женщиной, она любила жизнь, вокруг нее всегда клубились люди, но...

— Ох, Даша, — отмахнулась Аля, — я же не

маленькая. Неля жила с папой из-за денег, а тот не мог развестись с ней, потому что по глупости в свое время оформил на нее фирму. Я все знаю. У отца, когда он начинал бизнес, имелось два предприятия. Одно, по продаже продуктов, записано на него, другое, с картами, на Нелю. Вроде раньше нельзя было иметь две фирмы.

Я молчала. Действительно, Родион, пускаясь в море предпринимательства, не знал, что принесет ему больший доход. Впрочем, поначалу он считал торговлю продуктами более прибыльной, но вскоре разобрался, что к чему, и начал усиленно заниматься картами.

— Неля каждый день шантажировала его, — голосом, лишенным всякой эмоциональной окраски, рассказывала Аля, — требовала денег, иногда пугала, орала: «Продам фирму!» Примерно за неделю до смерти они так поссорились! Страшное дело! Мать обозвала папу жлобом, пообещав, что разведется с ним, выйдет замуж за другого и отнимет бизнес.

... — Все мое, — вопила она, — останешься голым. Дом разделим, квартиру тоже, начинай с нуля.

Родион сначала молчал, но под конец не выдержал и рявкнул:

— Только попробуй заикнуться о разводе, мигом на том свете окажешься!

— Ах гад! — затопала ногами Неля. — Киллера наймешь? Не надейся, не успеешь! Я тебя раньше закажу!

Раздался грохот, потом звон посуды, очевидно, всегда корректный муж, не стерпев, швырнул в жену тяжелый дубовый стул и попал в буфет, набитый хрусталем и фарфором. Алечка, подслушивавшая под дверью, в ужасе убежала...

— Вовсе они не хорошо жили, — закончила девочка, — прикидывались перед всеми, улыбались да обнимались на глазах у чужих. Да еще Неля все время упрекала папу, что он дает всем деньги в долг. В свое время тетя Рая приехала к нам в гости, ну очень давно. Мама и папа только поженились. Честно говоря, подробностей я не знаю, но вроде она засекла Нелю с любовником и тут же все разболтала папе. Тот не поверил сестре, отправил ее домой и пару лет не общался с Раисой, но потом простил, а вот Неля ни в какую больше не хотела встречаться с тетей и папе запретила с той общаться. Поэтому-то Родя и обманул ее. Наврал, что в Испанию летим, даже билеты для достоверности купил, только мы отправились в Вяльцы.

— Куда?

— В Вяльцы, — повторила Аля, — есть такой город, папа оттуда родом. Рая там живет. Ой, как здорово было! Тетечка такая замечательная, просто классная. Веселая, ни на кого не орет. У нее две собачки и кошка, а Неля не разрешала никого заводить. Теперь у нас щеночек появится. Тетечка сюда своих животных перевезет, и она мне пообещала купить лабрадора. Ой, вот хорошо-то!

Последняя фраза, почти выкрикнутая детским фальцетом, сильно резанула мне слух. Еще меня покоробило, что девочка отчего-то упорно называла родителей по имени, но я ничего не сказала ей.

— Что вас подняло в такую рань? — спросила заспанная Зайка, входя на кухню.

— А ты чего вскочила? — поинтересовалась я.

— Мне в восемь надо быть в студии, — сообщила Ольга и, поглядев на мирно спящего у окна Банди, добавила: — Вот козел!

— Чем тебе не угодил Бандюша? — удивилась я.

— Кто, пит?

— Ну да, ты только что его козлом обозвала!

— О господи, — пробормотала Зайка и села к столу, — да не Банди козел, а Игорь Сотский, наш оператор. Прикинь, что вчера вышло! Есть такая специфическая технология съемки, когда корреспондента или ведущего одна камера снимает, допустим, около серой стены, а другая в этот момент запечатлевает заставку, ну такую картинку, в нашем случае изображение ворот, в которые влетает мяч. При этом учти, что заставка может быть любого, самого крохотного размера, зрители все равно увидят на экране ведущего на фоне заставки во весь экран. Два изображения совмещают, и все дела. Конечно, у центральных каналов теперь современное оборудование, а у нас, бедных, все по старинке. Вот козел!

— Ты о ком?

— Да об операторе, уроде, — раскипятилась Зайка, наливая себе кофе. — Вчера начали запись, все шло хорошо. Потом наш Игорек заорал благим матом, отбежал в сторону, тычет пальцем в камеру, словом, ведет себя самым невероятным образом. Естественно, работу приостановили и начали приводить Игоря в чувство. Наконец он слегка успокоился и заявил, указывая на заставку:

— Там чудовище.

— Ты сколько выпил? — деловито осведомился режиссер. — Колись, голуба, где вечерок провел? Белочку поймал? Какие монстры?! И где? На бумаге?

Но Игорь тупо повторил:

— Не знаю, ребята, так ничего не видно, а в камере проявляются.

— Ну ни хрена себе, — сказал администратор и глянул в глазок.

Через секунду, издав вопль, он отскочил в сторону.

— Мама, и впрямь жуть кромешная!

— С ума посходили, — заорал режиссер, — один в белой горячке, второй тоже...

— Сам посмотри, — отбивался Игорь, — ничего страшней в жизни не видел.

— И не подумаю, — бесился начальник, — мне отсюда хорошо видно, что там одна картинка. Пишите заявление об уходе, достали, право слово, съемку сорвали, студию сейчас освобождать надо...

Пока режиссер кипел, Ольга подошла к камере и прильнула к объективу. Тотчас же перед ней возникла жуткая голова рыже-коричневого цвета. Отвратная морда была украшена странными глазами, огромными, вращающимися в разные стороны палками, какими-то чешуйками, полосками, канавками. Ничего более жуткого Зайка не встречала. С криком она отскочила в сторону.

Режиссер на секунду замер с открытым ртом, потом со словами: «Все идиоты», сам рванул к штативу.

Оператор, администратор и Зайка, с трудом пришедшие в себя, сбились в кучу в противоположном углу.

— Может, в сериале «Секретные материалы» все правда? — дрожащим голосом осведомился Игорь. — Помните, там у Малдера имелся фотоаппарат, который фиксировал внеземную жизнь. Ну люди видели только себя, а на карточках проявлялись жуткие чудища. Хотя, если честно, далеко им до этого...

— Что-то припоминаю, — закивал администратор.

— Как хотите, я больше работать не стану, — ныл оператор.

Зайка молчала, но желание продолжать работу и у нее пропало. Монстр выглядел как живой.

Режиссер повернулся, его лицо стало багроветь.

— Ну что, убедился? — тихо спросил Игорь. — Давайте уфологов позовем.

— Или специалистов-экстрасенсов, — пискнул Андрей.

Не говоря ни слова, режиссер подошел к картинке, прикрепленной к подставке, потом воскликнул:

— Уфолога! Да вам психиатра надо вызывать! Это обычный таракан, заполз на заставку, камера его увеличила... Ну, блин, уроды, идиоты, ну, козлы...

— Таракан? — переспросил Игорь. — Где?

— У тебя в голове! — в сердцах завопил режиссер. — Все, съемка псу под хвост. Меньше надо про Малдера и Скалли смотреть. Корнея Чуковского на вас нет! Таракана испугались! А ну, живо, вставай к камере, хоть чуток поснимаем.

— Можешь разрезать меня на части, ни за что не двинусь с места, — заявил Игорь.

Режиссер продолжал ругаться, но безрезультатно. А потом их выгнали из студии, потому как время, отведенное на съемку, закончилось и за порогом поджидала уже другая команда.

— Теперь из-за одного козла, который не способен отличить таракана от инопланетянина, нам придется работать в несусветную рань, — злилась Ольга.

Я постаралась скрыть улыбку. Между прочим, Зайка только что сказала, что сама испугалась головы с глазами и шевелящимися палками.

— И нечего хихикать, — возмутилась Ольга, — полное безобразие! Теперь я не попаду на похороны, очень нехорошо получается.

Я моментально погрустнела. Действительно, сегодня кремация, вот уж тягостная процедура.

В действительности все оказалось намного хуже, чем я предполагала. Гроб, в котором лежала Неля, был закрытый. Моя несчастная подруга упала с высоты лицом вниз на камни. Гример, как ни старался, так и не сумел привести ее внешность в порядок. У второго роскошного гроба, в котором покоилось тело Роди, была откинута крышка. Внутри на белых шелковых подушках лежал Родион, одетый в великолепный, очень дорогой костюм. Вообще вокруг все было помпезно и излишне богато. Гробы из красного дерева, с золотыми ручками, море венков и цветов, купленных не на рынке, а у специалистов-флористов. Присутствующие были одеты так, словно явились не на похороны, а на бракосочетание. Очевидно, из-за необычно душного июня многие решили наплевать на приличия и нарядились в светлорозовые, нежно-бежевые и незабудочно-голубые платья, юбки и блузки. Лишь Раиса была упакована с головы до ног в черное, голову сестра Родиона замотала платком, наверное, ей было невыносимо жарко.

Алю оставили дома, впрочем, девочка не слишком настаивала на своем присутствии.

— Мы с Алечкой поможем тем, кто готовит поминки, — сказала Маруська.

Я промолчала. Александр Михайлович пошептался с кем надо, и сегодня, в девять утра, беленькие бумажки с печатями исчезли с дверей дома Кутеповых. А еще через некоторое время туда явилась армия официантов и поваров, нанятых для поминок. Народу за столом ожидается очень много, одной кухарке с горничной ни за что не справиться. Ни Аля, ни Маша в качестве помощниц там не нужны. Но Маруська вечно хочет всем услужить, вот и сейчас усиленно изображает, что Аля не идет на похороны родителей, потому как должна приглядывать за прислугой.

Я прислонилась к стене крематория. Было жарко, кислород просто отсутствовал в воздухе, наверное, сейчас разразится гроза. Да еще многие дамы облились духами, и у меня закружилась голова. Я попыталась собраться. Должен же кто-то стать распорядителем печального действа. Надо пригласить всех на поминки...

Но сил шевелиться не было, а через пять минут до меня дошло, что всем давным-давно распоряжается Раиса. В черном, надвинутом до бровей платке, в глухом, под горло, костюме, она словно мрачная тень скользила между группами людей. Спустя пару мгновений сестра Роди оказалась вблизи меня, и я услышала ее глухой голос:

— Прошу вас приехать к нам домой в Ложкино, помянем брата и невестку.

Меня это покоробило. Однако быстро Раиса стала считать себя хозяйкой. Хотя, может, так и надо. Похоже, Аля попадет в надежные, крепкие руки. Я огляделась по сторонам, отыскивая Сашу, и обнаружила ее в центре довольно большого скопления людей. Да уж, Сашенька тоже проявила себя не лучшим образом. Одетая, как Раиса, во все темное, только без платка, она привела на кремацию Лизочку, наряженную в теплую водолазку и длинную юбку. Ей стало жарко, Лиза захныкала. Когда она в очередной раз заканючила: «Мамочка, у меня голова заболела», Саша громко, на всю площадь заявила:

— Потерпи, родная, мы должны проводить в последний путь папу.

Все мгновенно повернулись к Лизе, по толпе пробежал шепоток. Сначала люди мялись, потом Анюта Вехова, главная сплетница и болтунья, не выдержала, подошла к Саше и принялась улыбаться, словно крокодилица, увидевшая жирного щенка. Саша не растерялась, всхлипнула, прижала к глазам носовой платочек, вытащила свидетельство о рождении...

— Я так его любила, — донеслось до меня, — но, естественно, не собиралась рушить чужое счастье...

Анюта, разинув рот, внимала рассказу. Лиза, красная, потная и растрепанная, теребила мать. Я отвернулась. Вчера Сашенька произвела на меня самое лучшее впечатление: милая, не приспособленная к жизни, затюканная родителями девушка. Но сейчас все положительное впечатление мигом испарилось. Александра решила использовать ситуацию, чтобы громко сказать всем: у Родиона имелась еще одна дочь. Вернее, наследница. К сожалению, после смерти Кутеповых остался большой, жирный торт, от которого так и хочется отломить кусок! Мне стало неприятно, ну зачем я привезла в Ложкино Сашу? Хотя она бы и сама узнала о смерти Родиона, Саша говорила, что он был хорошим отцом и частенько навещал дочь. И потом, Лиза-то и впрямь кровинушка Кутепова, и несправедливо оставлять ее жить в нищете, если после отца осталось богатое наследство. Сашенька, наверное, неплохой человек, я доверяю первому впечатлению, которое производят на меня люди. Просто ей, безмерно любящей дочку, хочется защитить ее права, вот она и начала прямо на похоронах суетиться. Неизвестно, как бы я повела себя, окажись на месте Саши.

Глава 20

С самым тяжелым настроением я села после окончания похорон в «Пежо» и покатила в Ложкино. Не передать словами, как мне не хотелось идти на поминки, но деваться-то некуда, придется сидеть за столом. Уже въезжая в ворота, я сердито подумала: «Нет, если бы судьба поставила меня в те же условия, что и Сашу, я никогда бы не стала претендовать на наследство». Но уже через секунду в голову закралась иная мысль. И что? Спокойно смотреть на то, как Маня ходит в обносках и не имеет возможности получить хорошее образование, зная при этом, что девочка может, причем на совершенно законных основаниях, обрести миллионы?

Так и не найдя ответа на этот вопрос, я устроилась в самом конце длинного стола и постаралась стать незаметной. Большинство присутствующих мне неизвестно, знаю только своих бывших одногруппников да еще парочку людей.

Поминки протекали стандартно. Сначала выпили, не чокаясь, закусили блинами, сказали хорошие слова о покойных, потом снова подняли рюмки, затем еще и еще... В конце концов народ расслабился, забыл, зачем собрался, тихий, вежливый разговор перешел в бурную беседу, зазвучал смех... Не хватало только веселой музыки и танцев, чтобы происходящее окончательно превратилось в вечеринку, которые так любила закатывать Неля. Впрочем, если бы моя подруга могла распоряжаться на собственных похоронах, то она скорей всего затеяла бы танцульки. Вот Родя — тот бы предпочел «академическое» застолье с торжественными речами.

Внезапно Саша встала и подняла полную рюмку. Кое-кто уставился на нее, но большинство присутствующих продолжало болтать. Саша постояла пару секунд, потом сильно постучала ножом по тарелке. Теперь почти все повернулись к ней.

— Я человек прямой, — громко заявила она, — хитрить не умею. Все уже знают, что Лизочка родная дочь Родиона. Мне бы и в голову не пришло явиться в такой день при жизни Нели, потому что я очень любила Родиона и больше всего мечтала видеть его счастливым.

За столом стало так тихо, что было слышно, как жужжит пролетающая муха. Мне сделалось совсем нехорошо. Ну к чему это патетическое выступление? Саша права, все уже узнали про Лизу. Решила еще раз напомнить? Закрепить достигнутое?

— Так уж вышло, — продолжала Саша, —

что Алечка и Лизонька сестры, им идти по жизни вместе, рука об руку...

Подняв еще выше рюмку, Сашенька выбралась из-за стола, подошла к Раисе, сидевшей чуть поодаль, и самым проникновенным голосом заявила:

— Давай договоримся, вот тут, при всех друзьях и знакомых! Нам нечего делить, надо просто воспитывать детей, будем осуществлять это вместе, я с огромной радостью могу забрать Алечку, а ты, я уверена, поможешь Лизоньке. Вот и хочу выпить за наше родство и дружбу, не омраченные никакими финансовыми расчетами. Деньги — это последнее, главное, чтобы девочки поняли: они, потерявшие отца, близкие и родные люди. Лизонька, иди сюда, поцелуй тетю Раю!

Измученная жарой, долгим сидением за столом и неудобной одеждой девочка повиновалась. Еле перебирая ногами, она добрела до Раисы и ткнулась лицом в ее щеку. Основная масса присутствующих, уже сильно подвыпивших, умилилась. На глазах дам, накачавшихся коньяком, появились слезы. Но я практически не пью, поэтому сохранила ясность ума. С моего места было отлично видно, как по лицу Раисы черной птицей скользнула ненависть. Но, понимая, что ее загнали в угол, сестра Роди растянула в улыбке рот и погладила Лизу по голове. Глаза Раи оставались колюче-холодными, и она, изображая ответный поцелуй, коснулась лица девочки не губами, а щекой.

По счастью, Алечки не было в комнате, они с Марусей отправились к нам домой. Очевидно, Саша предполагала еще устроить лобзание сестер, но эта затея провалилась.

Мне стало так гадко, гаже некуда. Не в силах больше находиться вместе со всеми, я выскочила из гостиной, поднялась в Нелину спальню и села на кровать. Наверное, следовало вообще уйти из этого дома, но силы покинули меня.

— Имей в виду, — донеслось из темноты, — тебе рассчитывать не на что!

Я открыла глаза и в первую секунду не поняла, где нахожусь: незнакомая, вычурная мебель, чересчур роскошная люстра...

— Лучше успокойся и отдай половину, все равно я своего добьюсь, — ответил голос Сашеньки.

В ту же секунду все стало на свои места. Я случайно заснула на кровати в спальне у Нели, гости, наверное, давным-давно разошлись. А в комнате Родиона, которая отделена от супружеской опочивальни маленьким санузлом, спорят Раиса и Саша, пытаясь разобраться со свалившимся на голову наследством.

Не желая подслушивать чужие скандалы, я тихонько встала и, взяв туфли в руки, босиком спустилась по лестнице. Дом казался пустым.

Поминки завершились. Из гостиной раздавалось мерное гудение — прислуга приводила в порядок комнаты первого этажа. Я выбралась незамеченной во двор и побежала домой. Сырая трава противно скользила по ногам, и было довольно холодно, наверное, прошел дождь.

Наш дом, несмотря на поздний час, сиял огнями. Я удивилась, припустила быстрее, выскочила к калитке, распахнула ее и увидела машину «Скорой помощи», в которую как раз запихивали носилки. Зайка, Кеша, Ирка и Александр Михайлович толкались на пороге. Автомобиль с красным крестом понесся по дороге.

— Что случилось? — закричала я.

— Ты где была? — накинулась на меня Зайка.

— Лиза выпала из окна, — сообщил Кеша, — слава богу, жива.

— Попала на дерево, — суетливо принялась объяснять Ольга, — ветки самортизировали, врачи уверяют, что опасности для жизни нет!

— Где Саша? — спросил Аркадий. — Мы ее не нашли!

Я развернулась и побежала назад.

Остаток ночи и большую часть утра я провела вместе с Сашей в больнице. На нее было больно смотреть. Сначала она металась возле двери, ведущей в операционную, потом села на стул и уставилась на пол. Из ступора ее вывело появление врача, который заявил:

— У девочки довольно редкая, четвертая группа крови с отрицательным резусом, нам надо сделать переливание, вы можете стать донором?

Сашенька заломила руки.

— Господи, нет! У Лизочки группа крови отца! Она умрет, да?

— Не говорите глупостей, — вспылил врач и исчез.

Саша снова заметалась по коридору, потом внезапно остановилась у окна и твердо заявила:

— Если с Лизонькой что-нибудь случится, я выпрыгну отсюда не задумываясь! Мне без дочери жизни нет!

На всякий случай я оттащила ее от подоконника и велела:

— Не смей думать о плохом. Мысли имеют обыкновение материализовываться. Как скажешь — так и случится.

— Да, да, да, — закивала Саша, — правильно, Лизочка выздоровеет, она уже поправилась, вот, вижу, мы, красивые, богатые, идем по Ложкину...

Следующие два часа она, словно молитву, твердила эти фразы, не останавливаясь и не запинаясь. И с каждой «молитвой» мне становилось все тревожней.

Внезапно белые двери разошлись в стороны, показалась каталка, укрытая простыней.

— Умерла, — зашептала Саша.

Я вцепилась в подол ее платья.

— Нет-нет, видишь, медсестра капельницу несет.

— Что с Лизой? — кинулась к девушке Сашенька.

— Все вопросы к доктору, — сурово отрезала та и велела санитару: — Живей в лифт, на второй, в реанимацию.

— В реанимацию, — чуть не лишилась чувств Саша, — ей совсем плохо...

— Не волнуйся, — попыталась я успокоить несчастную мать, — в реанимацию всегда кладут после любой операции.

— А меня после аборта сразу в палату отвели, — прошептала Саша, глядя, как кабина с каталкой несется вниз.

— Так то аборт... — начала я, но тут появился врач, и мы кинулись к нему.

Молодой хирург был серьезен.

— Особых поводов для беспокойства у нас нет, — сообщил он, — если учесть, что ребенок упал с высоты третьего этажа.

— Откуда? — удивилась я. — В нашем доме всего два этажа, правда, есть еще чердак.

Но врач не стал меня слушать, а продолжил свою речь:

— Так вот, если учесть высоту, то можно сказать, что Елизавета легко отделалась. Открытый перелом правой голени, закрытый — левой руки. Сотрясение мозга и разрыв селезенки, нам пришлось удалить этот орган, неприятно, конечно, но не смертельно. Девочке очень повезло. Часто в таких случаях ломают позвоночник и остаются либо на всю жизнь парализованными, либо погибают на месте. Поставьте в церкви свечку.

— Значит, опасности для жизни нет? — уточнила я.

Доктор, суеверный, как все врачи, ответил:

— Надеюсь, что процесс выздоровления пойдет благополучно.

— Пустите меня к дочери, — попросила Саша.

— Она еще не отошла от наркоза, вам лучше сейчас уехать и вернуться завтра к вечеру.

— Пожалуйста, — взмолилась Сашенька.

— Ну ладно, — согласился врач, — поехали, только придется раздеться и надеть бахилы с халатом.

— Могу даже простерилизоваться в автоклаве, — на полном серьезе заявила Саша.

Доктор усмехнулся и повел нас в реанимационное отделение. Меня оставили в коридоре, я увидела табличку «Курить там», вышла на лестницу и принялась чиркать зажигалкой.

— Огонька не найдется? — раздалось сзади.

Я оглянулась и увидела хирурга.

— Спасибо, — сказал он, прикурив, — похоже, девочка ее единственная дочь?

Я кивнула.

— Давно заметил, — вздохнул врач, — чем больше трясутся над ребенком, тем сильнее он уязвим. В многодетных семьях, где на каждого приходится не так уж много любви и ласки, дети здоровее.

Не буду с ним спорить, но, на мой взгляд, те, кого недолюбили в детстве, тотально несчастливы в зрелом возрасте. Хотя любовь любви рознь. Есть у нас приятель, Олег Марцев, пятидесятилетний, толстый, седой дядька. Его растила одинокая мама, всю заботу и нежность отдавшая обожаемому сыну. Олег замечательный человек, после перестройки он резко пошел вверх, занялся бизнесом и разбогател до неприличия. Но вот беда, в личной жизни у него полный провал. Любящая сыночка до беспамятства мама просто выживала всех его жен. В конце концов Олег сообразил, что на одной территории с Анной Алексеевной не уживется даже святая Тереза, и отселил матушку в соседний дом. Стало еще хуже. Анна Алексеевна пребывает в уверенности, что сын обязан утром приходить к ней на кофе, а вечером на ужин. В субботу и воскресенье маму нужно сопровождать в театр или на концерт, еще «мальчик» должен рассказывать матушке абсолютно все о своей жизни. Как-то раз Олег признался мне, что, когда видит на пороге улыбающуюся Анну Алексеевну и слышит нежную фразу «Ну, мой дорогой, расскажи скорей, как денек прошел», ему хочется схватить что потяжелей и опустить старухе на голову. Но он этого, естественно, не делает, потому что очень хорошо воспитан. Своей безумной, опутывающей любовью Анна Алексеевна просто придушила сына, у нее не хватило сил на подвиг: оставить выросшего ребенка жить собственной жизнью. Результат плачевен. У Олега нет семьи, и он просто ждет, когда Анна Алексеевна уйдет в мир иной. Тогда он сможет наконец подыскать себе пару.

— Ну зачем Лизу понесло на чердак? — вздохнула я.

Врач развел руками.

— А почему дети везде лезут? Из шкодливости. Хотя девочка, когда ее привезли, была в сознании, и она сказала, что хотела взять куклу.

— Какую? — подскочила я.

— Понятия не имею, спросите у Евдокии Филипповны, она переодевала ребенка.

— Где ее можно найти?

— На пятом этаже, в отделении.

Не дожидаясь лифта, я, перескакивая через две ступеньки, понеслась наверх.

Евдокия Филипповна, полная тетка лет шестидесяти, была в сестринской. Очевидно, в напряженном рабочем дне выдалась свободная минутка, и она решила попить чайку. Увидав меня, Евдокия Филипповна вздохнула и приветливо сказала:

— Ох, уж эти детки, пока вырастут, глаза выплачешь, а как станут взрослыми, не заснешь. Не волнуйтесь, ваша девочка не в самом тяжелом состоянии.

Я присела у стола.

— И не говорите, такие нервы! Мать в реанимацию пустили, а я по коридорам неприкаянной шатаюсь. Ну зачем ее понесло на чердак?

Евдокия Филипповна пододвинула ко мне чашку, в которой плавал надувшийся пакетик.

— Ваша Лиза все бормотала: «Куколка, куколка». Я ее спросила: «Какая, моя радость?» А она в ответ: «Красивая очень, в платьице, плясала и меня звала».

Глава 21

Домой я приехала около часа.

— Как она? — наскочила на меня Зайка.

— Лиза?

— Ну да.

— Говорят, поправится, — устало вздохнула я, — а Сашенька у нее осталась, боже, как спать хочется, еле стою на ногах, сейчас упаду!

— Прямо эпидемия, — заявила Ольга, — представляешь, Маруська и Аля тоже спят, я вызвала к ним Оксану.

Я посмотрела на часы: двенадцать сорок пять, действительно, странное время для сна, тем более для Манюни, которая ложится около часу ночи, а вскакивает в семь утра. Девочка словно боится проспать интересные события. Впрочем, на улице такая духотища, в воздухе, похоже, совсем отсутствует кислород, вот дети и умаялись, меня саму тянет поспать часок-другой.

— Виданное ли дело, — продолжала Ольга, — со вчерашнего вечера дрыхнут!

— Как?

— Так! Легли вчера около восьми. Мы пришли с поминок, а Аля и Маруська храпят вовсю. Потом Лизочка из окна выпала, шум, гам,

«Скорая» приехала, а они даже не шелохнулись...

В холл вышла Оксана.

— Что с ними? — кинулась я к подруге.

— Маруську еле-еле разбудила, — пояснила подруга. — Говорит, они с Алей сидели у компьютера и пили чай с пирожными, съели по корзиночке. Мане показалось, что сладкий крем, обильно посыпанный сверху сахарной пудрой, горчит, но Аля спокойно съела свою корзиночку, глядя на нее, Маруська тоже попробовала лакомство. Но съела не все, а половину. Минут через пятнадцать-двадцать Манюня начала судорожно зевать, а Алечка, шатаясь, дошла до дивана, упала на него и мигом заснула. Маруська прикрыла подругу пледом, сама легла на кровать и провалилась в сон.

— Мне кажется, они приняли снотворное, — резюмировала Оксана.

— Зачем?

Подруга села в кресло и вытащила сигареты.

— Я бы задала вопрос по-другому: кто подсыпал им в пирожное лекарство от бессонницы, а? Не зря Мане показалось, что крем странный на вкус. И время совпадает. Если принять сильное снотворное, то через пятнадцать минут начнешь зевать, а потом отбудешь в страну Морфея.

— Кому же понадобилось усыпить девочек и зачем? — удивилась Зайка. — И потом, дома-то никого не было. Ирка с Катериной, и все!

Я принялась ковырять ногтем обивку кресла. Кухарка с домработницей тут ни при чем. Дело задумал человек, который пугает всех куклой Сарой Ли. Причем действует злодей по привычной схеме. Сначала он выманил через окно Нелю, потом зачем-то решил убить меня, а потом Лизу. Чтобы Маруся и Аля не помешали исполнению плана, их временно устранили при помощи снотворного. Кто же этот человек? Маньяк? Что общего между мной, Нелей и Лизой? Отчего именно мы намечены в жертвы?

Внезапно мне стало душно, и я мигом покрылась потом. Похоже, это кто-то из близких людей, из тех, кто может беспрепятственно ходить по Ложкину. Я искала киллера в магазине «Волшебный мир», потом пыталась ткнуться к цыганам. Ромала, Барон... уж очень по-цыгански звучат имена и клички. Но только сейчас мне пришло в голову: негодяй тут, среди нас. Парень с татуировкой на руке всего лишь исполнитель, которого послали приобрести кукол. Скорей всего он давно мертв, но организатор преступления жив и продолжает действовать! Кто он? И как его вычислить?

— Ты себя хорошо чувствуешь? — спросила Оксана.

— Голова заболела, — дрожащим голосом ответила я, — пойду лягу.

— Правильно, — одобрила подруга, — такие стрессы до добра не доведут. Мой тебе совет:

выпей валокордин и поспи до ужина, а еще лучше до завтрашнего утра.

Я кивнула, взобралась на второй этаж и забаррикадировалась в спальне. Сначала я как следует заперла на все замки дверь и сделала то, о чем никогда раньше не думала: задвинула тяжелую щеколду. Как правило, все двери в нашем доме стоят нараспашку, даже Кеша и Ольга не закрываются в спальне. Но сегодня мне захотелось ощутить себя в крепости. Окна я тщательно законопатила, опустила занавески. Какие бы звуки ни донеслись снаружи, ни за что не приближусь к стеклу.

Если рассуждать логично, следующей жертвой должна быть я, хотя, ей-богу, не понимаю, что сделала или что знаю такое...

В дверь поскреблись. Я подскочила чуть не на полметра и заорала:

— Кто там? Что нужно?

— Мусик, открой.

— Зачем?

— Это я, Маня.

— Чем докажешь?

— Муся, ты здорова? Тебе плохо? Может, Оксану позвать?

— Чувствую себя превосходно, даже слишком хорошо. Но ни за что не отопру замок, пока не удостоверюсь, что в коридоре находится моя дочь, а не существо, которое выдает себя за нее.

— Мусик, — хихикнул голосок, — помнишь, у Кеши на «Мерседесе» появилась длинная-длинная царапина. Он так орал! И обещал убить того, кто это сделал! Я ведь тебя тогда не выдала.

Я повернула ключ, отодвинула засов. За дверью и в самом деле стояла Манюня. В октябре прошлого года, увидав, что на улице начался дождь, я решила втащить в гараж мотоцикл, который Машка беззаботно кинула во дворе. Ливень лил, словно в тропиках, и я, выскочив на улицу, мигом промокла до нитки. Руки стали влажными, и, вталкивая непослушный «БМВ» в стойло, я не удержала железного коня, и он упал прямо на автомобиль сына. Как на грех, в тот день у Кеши началась ангина, и он остался дома. Горло, знаете ли, самый важный орган у адвоката, важнее его только язык.

Представляете, какой ужас обуял меня, когда я увидела на «Мерседесе» уродливую царапину. На следующий день Кеша отправился в гараж и пришел в ярость. Я, предполагая, какой гнев вызовет у сына вид оскверненного «мерса», уехала из дома в восемь утра, соврав, что обещала проводить в аэропорт Оксану.

Аркадий рвал и метал. Под подозрение попали все: Ирка, Катерина, Иван, Зайка, Александр Михайлович... И досталось всем без исключения. Естественно, Маня сразу поняла, кто автор «росписи». Она-то хорошо помнила, что бросила вечером мотоцикл возле клумбы, а он таинственным образом переместился в гараж. Кеша затеял расследование, но у всех домашних, как назло, оказалось алиби. Сын уехал в город, а вечером вернулся в хорошем настроении на отремонтированном кабриолете. Но все равно правду я ему не рассказала, а Маня меня не выдала.

— Ты чего, Муся? — удивленно спросила девочка. — Заперлась...

— Шутка, — улыбнулась я.

— А-а-а, иди чай пить.

— Не хочу.

— Лучше спустись, — вздохнула Маня, — наша Заюшка самолично испекла кексик. Если откажешься съесть кусочек, не дам за твою жизнь и копейки.

Я тяжело вздохнула и пошла в столовую. На бежевой кружевной скатерти стояло блюдо из нежно-белого лиможского фарфора. В центре его лежало нечто бесформенное, коричневато-черное, на редкость неаппетитное. Зайка, вооруженная ножом и лопаточкой, мигом отхватила от кекса-инвалида большой кусок и, шмякнув его на тарелку, дала мне.

— Угощайся, специально к чаю соорудила. Да, жаль, нет времени, а то бы я радовала вас каждый день!

Я посмотрела на кусмандель, больше всего похожий на булыжник, и порадовалась, что Зая так занята на работе. Ну один раз в год я еще способна запихнуть в себя ЭТО, а что бы стала делать, получая «вкусненький» кексик регулярно? Зайка начисто лишена кулинарных способностей, даже у меня пироги получаются лучше. Еще она не ищет легких путей, а выкапывает совершенно диковинные рецепты. В прошлый раз, например, аккурат под бывший великий праздник Седьмое ноября, Зайка вдохновенно состряпала куриные котлеты. Возилась, бедолага, почти полдня. Вытаскивала из цыплят кости, проворачивала мясо, а потом скручивала рулетом. Все бы ничего, но начинка котлеток состояла из чернослива, сыра, орехов, фасоли и клубничного джема. Зразы по-милански — так называлось это кушанье в поваренной книге. Честное слово, мне стало дико жаль жителей Милана. Вот бедняги, жевать такое изо дня в день!

Сегодня, похоже, в кексик переложили корицы и передержали в духовке.

— Ну как? — озабоченно спросила Зайка. — Вкусно?

— Восхитительно, — с самым невинным видом соврала Оксана.

Я перевела глаза на тарелку подруги и удивилась: пусто. Конечно, Оксанка очень воспитанный человек, но неужели она, чтобы доставить удовольствие Ольге, проглотила отвратительный кексик?

Из-под стола донеслось пофыркивание. Я присмотрелась и увидела Индюшку, поедающую горелое тесто. Да уж, видно, угощенье и впрямь эксклюзивное, если Оксана, которая никогда не кормит собак со стола, угостила мопсиху. Впрочем, это хорошая мысль.

Воспользовавшись тем, что Зайка на секунду вышла, я быстро позвала:

— Эй, Банди!

Тот мигом материализовался у стола. Он обожает покушать и, когда домашние усаживаются за стол, предпочитает далеко не уходить, в надежде на вкусный кусочек. Я протянула ему ломтик кекса:

— Угощайся, дорогой.

Но пес сначала осторожно обнюхал черную корочку, а потом отпрянул. Я удивилась:

— Ты заболел?

Оксана хихикнула.

— Бандюша здоров как никогда, просто Зайкин кекс на редкость привлекателен, если даже пит не захотел его попробовать.

— А Индюшка съела, и ничего, — тихо пробормотала Аля, — даже крошечки подобрала.

— У беременных женщин случаются причуды, — засмеялась Оксана, — лично я, ожидая Дениса, мечтала сгрызть кусок земляничного мыла.

— Жуткая гадость, — сморщилась Манюня, — и пахнет отвратительно.

— Мне казалось, что ничего желанней нет, — вздохнула Оксана, — а мыло, как назло, везде пропало.

— Разве мыло может пропасть? — удивилась Аля. — Сходили бы на рынок да и купили какое хочется.

Я улыбнулась. Алечка родилась незадолго до перестройки, ее сознательное детство пришлось уже на бездефицитные прилавки, откуда девочке знать, что в прежние времена нужно было часами давиться в очереди, желая получить тот или иной товар. Мы не покупали вещи, а доставали. «Где достал это?..» — самый распространенный вопрос тех лет. Как вспомню 1991-й, так вздрогну — вообще ничего не было на прилавках. Об этом бесполезно рассказывать, такое надо пережить.

— Ну и чего? — поинтересовалась Манюня. — Добыла мыло?

— Угу, — кивнула Оксана, — больной приволок, ему на заводе выдали.

— И съела?

— Моментально, ничего вкусней в своей жизни не пробовала.

— Интересно, отчего женщин во время беременности тянет на несуразные кушанья? — вздохнула я. — Ты мыло глотала, а Нюся Комарова гвоздь во рту держала, так два месяца и проходила.

— Зачем? — подскочила Маня.

— Ей нравился вкус железа, но проглотить гвоздь Нюся все же не решалась.

— Но ведь у Комаровой нет детей, — протянула Маня.

— Нюся сделала аборт, — Оксана решила использовать ситуацию для поучений, — а потом уже не могла забеременеть. Имейте в виду, очень частое осложнение...

Я подозвала Индюшку и ткнула ее мордочкой в кусок кекса, который забраковал Банди. Наверное, мопсиха и впрямь скоро станет матерью, вон как быстро глотает неудобоваримую пищу. Укол не помог. Интересно, собаке можно сделать аборт? Аборт!!! Тогда в больнице речь зашла о переводе Лизы в реанимацию. Сашенька испугалась, я попыталась утешить ее и сказала: «Не волнуйся, после операции всех обязательно кладут в реанимацию». И тут Саша заявила: «А меня после аборта сразу в палату отвели».

В тот момент я не обратила внимания на вырвавшуюся у нее фразу. Саша, слишком взволнованная, сказала правду, она и впрямь делала аборт. Простите, от кого? Если вспомнить ее трогательный рассказ, то получается, что Родя был единственным мужчиной в жизни Сашеньки. Она не послушалась родителей, отдалась любимому, причем всего один раз, забеременела, родила и... обратилась к Родиону. Других мужчин в ее жизни не было. Тогда при чем здесь аборт? Выходит, Саша наврала? У нее или был, или есть любовник. Или их отношения с Родей вовсе не носили разовый характер?

— Все съели! — воскликнула, входя, Зайка. — Последний кусочек остался, кто хочет?

Потом она обвела лукавым взглядом присутствующих и заявила:

— Вижу, Даша не прочь полакомиться.

— Спасибо, сыта по горло. — Я попыталась отбиться.

— Ешь, Муся, — сдерживая смех, сказала Маня, — тебе можно не заботиться о фигуре, ты у нас сама стройность.

Передо мной вновь возникли руины кекса. Делать было нечего, пришлось запихивать в себя липкое тесто. По непонятной причине сгоревшая снаружи выпечка внутри оказалась сырой.

— Так понравилось? — удовлетворенно спросила Зайка, видя, как я забивала рот, чтобы побыстрей избавиться от угощения. — У меня сегодня свободный день, могу еще один кексик сготовить, после ужина слопаем. Как раз Кеша и Дегтярев приедут.

Наверное, в моих глазах мелькнул откровенный ужас, потому что Оксана мигом пришла на помощь:

— Думается, вредно два раза в день есть пусть даже очень вкусную сдобу из сливочного масла, яиц и муки!

— А вот и нет, — радостно заявила Заюшка, — не хотела вам говорить заранее, потому как решила посмотреть, понравится ли... В этом кексе нет ни животных жиров, ни яиц...

— Да? — совершенно искренне удивилась Оксана, которая в отличие от безрукой Зайки способна сварить из одной луковицы такой суп, что вы вылижете тарелки и походя проглотите ложку.

— Но как же можно испечь кекс без жира? — спросила заинтересованно Ирка, только что внесшая в столовую вскипевший чайник.

Зайка заулыбалась и пустилась в объяснения:

— Вчера я застряла в пробке, тоска зеленая, по радио дрянь передают, стоять час, не меньше, хоть волком вой. А тут, гляжу, — девчонка между машинами с книжками бегает.

От тоски Ольга купила брошюрку под названием «Здоровое питание без хлопот и проблем». Рецепты понравились ей своей простотой.

— Вот, например, кекс, — самозабвенно вещала Заюшка, — абсолютно без холестерина. Берем немного масла «Олейна», пару стаканов муки, кефир, и все, цап-царап — вкусняшка.

Я с трудом проглотила последний, особенно противный кусок. Ну теперь понятно, отчего тесто, похожее на глину, размазывается по небу и кирпичом сваливается в желудок. Конечно, если не положить в него сливок, яиц, масла, сахара, то ничего у вас и не получится. Лично мне кажется, что лучше уж один раз в неделю налопаться жирами и углеводами, чем постоянно питаться «здоровой» пищей, от которой у любого нормального человека мигом начинается нервная почесуха.

— Тут много интересного, — Ольга воодушевленно трясла перед нами тоненькой книжечкой, — вот, допустим, капустная запеканка. Может, сделать на ужин? Берете листочки капусты, отвариваете до мягкости, кладете в сковородку, сверху заливаете яично-молочной смесью — и в духовку...

— Аркадию наверняка понравится, — ехидно заявила Маня.

Я постаралась не рассмеяться. Кеша терпеть не может вареную капусту, называет ее «мокрой тряпкой», молока он не пьет, а от яиц, «куриных эмбрионов», моментально скрючивается. Капустная запеканка — просто замечательное блюдо. Оно целиком состоит из совершенно несъедобных, с точки зрения сына, ингредиентов. И Ольга это знает. Но, очевидно, на Зайку плохо подействовала жара, потому что она глянула на Машку и задумчиво сказала:

— Ты полагаешь, Кеше это придется по вкусу?

Маруська захихикала, а я, чтобы отвлечь внимание Ольги, решила быстро перевести беседу в иное русло.

— Скажи, Оксан, четвертая группа крови с отрицательным резусом большая редкость?

— В общем, да, — ответила подруга, — не очень распространенная, а у кого такая?

— Да у Лизы, — объяснила я.

— А у меня хорошая кровь, — заявила Аля, — самая лучшая, первой группы! Как у папы!

— Нельзя считать, что четвертая резус-отрицательная плохая, — принялась растолковывать Оксана, — вообще долгое время считалось, что кровь, бегущая по артериям и венам, у всех одинаковая...

Но я перестала воспринимать слова окружающих. В голове, словно мельничные жернова, заворочались мысли.

В свое время, будучи студенткой, я семнадцать раз ходила сдавать загадочный предмет под названием «логика». Зачем он был нужен будущим преподавателям и переводчикам — непонятно. Мы все сыпались на задачах.

Но сейчас откуда-то из глубин подсознания всплыли ошметки знаний по логике, вбитые в мою неподатливую голову терпеливым педагогом Иваном Сергеевичем, и я выстроила стройную цепь. У Али кровь папы, я очень хорошо помню, как у Родиона брали ее, чтобы перелить девочке во время операции по удалению аппендицита, значит, у Роди была первая группа. Но Сашенька сегодня в больнице, заломив руки, горестно воскликнула:

— У Лизоньки, как у отца, четвертая группа с отрицательным резусом, мою переливать нельзя.

Раз Лиза дочь Кутепова, следовательно, у Роди была не первая группа, а четвертая с отрицательным резусом. Нестыковочка выходит!

— Точно помнишь, что у тебя первая? — налетела я на Алю.

— Конечно, — гордо ответила девочка, — я очень хорошо это знаю! Мне в паспорте штамп поставили. Да и папа велел выучить, говорил: «Не дай бог что случится, потеряют драгоценные минуты на анализы».

— Очень правильная позиция, — одобрила

Оксана, — иногда от таких мелочей и впрямь зависит жизнь человека.

— Решено, — Зайка хлопнула ладонью о стол, — сейчас отпущу Катерину и приготовлю на ужин капустную запеканку.

Я пыталась переварить информацию.

— Скажи, Оксан, не может так быть: в молодости у человека первая группа, а в зрелости четвертая?

— Вот уж глупость сморозила, — покачала головой подруга.

— Но ведь волосы меняют цвет, — настаивала я, — сначала каштановые, потом седые...

— Кровь неизменна, она дается один раз на всю жизнь.

Значит... Аля не дочь Родиона? Но ей-то переливали его кровь. Или Лиза никакого отношения к Кутепову не имеет? Но он признал девочку. Считал своей или был обманут Сашей?

От напряженных мыслей голова просто пошла кругом. Потом внезапно у меня родилась одна идея. Может, все просто? Вдруг доктор, вышедший к нам, перепутал и сказал не то, что надо? Нет, нужно немедленно нестись назад, в клинику.

— Мусик, ты куда? — спросила Маня.

— В больницу, надо привезти Сашу в Ложкино, — ответила я и побежала во двор.

Глава 22

Не знаю, как у вас, а у меня вечно случаются мелкие, но досадные неудачи. Вот и сейчас, сев в «Пежо» и повернув ключ зажигания, я услышала столь неприятное для уха автовладельца «цик-цик-цик». Вторая, третья, равно как и четвертая с пятой попытки завести автомобиль закончились ничем. Страшно злая, я вылезла из автомобиля и пнула переднее колесо. Что делать? Как что! Взять машину Ирки, вон ее ржавая «шестерка» краснеет возле забора. Надеюсь, Ира не пожадничает и даст ключи.

Домработница была на кухне.

— Берите на здоровье, — радушно сказала она, — давно мечтаю, чтобы кто-нибудь изувечил раздолбайку. Новую себе тогда куплю.

— Почему же эту не продашь? — поинтересовалась я, получая документы.

Ирка запихивала в посудомойку чашки.

— Так жаба душит, за нее никто дороже пятисот долларов не дает, жалко за копейки спускать. Вот, думаю, развалится совсем, тогда выброшу и со спокойной совестью приобрету новую.

Я опять пошла во двор. Очень логично! По-моему, лучше получить полтыщи «зеленью», чем совсем ничего, но у Ирки в голове солома!

Ужасающий рыдван завелся с пол-оборота, я порулила по дороге, задыхаясь от духоты. В «Жигулях» отсутствовал кондиционер.

— Дарья Ивановна, — завопила Ирка, высовываясь из окна, — ручник...

Но я уже исчезла за поворотом. Чудо российской автомобильной промышленности, дребезжа внутренностями, весьма резво добралось до Москвы. Оказавшись возле улицы Зеленского, где находится больница, я вспомнила, что забыла купить сигареты, припарковала «Жигули» и пошла к ларьку. Неудачи продолжали сыпаться мне на голову дождем. Не успела я пройти и половину пути до киоска, как левая нога отчего-то подвернулась, и я, неловко взмахнув руками, шлепнулась на асфальт. Шедший рядом пожилой мужчина протянул мне руку и назидательно сказал:

— Эх, молодежь, все бегом, скачком, словно за вами волки гонятся. Ну куда, спрашивается, летишь? Теперь вся грязная.

Я встала, поблагодарила доброго самаритянина, шагнула вперед и потеряла босоножку. При ближайшем рассмотрении стало понятно: в тротуаре небольшая ямка, я неудачно наступила на самый ее край и оторвала в момент падения от подметок ремешки. Сандалию надеть невозможно, придется идти босиком. Не успела я сообразить, что делать, как глаза наткнулись на огромную вывеску «Обувь по суперценам!». Внизу была табличка «У нас акция, покупая одну пару, вторую вы получаете в подарок».

Я обрадовалась, все-таки богиня удачи не отвернулась от меня окончательно. Чувствуя под ступнями в тонких гольфах камушки и соринки, валявшиеся на тротуаре, я осторожно добралась до торговой точки и оказалась в просторном зале, заставленном коробками. Народу тут было очень много, отчего-то в основном подростки, но, приглядевшись повнимательней к ассортименту, я поняла почему. Богиня удачи оказалась большой шутницей. Она занесла меня в одну из лавок, где торгуют вещами для детей, желающих выглядеть нестандартным образом.

На подставочках красовались экстремальные модели. Кроссовки из ярко-красной лаковой кожи, джинсовые сапоги до колена на километровой шпильке, лодочки из светящейся клеенки, нечто, больше всего похожее на домашние тапки, с оторочкой из меха кошки, но на двадцатисантиметровой платформе и с приклеенными стразами.

— Вы что-то хотели? — вежливо спросила подошедшая продавщица, у которой на груди висел бейджик «Консультант Надя».

Я показала ей испорченные босоножки.

— Что-нибудь подобное или отдаленно похожее. Я упала как раз перед вашим магазином и порвала обувь.

Надя оглядела элегантные босоножки от Гуччи и со вздохом сказала:

— У нас подобного не бывает, другой целевой покупатель, нашим подавай моду послезавтрашнего дня.

Я хотела было сказать, что качественные туфельки с удобной колодкой, выполненные из телячьей кожи, всегда будут на пике моды, но сдержалась: какой смысл спорить с этой девчонкой?

— Может, подберете что-нибудь подходящее? — попросила я. — Мне бы только пару часов продержаться, а потом доберусь до нужного магазина.

Надя задумчиво покусала губы.

— Вот, сюда взгляните. Или вы хотите шпильку?

— Нет, ни в коем случае.

— Значит, здесь, это спортивные модели.

Я уставилась на шедевр обувного искусства. Предлагаемые баретки отдаленно походили на кроссовки, да и цвет, в общем-то, был ничего, песочно-кремовый. Надя, очевидно, хорошо разбиралась в покупателях. Девушка не предложила мне пожарно-красную или ядовито-зеленую обувку. Смущали меня два обстоятельства. «Спортивная» обувь была на гигантской платформе, если упасть с такой, можно сломать себе шею, а вместо шнурков имелась непонятная система тонюсеньких крючочков, причем их было очень много.

— Вы примерьте, — предложила Надя. — Они только с виду неподъемные, а на самом деле очень удобные и модные. Сама бы такие носила...

Я молча влезла в «кроссовки». Альтернативы-то нет, доберусь до больницы, поговорю с доктором, а потом сразу в ГУМ. Интересно, как отреагируют продавщицы салона «Евробут», увидев постоянную покупательницу в этакой красотище.

— А вам идет, — оживилась Надя. — Прикольно смотрится.

Я с сомнением оглядела свои ноги. Сегодня из-за жары я вылезла из любимых джинсов и нацепила тоненькое платьице из невесомой ткани, сшитое очень талантливым, но пока еще не модным Осиками. Когда этот японец раскрутится, одеваться у него станет не по карману даже мне, а жаль, потому что Осиками делает отличные модели для тех женщин, которые отметили тридцатилетие. В его фасонах нет ничего вычурного, привлекающего излишнее внимание, и о количестве денег, отданных за платьишко, окружающие люди никогда не догадаются. Лишь узкий круг дам, одевающихся не в системе прет-а-порте, способен оценить безупречный крой, идеальную линию плеча, точность швов и ненавязчивость отделки. Но таких знатоков раз, два и обчелся, все остальные будут думать, что вещичка стоит не более десяти долларов. Надя оказалась из числа последних.

— Сарафанчик у вас простенький, — заявила она, — а сумка дорогущая, теперь и обувь ей под стать, за нее надо двести долларов отдать. Впрочем, не пугайтесь. У нас акция — покупаете одну пару, получаете точь-в-точь такую же в подарок.

Я пришла в ужас от подобной перспективы и попробовала сопротивляться.

— Спасибо, мне вполне хватит одних кроссовок.

— Да вы что? — выкатила глаза Надя. — Такая удача не часто выпадает! Видите, сколько народу? Люди тут целый месяц караулили, когда акция начнется. Всего-то час и длится. Берите, не стесняйтесь!

В глазах глупышки светилась такая неподдельная радость, такой детский восторг, что я, не посмев продолжить возражения, поковыляла к кассе. Продавщица не обманула, похожие на танки ботинки оказались легкими, одна беда, идти приходилось либо очень медленно, не сгибая колен, либо высоко вскидывая ноги, как цирковая лошадь.

— Эй, погодите, — подлетела ко мне Надя, когда я уже занесла одну ступню над порогом, — простите, самый прикол-то забыла показать! А ну, топните правой ногой, да посильней.

Я повиновалась и чуть не упала. Внизу, у

щиколоток, заиграла громкая заунывная пес-
ня: «Августин, Августин, ах, мой милый Августин, все пройдет, все...»

— Это что? — залепетала я, судорожно огля-
дываясь. — Извините, кажется, я наступила на
чей-то плейер.

— А вот и нет, — весело рассмеялась Надя, — это обувь с секретом. Топнете правой
ногой, заиграет музыка, топнете еще раз, оста-
новится.

Я потеряла дар речи. Музыкальные кроссовки! Ну почему я вечно вляпываюсь в жуткие
ситуации?

Обозлившись на себя, я резко хлопнула по-
дошвой о пол. «Августин, Августин, ах, мой
милый Августин...» — взвыл еще громче противный фальцет.

— Заедает иногда, — покачала головой
Надя, — еще разок попробуйте.

Я опустила ступню на порог с такой силой,
что зазвенело в ушах. Голосок захлебнулся и
умолк.

— Носите на здоровье, — улыбнулась девушка.

Стараясь не наступать на пятки, я вышла на
улицу и очень осторожно потащилась к «Пежо». Но уже через пару минут остановилась в
растерянности. Верного коняшки на месте не
оказалось. Сначала я испугалась, подумав, что
машину угнали, но уже через секунду вспомни-

ла: сломанный «Пежо» стоит в Ложкине, я катаюсь на Иркиных «Жигулях».

Вертя головой, я стала искать развалюху. Но переулок оказался пуст, у обочины не было ни одного автомобиля. В полном изнеможении я привалилась к фонарному столбу. Так, сегодня день фатальных неудач. Впрочем, ничего страшного не случилось. Ирка давно хотела избавиться от таратайки, вот ее и сперли. Интересно, кому понадобилась доходяга? Может, прихватили на детали? Впрочем, это уже все равно. Ладно, сначала схожу в больницу, поговорю с доктором, а потом найду представителя ГИБДД...

— Вы не машину ищете? — раздалось с проезжей части.

Я повернула голову, около меня совершенно бесшумно притормозил автомобиль ДПС.

— Да.

— Какую?

— Ярко-красные «Жигули», номерной знак... Мент выбрался из-за руля и поманил меня пальцем.

— Иди сюда, только тихо, глянь...

Страшно удивленная, я посмотрела туда, куда указывал парень. Дорога шла под уклон, мы стояли на горке, а внизу, на небольшой площади, случилась авария. В роскошный черный блестящий «Мерседес» въехали ржавые, еле живые от старости «Жигули». Хозяин элитной тачки выглядел словно персонаж анекдотов: огромный, толстый, с бритым черепом, он размахивал руками, на сарделькообразных пальцах посверкивали в лучах солнца перстни, очевидно, с брильянтами, уж больно искрились украшения.

— Ну, блин, в натуре, типа фигня вышла, — донеслось до меня.

Вы не поверите, но возмущенный мерседесовладелец был облачен в малиновый пиджак.

— Твои «Жигули»? — хмыкнул патрульный.

Я пригляделась и охнула:

— Да! Как они туда попали? Припарковала их вот тут, возле больницы...

Инспектор ухмыльнулся:

— Поставила на горке, а про ручник забыла. Машина покатилась вниз, а там этот, распальцованный...

Неожиданно милиционер рассмеялся.

— Прикинь! Подбегает малиновый пиджак к «Жигулям», орет: «Убью, падла, на фиг!» Рвет на себя дверь, а на водительском месте никого. Во, до сих пор удивляется. Идиот! Мы-то сразу поняли, в чем дело, вот стою, тебя поджидаю. Вниз не ходи, на жуткие деньги влетишь, у тебя и сотой части нет того, что этот носорог потребует. И ведь наверняка «мерс» у него по полной программе застрахован, только он с тебя все равно попытается шкуру содрать.

Я вздохнула. У Ириной раздолбайки не работал ручник. Вот, значит, что она пыталась крикнуть мне вслед из окна!

— У меня есть деньги, я оплачу ремонт.

Патрульный засмеялся.

— Дурочка, сколько, думаешь, стоит крыло у его тачки?

— Две тысячи, — ответила я.

— Ага, но не рублей, а баксов.

А я и говорила про доллары! У Кешки-то тоже «мерин».

— Одна деталь стоит больше, чем твой драндулет, — вещал инспектор, — лучше посиди у меня в машине, сейчас ребята его отправят, и подумаем, как поступить. Ну, бедолага... Прям жаль тебя...

— У меня есть деньги, — попробовала возразить я.

— Да ладно тебе, — отмахнулся мент, — что я, богатых людей не встречал? Они, знаешь ли, на таких мощах не ездят и в рванье не ходят!

От возмущения я топнула ногой.

— Это модное платье.

«Августин, Августин, ах, мой милый Августин, все пройдет, все...»

— Чегой-то? — удивился мент и уставился на тротуар.

Я стукнула ступней еще раз. Но музыка зазвучала только громче.

— Где играет? — изумлялся патрульный.

Я принялась с яростью долбить подметкой о бордюр.

— Кроссовки музыкальные.

Слава богу, заунывная мелодия стихла.

— Во, прикол, — восхитился милиционер, —
у меня жена о таких мечтает, но... не по карману, почти семь тысяч стоят!

— А какой у нее размер?

— Тридцать девятый.

Я протянула парню коробку.

— На, подарок супруге, там точь-в-точь
такие, но имей в виду, они заедают.

— Ты че, — попятился мент, — не, не возьму!

— Бери, даром достались!

— Украла?

Я вздохнула и сказала:

— Давай сядем в твою машину, я все объясню.

Спустя десять минут страшно довольный
инспектор спрятал коробку в багажник и спросил:

— Ты никак в больницу шла?

— Да.

— Вот и ступай себе.

— А машина?

— Не переживай. Меня поставили тебя
ждать, никуда не денусь, выйдешь, а я тут, на
горке кукую. Иди-иди, помозгую пока, как
тебя отмазать. Ну спасибо за кроссовки! Теперь
Ленка меня точно в выходной на рыбалку отпустит. Шлепай себе, не расстраивайся!

Очень осторожно, стараясь не споткнуться,
я добралась до клиники, поднялась на нужный
этаж, вышла из лифта и тут же налетела на доктора, который курил на лестнице.

— Простите, — заорала я, — девочка, Елизавета Кутепова, ну та, которая упала из окна, у нее какая группа крови? Четвертая с отрицательным резусом? Вы не ошиблись? Может, первая?

Еще утром приветливый, врач мрачно ответил:

— Нет, конечно. Если я спутаю группу крови, меня можно под суд отдать. Четвертая, резус отрицательный, только причина смерти не в том, что девочке сделали переливание крови...

Я попятилась.

— Чьей смерти?

Доктор раздавил окурок в железной банке из-под «Нескафе», служащей тут пепельницей.

— Извините, я думал, вам уже сообщили. Лиза скончалась.

— Как?! Почему? Вы же говорили, опасности для жизни нет...

— Ошибся, — зло ответил хирург, отводя глаза, — результаты вскрытия узнаете во вторник.

— Но сегодня среда! Неужели потребуется так много времени?

— Да, — рявкнул врач, — да! Именно столько, до вторника. У нас патологоанатом уволился, а новый придет только в начале следующей недели!

— А похороны?

— Вы Кутеповой кто? Близкая родственница?

— Нет, просто знакомая.

— Тогда и разговаривать нечего, — схамил хирург и собрался уходить.

— Постойте, где Саша, мать Лизы?

— На третьем, в терапии, плохо ей, — буркнул врач и убежал.

Я спустилась вниз и отыскала палату, куда поместили Сашу. Она неожиданно оказалась двухместной, но на второй койке не было ни постельного белья, ни подушки с одеялом.

Сашенька лежала лицом к стене. Я села на край кровати и положила руку ей на плечо. Она вздрогнула и повернулась ко мне.

— Они ошиблись, да? Лизочка жива, да? Ты пришла это сказать?

В ее глазах заплескалась безумная надежда. Железная рука сжала мне горло, не в силах вымолвить ни звука, я покачала головой. Внезапно Саша села и схватила меня за плечо.

— Это расплата! Всю жизнь я ждала, что господь накажет, отнимет самое дорогое... Лизочка...

Из глаз Саши покатились крупные слезы, она поднесла руку к виску и прошептала:

— Сильно голова кружится... земля ходуном ходит...

Я испугалась и побежала за врачом, который незамедлительно поставил диагноз: приступ мерцательной аритмии.

— Вы ее сегодня выпишете? — осторожно спросила я, когда доктор вышел в коридор.

— Нет, конечно, — довольно сердито ответил он, — разве можно в таком состоянии отпустить. Минимум — неделю пролежит.

Я приоткрыла дверь палаты, увидела, что Сашенька уснула, и ушла.

Домой предстояло возвращаться на перекладных. Сначала я пыталась поймать машину. Иринины «Жигули», въехав в «Мерседес», тихо скончались, пришлось оплачивать услуги эвакуатора, который потащил руины на свалку. Благодарный за кроссовки гаишник ловко уладил дело, и никаких разговоров с хозяином «мерса» мне вести не пришлось. Правда, я все же потребовала координаты мужика. В конце концов, он-то не виноват, что у Иришкиной развалюхи не работает ручник. Ладно, вечером позвоню «малиновому пиджаку» и улажу дело. Платит тот, кто «автор» безобразия.

Очевидно, автолюбители в массовом порядке не имели никакого понятия о качественной женской одежде, потому что, увидев даму, стоящую на обочине с поднятой рукой, люди притормаживали, окидывали меня быстрым взглядом и уезжали. Скорей всего эксклюзивное летнее платьице казалось им похожим на дешевенький ситцевый сарафанчик, купленный на площади Киевского вокзала у говорливой украинки, а невозможные кроссовки намекали на явное сумасшествие особы, нацепившей на ноги несуразную обувку.

Потеряв всякую надежду поймать машину,

я помчалась к метро, но сначала потребовалось влезть в автобус, потому что ближайшая станция оказалась очень далеко. Трясясь в переполненном, жарком ящике на четырех колесах, я мрачно смотрела в окно.

Наконец отвратительно воняющий автобус доставил меня до здания, на котором виднелась гигантская буква М. Я выкарабкалась наружу и, неожиданно почувствовав острую боль в лодыжках, уже собралась спуститься вниз, как на глаза попался плакат «Лучшие автомобили — по лучшей цене». Я замерла. Так, до Ложкина метро не ходит, следовательно, добравшись до шоссе, мне придется вновь устраиваться на обочине и махать руками... Это с одной стороны, с другой — как ни крути, Иркины «Жигули» вконец разбила я. Конечно, они были совсем старые, дышали на ладан, но ведь ездили, и весьма бойко. Следовательно...

Я развернулась и пошла в направлении, которое указывала жирная, ярко-красная стрелка.

В офисе было тихо и прохладно. Никто не спешил покупать лучшие автомобили по лучшей цене. Молоденький клерк, вяло листавший глянцевый журнал, лениво протянул:

— Магазин «Копейка» в следующем здании.

— Зачем мне туда? — удивилась я.

— Уж не знаю, — хамски ответил парнишка, — может, кефиру купить решили, в жару хорошо освежает.

Я постаралась сдержать негодование. Какое

право имеет малолетний нахал так разговаривать с клиентом?

— Позовите кого-нибудь из начальства, — велела я и села на стул, жалея, что из-за жары не надела ни часов, ни колец, ни серег.

— А зачем? — откровенно издевался торговец. — У нас нет ничего подходящего для вас.

— Позовите.

— Все обедают, — нагло заявил мальчишка и зевнул, — ступайте себе, мы ничего у коробейников не покупаем, зря время теряете.

Стараясь сохранить спокойствие, я вытащила из портмоне «золотую» карточку VISA и постучала ею о столик.

— Поторопись, дружочек, сбегай за старшими.

Пару секунд наглец молча смотрел на пластиковый прямоугольник, потом спрятал журнал, наклеил на порочное личико улыбку и засюсюкал:

— У нас — все для вас. Лучшие автомобили по лучшей цене, полная гамма цветов и оттенков, любая комплектация, страховка и постановка на учет в ГАИ. А еще в подарок зимняя резина.

— Учитывая безумно знойный июнь, — фыркнула я, — шипастые покрышки будут в самый раз. Зовите старшего менеджера.

— Но...

— С вами я не стану иметь дело. Вы, дружочек, имейте в виду, иногда нищая с виду дама может оказаться миллионершей. И еще — вы не имеете права унижать тех, кому не по карману купить «Жигули». Кстати говоря, машину не самого высокого класса. Вот в другом салоне вам бы и дня не проработать, хозяева мигом выгоняют чванливых продавцов. Ну, долго мне ждать?

Паренек рванул в глубь помещения. Я удовлетворенно глянула ему вслед. Так, надеюсь, теперь, даже если в это богом забытое заведение и впрямь забредет женщина, желающая купить пакет кефира, ее встретят приветливой улыбкой. Хотя некоторым людям урок не впрок. Сначала они пугаются, а потом снова принимаются за старое.

Глава 23

Следующие два часа я провела в магазине. Основная проблема, которая встала передо мной, — выбор цвета. Лично мне нравятся голубой и красный. Но первый «жигуль» небесного оттенка показался блеклым, словно застиранная ночная сорочка, а авто пурпурного колера походило на мини-пожарную машину.

— Сейчас, минуточку, — сказала я шеренге почтительно кланяющихся продавцов, — это подарок, я поговорю с будущей владелицей.

— Аллоу, — протянула Ирка и добавила: — Коттедж Воронцова, на аппарате домоправительница.

Стараясь не расхохотаться во весь голос, я спросила:

— Ты чего так торжественно представляешься?

— Разве плохо? — ринулась в атаку Ирка. — Сейчас позвонила соседям, ихняя кошка в нашей ежевике застряла, а прислуга и говорит: «Вы набрали номер загородного дома господина Сыромятникова, на телефоне старшая горничная Елена, жду указаний!» Они новенькую наняли, ее в специальной школе обучали! Вот я и решила взять пример! Так чего надо-то? Звоните зачем?

— Ты какой цвет предпочитаешь?

— А вам к чему? — насторожилась Ира.

— Надо.

— Только не вздумайте еще одно платье покупать, — пригрозила Ирина, — еще прежний подарок не изорвался!

Я вздохнула. Четыре года назад я случайно заглянула в бутик «Джорджио» и увидела там наряд, от которого наверняка должна была прийти в восторг наша домработница. Учитывая тот факт, что приближалось Рождество, я купила обновку. У нас с Иркой одинаковые фигуры, потому проблем с размером не наблюдалось. На беду, в пакетике остался чек, я проглядела крохотную бумажку. Ирка нацепила прикид и раскраснелась от удовольствия. Платье сидело изумительно, крой скрывал все изъяны фигуры, а цвет шел к ее глазам. Потом домработница увидела цену и чуть не упала в обморок. Бедное платье долгое время вынималось из шкафа только два раза в год под недовольное ворчание Ирки:

— Виданное ли дело, столько за тряпку отвалить! Чего я, королева?

В конце концов этой весной Кеше надоели ее стоны, и он заявил:

— Ира, лучше носи платье летом каждый день, а то матери пришла в голову идея, раз ты считаешь его нарядным, купить для комплекта еще туфли с бриллиантовыми пряжками и пояс с изумрудами.

— С ума сбеситься, — заорала Ирка, — ну просто охренеть! Скажите ей, чтобы и не думала!

Отчего-то Ирка верит любой глупости, если ее произносит Аркадий.

— Нет, одежду я не собираюсь покупать!

— А что? — проявила бдительность Ира.

— Господи, неужели трудно ответить на простой вопрос? — не сдалась я. — Ну какой цвет твой самый любимый? Забор покрасить хочу!

Я обожаю делать людям сюрпризы и сейчас не собиралась рассказывать про новую машину.

— Ага, — протянула Ирка, — тогда ладно. Вообще-то мне жутко нравится такой желто-лимонный, слегка в зелень, ну как недозрелый цитрус, а остальные...

Я быстренько отсоединилась, чтобы болтливая Ирка не начала перебирать весь спектр радуги, и повернулась к торгашам.

— Лимонный есть?

Самый старший развел руками.

— Нет. Может, возьмете вон те?

Я посмотрела на «Жигули», похожие на гигантский апельсин, и покачала головой.

— У нас много вариантов оранжевого, — не успокаивался дилер, — темный, средний, светлый, металлик...

— Апельсин и лимон, конечно, родственники, но шкурка-то у них разного цвета.

— Увы, желтого нет.

— А пообещали всю палитру, — вздохнула я.

Внезапно наглый парнишка, принявший меня за коробейницу, воскликнул:

— Серега, а те... ну, помнишь... их еще в самый угол площадки затырили, никто брать не хочет.

— Точно, — подскочил Сергей, — Костька, ты гений. Пойдемте сюда.

Меня провели сквозь ряды автомобилей, и перед моими глазами оказалась «шестерка» самой невероятной раскраски. Она была такая яркая, что у меня защипало в глазах. Больше всего машина напоминала недозрелый лимон, причем краска была «металлик», и тачка переливалась вдобавок перламутровым блеском. Желтее машины просто было не сыскать, более пронзительного цвета не существует в природе. Рот у меня мгновенно наполнился слюной, словно я собиралась откусить от лайма.

— Ну? — поинтересовался Сергей. — Идет?

— Отлично, — кивнула я.

Если Ирке нравится пронзительно лимонный, лучше варианта не сыскать!

— Берете?

— Конечно.

— Проедете по площадке?

— Естественно.

— Костька, сбегай за тряпкой, протри сиденье, — засуетился Сергей, — стекла обмахни.

Потом парень повернулся ко мне.

— Музыки не желаете? Есть магнитолы, недорогие, но очень классные.

Я кивнула.

— Давайте и песни, гулять так гулять!

— Вот это правильно, — подскочил Сергей, — нечего для себя жалеть. А мы вам в подарок зимнюю резину дадим и комплект для полировки.

Через полчаса «Жигули» были приведены в порядок, я села, включила зажигание и поняла, что в кроссовках управлять автомобилем затруднительно из-за платформы, ноги не ощущали педалей.

— Что случилось? — озабоченно спросил Сергей. — Машина совершенно исправна.

— Не волнуйтесь, — успокоила я его, — сейчас сниму ботинки и попробую босиком.

— Да уж, — корректно вздохнул Сергей, — обувка неудобная, все удивляюсь, ну как только женщины в таких не падают, а?

Я молча попыталась распутать тоненькие, похожие на леску шнурки. Но не тут-то было. Они не завязывались бантиком, а цеплялись маленькими крючочками за почти невидимые отверстия. Я никак не могла их подцепить. Сломав два ногтя, я выпрямилась.

— Никак.

— Давайте я попробую, — предложил Сергей и, опустившись на одно колено, начал дергать шнурки.

— Так не выйдет, — помотал головой Костя.

— Как вы их закрыли? — удивился Сергей.

— Продавщица в магазине очень быстро справилась с этой задачей, — растерянно сказала я, — прямо в секунду.

— Давайте разрежем их, — предложил Костя.

— Обалдел, да? — воскликнул Сергей. — Это необычные шнурки, гляди, их не поменять, испортим обувь, дорогая, наверное!

— Режьте, — устало сказала я, — честно говоря, ноги онемели, просто невыносимо.

Костик сбегал в магазин и принес небольшие ножницы. Пару минут паренек, сопя от напряжения, пытался справиться с поставленной задачей, потом растерянно пробормотал:

— Крепкие какие...

— Ты просто безрукий, — рассердился Сергей, — давай сюда...

Но и он потерпел неудачу. Чувствуя, как от щиколотки к коленям бегают противные мурашки, я попросила:

— Вы принесите кусачки или ножницы для резки металла.

— У нас нет, — растерянно ответил Костя.

Я удивилась.

— В магазине, где торгуют автомобилями, нет инструментов?

— Есть, — вздохнул Сергей, — в соседнем отделе.

— Так в чем дело? Давайте я куплю набор, все равно он должен лежать в «Жигулях».

— Понимаете, — пустился в объяснения парень, — уже поздно, продавцы ушли, дверь опечатали, хозяин так велит делать, а у нас только эти ножницы. Честно говоря, и нам закрываться пора, из-за вас задержались.

Я глянула на часы. Действительно, время давно вышло.

— Ладно, попробую так двинуться, потихоньку.

Обрадованные мальчишки открыли ворота и помахали мне вслед. Кое-как двигая ногами, я поехала по проспекту, чувствуя себя Маресьевым[1]. По счастью, на дороге было спокойно, сначала я даже взбодрилась, но потом испугалась. Ступни онемели окончательно, было такое ощущение, что ниже щиколоток у меня ничего нет.

Не доезжая пары метров до МКАД, я увидела светофор, угрожающе моргавший красным глазом, захотела притормозить, но отчего-то не сумела нажать на тормоз и проскочила перекресток. Тут же мне вслед раздалась звонкая трель. Собрав волю в кулак, я попыталась надавить на педаль. Маневр удался. «Жигули» встали словно вкопанные, я стукнулась со всего размаху грудью о руль.

— Ваши документы, — сурово велел подоспевший сержант.

Но я только судорожно открывала рот, от удара перехватило дыхание.

---

[1] М а р е с ь е в А. П. — летчик, потерявший во время Отечественной войны 1941—1945 гг. обе ноги и научившийся управлять самолетом на протезах.

— Пьяная, да?

Я хотела ответить «нет», но теперь у меня отчего-то начался резкий кашель.

— А ну, вылазь, — приказал сотрудник ДПС.

Кое-как я выбралась из-за руля, попыталась шагнуть и упала на четвереньки.

— Во нализалась, — с укоризной сказал второй милиционер, — а еще женщина! Не стыдно?

— Нет, — ответила я.

Кашель прекратился, дыхание восстановилось, и ко мне вернулась речь.

— Глянь на нее, Витька, — восхитился мент, — ну и наглая!

— Я не пьяная!

— Ага, — хмыкнул Виктор, — только на ногах стоять не можешь.

— Да вы понюхайте! Или в трубку дунуть дайте!

Виктор наклонился.

— Слышь, Павлуха, бухаловым не пахнет.

— Значит, обдолбанная, — заявил Павел, — на вены посмотри!

— Я не пьяница и не наркоманка, у меня ноги не ходят! Ну-ка, помогите встать, дайте руку!

Менты переглянулись и вернули меня в вертикальное положение.

— Ступайте на пост, — приказал Виктор.

Я попыталась двинуться. Теперь онемение подобралось к коленям. Пошатываясь, я попробовала шагнуть вперед. Правая нога худо-бедно повиновалась, левую пришлось тащить за собой, словно сломанную.

— Что вы знак на стекле не повесили «Инвалид за рулем»? — с хорошо прослеживаемой жалостью спросил Виктор. — Создаете аварийную ситуацию.

— Лучше бы дома сидели, — заявил более грубый Павел, — видать, протезы у вас не ахти!

Я рухнула на стул, вытянула ноги и со слезами на глазах заявила:

— Это кроссовки.

— Зачем на протезы кроссовки цеплять? — удивился Виктор. — Да еще такие дорогущие? Знаю, сколько стоят, приценивался, у меня жена их купить хотела, ваще с ума сошла! Да на эти деньги месяц жить можно!

Я чуть было не зарыдала от отчаяния. На дороге опять попался парень с супругой, мечтающей об идиотской обуви!

— У меня нет протезов!

— Да ну? — изумился Павел. — Как же без них?

— А вы как обходитесь? — обозлилась я. — Небось не имеете железных ножек?

— Так свои, слава богу, целы, — ответил мент.

— И у меня свои!

— Они у вас скрюченные какие-то, — протянул Виктор, — все равно знак «Инвалид за рулем» надо вешать.

Чувствуя, что сейчас сойду с ума, я топнула ногой и хотела было сказать: «Дураки!» — но тут мигом зазвучала заунывная мелодия: «Августин, Августин, ах, мой милый Августин, все пройдет, все...»

— Это чего? — поинтересовался Павел и уставился вниз. — Чем играете?

— У ней там пианино, — заявил откровенную глупость не слишком умный Виктор, — только зачем?

Внезапно мне стало смешно.

— У меня в протезы полно всего напихано. В левом — плейер, в правом — радио и кофеварка, а еще, если кашляну, из руки огонь выскакивает, в нее вделана зажигалка.

— Ой, — по-детски восхитился Виктор, — покажите!

— Чего врете? — надулся Павел. — Руки-то у вас свои, никак к ним зажигалку не приделать!

Следовало прикусить язык, но меня словно черт в бок толкал.

— Ну, дружочек, посмотри внимательно, неужели не понял, что имеешь дело с биороботом? Мною управляют при помощи пульта, как теликом!

Парни обалдело переглянулись, потом Павел потянулся за телефоном. Сообразив, что он сейчас вызовет перевозку психиатрических больных, я быстро сказала:

— Ну ладно, пошутили, и будет. Ноги свои, руки и голова тоже. Просто нижние конечности онемели от неудобной обуви, а кроссовки с музыкой, вот, если топнуть так, то замолкает.

— Чего только не придумают! — восхитился Виктор.

— Разве не знали? Но ведь говорили, жена такие хочет.

— Я имел в виду, на платформе.

— Помогите мне стащить обувь и забирайте ее себе, совсем новая, по улице я практически не ходила, не могу больше, — взмолилась я.

— Так у вас размер небось крохотный, — пробормотал Виктор, — моя-то тетя лошадь до метра восьмидесяти совсем чуток не дотянула.

— Тридцать девятый размер.

— Да ну!

— Бога ради, снимите!

Павел покачал головой и ушел на дорогу, Виктор принялся корпеть над застежками, но те не поддавались.

— Может, поджечь их? — задумчиво произнес постовой.

Я представила, как у меня на ногах пылают два факела, и заорала:

— Ни за что! С ума сошел!

— Тогда никак, — вытер потный лоб Виктор, — их что-то держит, ну-ка, попрыгайте, авось отщелкнутся.

Я принялась скакать, как безумная кенгуру. Поскольку в маленькой будочке ДПС царила дикая жара, мы выбрались на улицу. Со стороны зрелище, очевидно, было забавное. Я красная, растрепанная, мерно подпрыгивающая вверх, и Виктор, помахивающий жезлом, изредка повторяющий:

— Ну еще чуть-чуть, да топайте сильнее.

Из подошв неслась безумная музыка, водители притормаживали и с огромным интересом разглядывали нас.

— Проезжайте себе, — орал Павел, — цирк нашли, а ну, живо!

— Что, теперь так по новым правилам наказывают? — высунулся в окошко всклокоченный парень.

Я остановилась, перевела дух и заявила:

— Ага, просто звери. Забыла поворотник включить, так они меня скакать заставили, а до этого тут «Фольксваген» тормознули, так водитель по-пластунски отсюда и до поворота полз.

Парень разинул рот.

— Да не слушайте вы ее, — чуть ли не со слезами взмолился Виктор, — у кроссовок шнурки заклинило.

Водитель чуть не выпал на дорогу.

— У вас в мозгах заклинило! Вы не пробовали за конец подергать?

— Проезжай, — вконец обозлился Павел, — а то я сейчас тебя за конец дерну.

— Эй, погодите, — донеслось из другой машины.

— Ну кто там еще? — воскликнул Виктор.

Из очень старого «Мерседеса», произведенного этак году в шестидесятом, высунулась девчонка.

— Во, у меня такие же кроссовки!

— С чем тебя и поздравляю, — буркнул Виктор.

— Там кнопочка есть, — сообщила тинейджерка, — нажмете, крючки и отстегнутся.

Я ткнула пальцем в пупочку, шнуровка мигом ослабла. Но я рано обрадовалась: выяснилось, что босой ногой нажимать на педали тоже нельзя.

— Надевайте их снова, — со вздохом протянул мне кроссовки Виктор.

— Ни в коем случае, — отшатнулась я.

— Н-да, — буркнул Павел и нырнул в будку. Через секунду он вернулся, неся два кирзовых сапога.

— Надевайте.

— Ни за что.

— Попробуйте, очень удобно, и размер почти совпадает, сороковой.

Понимая, что повлиять на ситуацию не в состоянии, я покорно натянула кирзачи.

— Ну как? — заботливо спросил Виктор.

— Намного удобней, чем раньше, — признала я.

— Тогда до свидания, — заявил Павел.

— Сапоги верну завтра, — пообещала я.

— Оставьте их себе, — отмахнулся Павел.

— Считайте, что мы поменялись, — захихикал Виктор.

Глава 24

Не успела я въехать во двор, как Ирка вышла на крыльцо с полным помойным ведром.

— Нравится? — спросила я, распахивая дверцу.

— Ничего, — кивнула домработница, — хорошая машина, только цвет дикий, у меня от такого сразу мигрень начинается!

— Ты же сказала, что обожаешь лимонный цвет, — оторопела я.

— Да вы чего! — Ирка с грохотом опустила на ступеньки ношу. — Я теперь его ненавижу, прямо скрючиваюсь вся. Вот оранжевый — тот обожаю. Эй, погодите, а при чем тут я?

— При том, что я разбила твою машину и купила тебе новую. На, ключи и документы.

Ирка уставилась на «лимон». Видно было, что она силится выдавить из себя какие-то слова, но они застряли у нее в горле.

Я вылезла наружу.

— Матерь Божья, — отмерла Ира, — Дарь Иванна! Ополоуметь можно!

— От чего?

— Вы в кирзачах?!

— Что бы ты понимала! — вздохнула я. — Это самая наимоднейшая обувь в нынешнем сезоне. Кирзовые сапоги от Шисейдо страшных денег стоят!

В дом я прокралась, словно вор, и быстро шмыгнула в спальню. Разговаривать с домашними не хотелось, я решила пока никому не говорить о смерти Лизы. Саша пробудет в больнице еще неделю, значит, у меня есть время. Человек, задумавший убийство, находится здесь, рядом, более того, мне кажется, что я знаю его имя. Это Раиса.

Ну посудите сами. Рая появляется в доме в твердой уверенности, что через некоторое время станет единоличной обладательницей большого капитала. Алю можно не брать в расчет. Девочка не имеет права распоряжаться деньгами, пока не вырастет, и все годы Раиса может делать с финансами, что ей захочется. Ее никто не проверит, потому что других родственников у Али нет. А тут вдруг такой облом! Откуда ни возьмись появляется еще одна претендентка на лакомый кусочек, и тоже родная дочурка Роди. Лиза... Девочки имеют равные права, следовательно, доля Али и Раи урезается ровно вдвое. Вот Рае и приходит в голову славная идея устранить Лизочку. Она привязывает к удочке Сару Ли...

Внезапно мне стало жарко. Значит, это Рая выманила из окна Нелю и пыталась убить меня. Зачем? Впрочем, понятно. Скорей всего Неля позвонила родственнице и сообщила о кончине Родиона. Насколько я понимаю, женщины не слишком ладили, но перед лицом смерти былые распри, как правило, забываются.

Узнав о трагической случайности, произошедшей с Родионом, Раиса мигом понимает, какую это ей сулит выгоду. Приезжает тайком в Москву, пробирается в Ложкино и начинает пугать всех куклой. Очевидно, жадной Рае хочется, чтобы смерть Нели выглядела естественно. Правда, непонятно, отчего она решила лишить жизни меня, мы никогда не встречались, но в конце концов это не так уж и интересно. Главное, что ей удалось обставить все шито-крыто. В момент смерти Нели Раисы якобы еще тут не было, она «приехала» позднее, накануне похорон. И еще у нее имелся помощник, тот самый парень с переделанной татуировкой. Кто он? Может, любовник? Не желая светиться, хитрая Раиса отправила его в «Волшебный мир» за куклами. Однако она обладает буйной преступной фантазией. С виду простая, милая тетка, искренне переживающая смерть брата и невестки, а на деле расчетливая, безжалостная убийца... Все кусочки головоломки идеально складываются в целую картинку. Одна беда: это лишь предположения, никаких доказательств вины подлой бабы у меня нет. Следовательно, надо заставить ее волноваться, дергаться, пусть думает, что Лизочка выжила. Раиса испугается, начнет предпринимать очередные попытки убийства девочки, тут-то я ее и поймаю.

— Мусик, к тебе можно? — поскреблась в дверь Машка.

— Конечно, входи! — крикнула я и быстро запихнула кирзовые сапоги под кровать.

Манюня медленно вошла в комнату.

— Какой ужас! — всхлипнула она.

— Ты о чем, мой ангел?

— Разве не знаешь? Лиза умерла.

— Кто же сказал такое?

— Александр Михайлович, — с тяжелым вздохом сообщила дочь, — мы с Алей просто не в себе. Вот ужас! Похоже, это я виновата!

— Ну что ты, — начала я утешать Маню, — никому в голову не придет обвинять вас с Алей... Лиза, наверное, захотела разглядеть что-то внизу, высунулась слишком сильно из окна, и...

— То-то и оно! — со слезами воскликнула Маня. — Ты выгляни наружу да посмотри внимательно.

Я подошла к подоконнику.

— Извини, ничего не вижу.

— Ну вон там, напротив комнаты для гостей.

— Барби! Кто же посадил куклу на ветку?

— Я.

— Зачем?

Маня вытащила носовой платок и заревела.

— Кто же знал, что так получится.

— Расскажи, солнышко...

Маруська шумно высморкалась.

— Да этой истории уже несколько дней. Мы с Алей сели поиграть в Барби...

— Вы? — изумилась я.

— А что тут странного? — насторожилась Маня.

Ничего, конечно, кроме того, что кое-какие физиологические особенности уже позволяют моей дочери иметь собственных детей. Вот не предполагала, что Машка до сих пор увлекается игрушками. Правда, в ее спальне на подоконнике стоит двухэтажный дом из розовой пластмассы, но я всегда считала, что это дань прошлому, некий сувенир, напоминающий о детстве. А оказывается, Маня еще ощущает себя ребенком.

— Разложили кукол, — бубнила девочка, — и поругались. Аля сказала, что моя Вероника лысая...

Услыхав оскорбления, Маня не осталась в долгу и заявила:

— На свою Софи посмотри, кривоногая уродина.

— Во всяком случае, она намного лучше твоей Вероники, — парировала Аля.

— А у тебя Кен — идиот, — взвилась Маня.

Аля не вытерпела и перешла к открытым военным действиям, схватила Веронику и кинула ни в чем не повинную куклу под диван. Маруся не стала долго церемониться, мигом сцапала Софи и отправила ее за окно.

На этом боевой задор девиц иссяк, они испытали угрызения совести, попросили друг у друга прощения и стали соображать, как добыть несчастную Софи, застрявшую в ветвях. Но так до сих пор ничего не придумали, и кукла продолжает болтаться на дереве.

— Лизка, наверное, увидела ее, — плакала Маня, — потянулась, маленькая ведь совсем, глупая, не поняла, что к чему, и полетела вниз.

Я почувствовала, как на меня накатывает дикая злоба, не хватало только, чтобы Маруська жила теперь с грузом вины.

— Милая, ты ни при чем! Это просто случайность!

Маня покачала головой и пошла к двери. На пороге она остановилась и горестно сказала:

— Никогда, никогда не прощу себе! Не брось я тогда Софи за окно, Лизочка сейчас была бы жива!

— Послушай, Барби тут ни при чем! Лизу выманил убийца при помощи Сары Ли. Привязал куклу к палке и качал...

— Мусик, — тихо сказала Машка, — спасибо тебе, конечно, но мне не десять лет. В моем возрасте уже надо отвечать за свои поступки! Мало того, что я оставила куклу в ветвях, так еще и задрыхла в неурочное время! Не засни я, как сурок, может, и остановила бы Лизу.

— Между прочим, Аля тоже участвовала в ссоре, и она заснула одновременно с тобой! А теперь скажи, Аля так же переживает?

— Она это она, а я это я, — возразила

Машка, — но, если хочешь знать, Алька убивается и плачет.

— Детка, убийца специально подсыпал вам в пирожные снотворное. Хотел нейтрализовать тех, кто может помешать. Ведь вы скорей всего не оставили бы Лизу в одиночестве?

— Нет, — ответила Маня, — но она очень долго была с мамой на поминках. Потом пришла, поднялась наверх, мы уже решили к ней пойти, но хотели фильм досмотреть, совсем чуть-чуть осталось. Аля притащила из кухни пирожные, три штуки. Две для нас, а третье мы хотели Лизе предложить, но заснули. Значит, ты считаешь, что кто-то купил корзиночки...

— Их привезла я...

— Ты?!

— Ну да, зарулила в кондитерскую и взяла свои любимые, поставила в холодильник.

— Вот видишь, муся, — вздохнула Маня, — снотворное тут ни при чем, никакого злого умысла не было, никто нас с Алькой не хотел усыплять.

— Снотворное насыпали потом! Сама же говорила, крем горчил!

— Так жара стоит, наверное, он просто испортился.

Я попыталась продолжить возражения, но Машка выскользнула за дверь. Пару секунд я сидела, не зная, что предпринять, но потом подскочила и заметалась по комнате. Надо действовать как можно быстрей. Следует отыскать хоть какие-нибудь улики против Раисы, иначе она не только выйдет сухой из воды, но еще и оставит Машку с огромным грузом на душе. Совестливая девочка будет корить себя всю жизнь за то, чего не совершала! Но что же мне делать?

Полночи я пробегала по спальне, суматошно продумывая свои действия по разоблачению убийцы, наконец в голове оформился план, к осуществлению которого я и приступила утром.

Раиса вышла к завтраку около девяти, я, сидевшая за столом уже целый час, изобразила на лице приветливую улыбку. В конце концов, в институте я посещала театральный кружок и считалась там неплохой актрисой.

— Раечка, доброе утро, как спали?

— Не слишком хорошо, — притворно вздохнула мерзавка, — все о Лизочке думала! Какая трагедия! Ужасно! У меня нет детей, но, если бы они имелись, наверное, я не пережила бы смерть своего ребенка, ну что может быть страшнее?

«Только его убийство», — чуть было не ляпнула я, но удержалась и спросила:

— Каковы ваши планы?

Рая налила себе кофе.

— Спасибо Александру Михайловичу, печати с дома сняли, можно попытаться наладить нормальную жизнь. Надеюсь, удастся разблокировать хоть часть счета в банке, и тогда я повезу Алю отдохнуть к морю. Девочка так много пережила!

— Если проблема в деньгах, — сказал входящий в столовую Кеша, — то мы охотно их вам дадим. Але и впрямь следует на некоторое время сменить обстановку. Куда хотите отправиться?

Раиса начала методично намазывать тостик джемом.

— Пока я не думала об этом... Может, на Кипр или в Турцию.

— Не советую, — сказала я.

— Почему? — удивилась Рая.

— Аля ездила с матерью в эти места, начнет вспоминать...

— Тогда в Испанию.

— И там она побывала...

— Да? Что же нам делать?

— Ну на земном шаре много других мест, — начал было Кеша, но я хотела, чтобы разговор съехал на определенную тему.

— Боюсь, у девочки может начаться истерика прямо на подъезде к Шереметьеву, она столько раз входила в здание аэропорта с родителями... Хотите мой совет?

— Конечно, — кивнула Раиса.

— Отвезите Алю к себе, в Вяльцы. Там ничто не напомнит ей о трагедии.

Рая улыбнулась.

— Милая Дашенька, вы плохо себе представляете жизнь в российской глубинке. Ну какие развлечения я смогу там организовать для девочки?

— Аля спокойно может проводить время у компьютера.

— У меня его нет. Вяльцы сонный городок, похожий на большую деревню. Все друг друга знают, увидят Алю, начнут судачить, шептаться вслед... И потом, Вяльцы экологически плохое место, у нас расположен завод, выбрасывающий в атмосферу всякую гадость. Зимой еще куда ни шло, а летом отвратительно.

— Да? — фальшиво удивилась я. — А одна из моих подруг купила в вашем городке домик. У нее сын болен астмой, и доктор велел в теплое время года жить в Вяльцах, якобы лучше места для астматика не сыскать!

Раиса вытаращила глаза.

— Этот врач сумасшедший! Из Вялец все бегут, у нас даже туман разноцветный выпадает, то желтый, то розовый...

— Может, только на вашей улице? Вы на какой живете?

— Декабристов, — сообщила Раиса.

— Небось в самом центре, да еще на первом этаже, вот вам и плохо.

Раиса усмехнулась:

— Это в Москве есть центр, а в Вяльцах везде окраина. Улица Декабристов крохотная, на ней всего три дома, вернее, избушки. Нет, Але у нас решительно не понравится. Туалет во дворе, вода, правда, своя, но джакузи и в помине нет, самый простой душ. Девочка привыкла совсем к другим условиям.

Я постаралась скрыть довольную улыбку. Значит, Вяльцы, улица Декабристов. Номер дома неизвестен, но, по словам Раисы, там их всего три, так что трудностей не возникнет. Сейчас же двинусь в путь.

— Сколько километров от Москвы до Вялец? — решила я уточнить на всякий случай.

— Сто шестьдесят по шоссе и по проселочной дороге еще около сорока, — ответила Раиса, допивая кофе.

— Мне кажется, вам лучше отправиться в круиз на теплоходе, — заявил Кеша, — Италия, Франция... Есть такие туры.

— А вот это интересно, — оживилась подлая баба, и они с Аркашкой принялись обсуждать детали.

Я же вышла из столовой, схватила сумочку, села в починенный «Пежо» и нажала на газ. Сто шестьдесят километров, но это от Кремля, а от Ложкина-то ближе будет, часа за три доберусь.

Глава 25

На улице Декабристов я была около часа дня. Раиса оказалась права, маленький, сонный проулочек, забытое богом место. На ухабистую дорогу было страшно смотреть. «Пежо» — хороший автомобиль, но он рассчитан на европейские шоссе, производители не думали, что на нем нужно будет преодолевать колдобины, поэтому посадка у машины низкая. Улица Декабристов моему «пежошке» явно не по зубам, вернее, не по колесам.

Я оставила машину у ларька и пошла по разбитой дороге. Первые ворота, попавшиеся на пути, выглядели словно вход в ад: черные, покосившиеся. Калитки в них не нашлось, звонка тоже нигде не видно. Я подергала створки, с легким скрипом они распахнулись, и я увидела двор, сплошь заваленный всякой дрянью. Тут и там валялись покореженные ведра, мотки проволоки, палки. Чуть поодаль, у забора, стояла чугунная ванна, наполненная водой, возле скособоченного крыльца с проваленными ступеньками маячила ржавая бочка, куда, очевидно, должна была стекать вода с крыши во время дождя. Но сейчас она пустовала, на ее краю сидела рыжая клочкастая кошка с больными, гноящимися глазами. Я от души пожалела несчастное животное, наверное, конъюнктивит доставляет ей массу неудобств, а ведь помочь киске очень легко. Достаточно промыть глазки чаем и закапать альбуцид. Но хозяйке дома, очевидно, наплевать на кошку, как, впрочем, и на собственный быт тоже. Ну неужели трудно убрать двор? Сгрести ведра в сарай, посеять траву... Самой-то не противно смотреть изо дня в день на бардак? Интересно, а как выглядит хозяйка?

Не успела эта мысль прийти мне в голову, как на крыльцо, увешанное тряпками и домоткаными половиками, вышла тетка, облаченная в бордовый ситцевый халат.

— А ну пошла вон, зараза! — замахнулась она на кошку.

Та, коротко мяукнув, побежала к сараю.

— Вам чего? — хмуро осведомилась баба. — Ищете кого? Или продаете дрянь всякую? Зазря старались, здесь богатых нет, все свое, с огорода.

— Простите, пожалуйста, — улыбнулась я как можно приветливее, — мне бы Раису...

— Это которую? — прищурилась аборигенка.

Тут только до меня дошло, что я не знаю фамилии Алиной тети, хотя, если учесть, как она сто раз повторила: у меня нет семьи...

— Кутепову.

— Какую? — протянула хозяйка изумленно.

— Кутепову, — повторила я, — Раису, живет на улице Декабристов в собственном доме.

— Таких тут нет, — отрезала баба без тени сомнения, — в этом доме мы прописаны, Калистратовы, в соседнем Федькины, а в последнем Настька-трамвай кукует.

— Трамвай? — удивилась я. — Какая странная фамилия.

— Это кликуха, — донеслось со двора, — слышь, Кать, Раиса Кутепова — это же сеструха Родьки! Ну Академика, забыла, что ль?

Из-за крыльца появился маленький, плюгавенький мужичонка в измятых брюках и грязной майке.

— А и верно, — оживилась Катерина, — Райка и Родька Кутеповы. Жаба и Академик. Вон чего вспомнили, давно уж их тут нет.

— Почему Жаба и Академик? — совсем растерялась я.

— Такие получились, — хмыкнул мужичонка и сел на ступеньки. — Она жадная дико, снега зимой не выпросишь, за ржавый гвоздик удавится, а он умный больно, все пятерки таскал, потом в Москву учиться уехал и пропал.

— А Райка следом подалась, — влезла Катерина, — домишко она продала, Федькиным.

— И когда же это случилось?

Катерина призадумалась.

— Ну, Вовка еще в школу не ходил... Лет десять прошло, и не упомнить. А вам они зачем?

— Да так, — вывернулась я, — мимо ехала, дай, думаю, загляну. Не знаете, Раиса-то где теперь проживает?

— В Свинске, стало быть, — ответил мужичок, — в большом городе.

— Чушь-то не городи, — перебила его Катерина, — она в столицу отправилась. Помнишь, Федькины рассказывали? Родька теперь большой человек, богатый, Райку к себе забрал. Она Сашке и Вальке всю мебель оставила, посуду, ковер. Ничего брать не захотела, с чемоданом ушла. Оно и понятно, за фигом говно в новую жизнь тащить.

— А говорите, жадная, за копейку удавится, — покачала я головой, — а сколько людям отдала.

— Так за деньги же! — подскочил мужичонка. — Не за так. Да вы, коли Райку ищете, у Федькиных поинтересуйтесь, может, она им адресок оставила.

— Не знаете, ваши соседи дома?

Катерина рассмеялась и стала собирать с крыльца тряпки.

— Где же им быть? Сашок небось, как всегда, нажратый валяется, а Валька по дому крутится. Хотя какое у них хозяйство, Сашок все давным-давно пропил.

— Еще детей народили, — с укоризной заметил мужичонка, — восемь штук настрогали, ну куда столько!

— Тут одного словно жернов на плечах тянешь, — понеслась Катерина, — выучить надо, одеть, обуть... Никаких средств на спиногрыза не хватает, а как подумаю, что у них восемь! Одних ботинок не напасешься!

— Уроды, одно слово, — и мужик сплюнул.

— Ага, — подхватила Катя, — полудурки.

Приятно было видеть такое родство душ у мужа с женой. Я оставила их на крылечке, среди тряпок с половиками, и пошла в следующий двор.

Избушка многодетной семьи кособокая, с крышей, покрытой толем, казалась совсем убогой. Правда, на улице, перед домом, было чисто, и кошка, умывавшаяся на открытой террасе, выглядела здоровой.

Я постучала в низенькую дверь.

— Входите, не заперто, — донеслось изнутри.

Я шагнула в крохотное темноватое помещение, очевидно, кухню. В углу висела жуткая раковина с отбитой эмалью, рядом примостился ободранный кухонный столик, за ним стояла допотопная газовая плита с черными чугунными «крылышками», настоящий раритет. У нас с бабушкой когда-то в Медведкове был такой же агрегат, с надписью «Газоаппарат» на дверце духовки, потом ЖЭК поменял его на более современную модификацию. Возле дверей белела скамейка, под которой валялась разнокалиберная обувь. Ботинок в этой семье и впрямь было много. Маленькая тощенькая женщина, помешивающая в кастрюле какое-то варево, обернулась. Валя Федькина совсем не удивилась, увидав незнакомую женщину. Хозяйка отложила большую ложку и тихим, бесцветным голосом сказала:

— Здрасте.

— Добрый день, вы Федькина?

Валя выключила конфорку.

— Да, давайте в зал пройдем, а то на кухне от жары с ума сойдешь.

Залом тут величали примерно пятнадцатиметровую комнату, обставленную с шиком шестидесятых годов. В центре помещения полированный стол, на нем салфетка и ваза с искусственными цветами. Рядом четыре стула с темно-бордовыми сиденьями, у стены некое подобие буфета, кажется, его называли в те времена «Хельга». В противоположном от двери углу стояли торшер с пластиковыми плафонами и два креслица, заботливо прикрытые вытертыми накидками. Ужасная бедность бросалась в глаза, но вокруг было чисто, старенькие занавески топорщились от крахмала, а на подоконнике буйным цветом полыхали герани, давным-давно подвергнутые остракизму у московских мещан.

— Сделайте милость, садитесь, — приветливо предложила Валя и, обмахнув один из стульев передником, показала на него рукой.

Я устроилась на неудобном сиденье и хотела уже начать расспросы, но хозяйка опередила меня. Сев напротив, она положила на стол изуродованные работой руки и заявила:

— Уж извините, что побеспокоила, только

не одна я такая, нас в Вяльцах восемь многодетных, и у всех мэр льготы по оплате отнял.

Я молча слушала Валю. Уже через пару секунд мне стало понятно, что она принимает
меня за корреспондентку из Свинска, от которой требует разобраться в щекотливой ситуации, связанной с дотациями.

— Нашему Ивану Филипповичу все по ба-
рабану, — объясняла Валя, — дороги разбиты,
детский сад переполнен, а уж школа в каком
состоянии! Этой весной моему Игорьку на
парту огромный кусок штукатурки свалился.
Хорошо, на ребенка не угодил! Мы с родителями ходили к мэру, а толку? Покачал головой,
наобещал с три короба, и все на том же месте и
осталось. Нет у города хозяина, пьет Иван Филиппович горькую.

— Думаю, он в Вяльцах не один алкоголик, — не удержалась я.

— Нет, конечно, — грустно подтвердила Валя, — мой Сашок тоже зашибает, через день
никакой приползает, только он и в мэры не
лезет, дома квасит, а Иван Филиппович в кабинете сидит, над ним государственный флаг,
на стене портрет президента, не простой он человек. Нет ему правов на бухалку, должен он
о народе заботиться. Знаете, какая у него зарплата? Больше, чем у всех. Вот пусть и отраба-
тывает.

— И сколько у вас детей?
— Восемь.

— Не тесно в таком домике?

Валя стряхнула со столешницы невидимые крошки.

— Спасибо и на этом, раньше в общаге жили, да Сашок расстарался, заработал чуток, вот и обломился нам дом. Прежняя-то хозяйка в Москву подалась.

— Раиса Кутепова?

Валя удивленно воскликнула:

— Откуда вы ее знаете?

— Извините, но я не имею отношения к журналистике. — Я принялась объяснять ситуацию.

— Даже не знаю, чем вам помочь, — растерянно пробормотала Валя, — мы с Раисой не дружили. Дом она нам продала и мебель уступила, вот и все.

— Адрес ее в Москве не знаете? — без всякой надежды на успех поинтересовалась я.

— Была бумажка, — протянула Валя, — погодите-ка, в спальне за иконой гляну. Если уж там нет, не взыщите. Я документы и всякое нужное за божницей держу.

Легко подняв тощее тело, она выскочила за дверь. Я уставилась на круглые часы, мерно тикающие на столе. Вот еще одна знакомая вещичка. Точь-в-точь такой будильник, круглый, с золотой каемочкой, поднимал меня в школу. Посередине циферблата цвета сливочного масла был изображен слон, задорно поднявший вверх хобот. Как я ненавидела эти часы, оглашавшие нашу крохотную квартирку трезвоном в самый неподходящий момент. Только-только уснешь, а над ухом раздается сначала назойливое «тр-р-р-р», и потом из темноты доносится голос бабушки:

— Ну-ну, вставай.

— Еще пять минуточек. — Я начинаю канючить, не открывая глаз.

— Они тебе не помогут, — спокойно возражает Афанасия и включает свет.

Первое, что вижу, открыв глаза, — нагло ухмыляющегося слона. Один раз я нарочно столкнула будильник на пол. Семилетней девчушке казалось, что без часов бабушка не встанет вовремя и внучка спокойно прогуляет школу, но у бабули, очевидно, в голове имелся встроенный хронометр, потому что ровно в семь она вытащила меня из-под уютного теплого одеяла и отправила на занятия. А когда я днем пришла домой, на столике бодро тикал новый будильник, точь-в-точь такой же, как разбитый.

— Уж не знаю, там ли Раиса живет, — сказала, возвращаясь, Валя, — но только она, уезжая, вот такой адресок оставила: «Улица Сапилова, дом шесть, квартира сто двадцать». Времени-то много прошло, может, и переехала куда. Не хотите квасу? Домашний, сама из черного хлеба делаю.

Я отказалась от радушно предложенного угощения и пустилась в обратный путь. Назад, в Москву, я добралась быстрее. Давно заметила, обратная дорога всегда занимает меньше времени. Въехав в столицу, я купила в «Макавто» клубничный коктейль и стала высасывать его через трубочку. Холодная вязкая масса медленно скользила вверх по соломинке, и так же медленно ворочались мои мысли. Значит, Раиса москвичка. Вяльцы она покинула давно. Зачем же тогда всем наврала?

Коктейль закончился, я вытерла липкие пальцы и отнесла картонный стаканчик к урне. В жару нельзя есть мороженое, парадоксальным образом после него делается еще жарче и мигом начинает мучить жажда. Зачем Раиса лгала? Ну да это легко объяснить. Подлая баба хотела отмести от себя подозрения: не москвичка она, только-только приехала, Неля выпала из окна до ее появления... Никто из нас, естественно, не стал проверять, откуда явилась нежданная гостья, Вяльцы так Вяльцы. То-то она начала изо всех сил изворачиваться, когда я предложила ей взять к себе на месячишко-другой Алю. Что ж, маленькая ложь рождает большое подозрение, кажется, так выражался один из главных героев культового сериала «Семнадцать мгновений весны». Можно, вернувшись в Ложкино, брякнуть за ужином, когда все соберутся вокруг стола:

— Как это понимать, Раиса! Сегодня я моталась по делам в Вяльцы, оказалась случайно на улице Декабристов и выяснила, что вы там больше не живете, причем давно...

Можно, но не нужно. Скорей всего Рая придумает, как ответеться. Сделает круглые глаза и заявит: «Разве говорила, что сейчас живу в Вяльцах? Вы меня не так поняли. Вяльцы — мой родной город, но я уже давно обитаю в Москве».

Я купила бутылочку «Аква минерале» и одним глотком опустошила почти половину. Нет, надо нарыть еще что-нибудь, причем быстро. Пока Раиса спокойна, она чувствует себя хозяйкой положения, все идет по ее плану. Через пару дней негодяйка улетит отдыхать...

Внезапно я похолодела. Вот почему Раиса завела речь о поездке за границу, злодейка предполагает устроиться у моря на курорте, а потом... потом Алю найдут либо утонувшей, либо упавшей с большой высоты. В России Раиса побоится устраивать «несчастный» случай, уж очень подозрительной покажется сотрудникам милиции вся цепь событий: Неля, падающая из окна, Лизочка, отправляющаяся вслед за ней, потом Аля... А где-нибудь на Кипре или в Греции полиция не станет затевать расследований, спишет все на несчастный случай и закроет дело. Раиса же останется единоличной владелицей огромного состояния.

Я вновь выскочила из «Пежо» и побежала к урне уже с пустой бутылочкой из-под «Аква минерале». Надо срочно действовать, мчаться на улицу Сапилова, отыскивать всезнающих бабушек, авось какая-нибудь и припомнит интересные факты. Может, Раиса картежница, наделавшая долгов, или пьет горькую... Мне подойдет любая информация, порочащая бабу. Потому что тогда я со спокойной совестью заявлю: «Такому человеку, пусть даже родной тете, нельзя доверять Алю, ни о каких поездках на курорт и речи быть не может!»

Главное сейчас — не уличить Раису в совершенных преступлениях, а не дать ей увезти Алечку, пусть попытается организовать еще одно убийство в Москве. Да я глаз с Али не спущу, положу ее спать с собой в одну комнату! Стану стеречь девочку день и ночь...

«Пежо» резво выскочил на улицу Сапилова, так — дом два, четыре... Шесть!!! Когда нажала на тормоз, машина послушно замерла возле красивого нового здания с зеркальными окнами. Банк!

Я выскочила наружу и завертела головой. Может, это дом шесть «а» и мне следует углубиться в квартал не слишком презентабельных блочных пятиэтажных?

Но никаких букв на табличках не было, на них просто стояли номера. Чувствуя себя усталой и подавленной, я села на скамеечку возле песочницы, в которой возились толстощекие малыши, и спросила у мамаш, оживленно обсуждавших, какой кефир лучше: «Рыжий Ап» или «Агуша»:

— Здесь нет поблизости еще одного дома с номером шесть «а»?

— Нет, — хором заявили молодые мамы, потом одна, рыженькая, с личиком, похожим на перепелиное яичко, полюбопытствовала:

— Ищете кого?

— Да вот, — вздохнула я, — дали адрес, дом шесть, квартира сто двадцать, а тут банк.

— А наши пятиэтажки разбирают, — охотно объяснила ситуацию другая женщина с вытравленными волосами, — через полтора года тут ничего не останется, жителям квартиры дадут, хорошие.

— Вон этим, из шестого, раньше всех повезло, — вздохнула рыженькая, — их банк расселял. Такие хоромы дал! В Куркине! Кухни по двадцать метров.

— Кому они нужны в Куркине, — пожала полными плечами аппетитная блондинка, — у нас центр.

— Какой толк на двадцати метрах втроем в центре, — парировала рыженькая, — в Куркино так в Куркино, мне там знаешь какие хоромы положены!

— На задворках, — презрительно оттопырила губу блондинка.

— Ну и что же, — перебила ее рыженькая, — мебель куплю, кухонный гарнитур, занавесочки повешу, под окнами лес, красота, воздух свежий, а ты прей в загазованном центре.

— И до работы три часа добираться, — не сдалась блондинка.

Я не стала слушать их перебранку, пошла к «Пежо», но потом вдруг в голову пришла гениальная идея. Пришлось вернуться к лавочке и задать еще один вопрос:

— Где ваше отделение милиции?

— Там, — махнула рукой рыженькая, — возле супермаркета.

Дверь паспортного стола украшали разнообразные таблички «Входи быстро, говори коротко, уходи, не задерживаясь», «Работаем до 20.00», «Больше одного не заходить». Я глянула на часики — 19.55. Очень хорошо, значит, сейчас у паспортистки никого нет, она собирается домой.

Так и оказалось. Худенькая женщина с усталым ненакрашенным лицом без всякой злобы сказала:

— Рабочий день окончен, приходите завтра.

— У меня срочное дело, помогите, пожалуйста.

— Завтра.

— Можно сейчас?

Паспортистка спокойно закрыла сейф, глянула на меня и апатично ответила:

— Вам надо, а мне нет. Дома ребенок ждет...

Но уже через секунду, увидев зеленую бумажку, она мигом повернула ключи в сейфе, распахнула тяжелую дверь, вытащила какую-то коробку и деловито поинтересовалась:

— Ну? Что у вас?

— На улице Сапилова расселили дом, вы в курсе?

— Да, — кивнула паспортистка, — шестой.

— В нем жила моя двоюродная сестра. Раиса Сергеевна Кутепова, нельзя ли узнать адрес, по которому она выехала?

— Можно, — сказала паспортистка, — очень даже просто. Год рождения не помните?

— Увы!

— Не беда, — успокоила она меня, — обойдемся без него.

Тяжело вздохнув, она встала, открыла огромный железный шкаф и принялась сосредоточенно перебирать какие-то пожелтевшие карточки, приговаривая:

— Кутепова, Кутепова, ага, вот она... Раиса Сергеевна, выписана в связи с отправкой на зону.

— Что? — подскочила я. — На какую зону?

— Известно, на какую, — ответила паспортистка, — женскую. Кутепова Раиса Сергеевна была осуждена за совершение преступления.

Я потеряла дар речи. Паспортистка, не замечая моей реакции, спокойно добавила:

— Надо же, такая симпатичная, а преступница.

Еле выйдя из ступора, я глянула на карточку, которую паспортистка держала в руке. В углу бумажки была прикреплена фотография, черно-белая. Отчего-то снимки, которые предназначены для документов, обычно получаются искаженными. Я, например, запечатлена везде с такой физиономией, что любой милиционер, раскрывший мои права или паспорт, просто обязан препроводить меня в ближайшее отделение. Потому что бабища с выпученными глазами, тщательно прилизанными волосами и судорожно сжатым ртом походит на меня, как чайник на табуретку.

Но Раиса Сергеевна Кутепова, очевидно, обладала редкостной фотогеничностью. Ее лицо, молодое, свежее, оказалось отлично узнаваемым. У нее была другая прическа — длинные волосы падали на плечи, но все равно сразу понятно — это она, правда, моложе лет на десять, а то и больше. Была лишь одна странность: девушка, чье лицо сейчас смотрело на меня, не имела ничего общего с Раисой Сергеевной Кутеповой, мирно попивавшей сегодня в моей столовой отлично сваренный кофеек. Нет, на меня смотрела с фото совсем другая личность, тоже хорошо мне известная, но носящая имя... Сашенька.

Глава 26

— Как же так, — забормотала я, — ничего не понимаю, но... Осуждена... за что?

Паспортистка пожала плечами:

— Сие мне неизвестно, велено было выписать ее, и выписали. Впрочем, если хотите узнать подробности... Поговорите с Марком Михайловичем.

— Это кто такой?

— Наш участковый, в его ведении был шестой дом. Ступайте в пятнадцатый кабинет.

— Так ведь он ушел, наверное.

Паспортистка улыбнулась.

— Нет. У Марка Михайловича ничего, кроме работы, нет. Он из тех, из старых специалистов, которые любое ЧП на вверенном участке воспринимают как личную трагедию. Теперь таких сотрудников нет, молодежь расторопная пошла, только о себе и думает. Идите-идите, на месте он. А память у Марка Михайловича слоновья, наши к нему всегда, как в справочную, бегают. Ну все помнит!

Я вышла в длинный коридор, добралась до нужного кабинета и открыла дверь.

Толстый, потный милиционер недовольно сказал:

— Погодите, я занят.

Тут только я заметила с другой стороны стола плохо одетую всхлипывающую женщину.

— Извините, — пробормотала я.

— За дверью подождите, — велел участковый.

Я уселась на деревянный ободранный стул и схватила мобильник.

— Да, мусик, — прочирикала Маня.

— Ты где, детка?

— На станцию пошла, газеты купить, а еще мороженое.

— Аля с тобой?

— Да.

— Слушай внимательно. Прямо сейчас, первой электричкой, поезжайте в Москву, к Оксане.

— Зачем?

— Не перебивай. Дело очень серьезное, речь идет о жизни Али. Наври ей что-нибудь, ну, к примеру, что Оксана плохо себя чувствует, надо помочь с собаками. Дениска уехал на практику. Аля не удивится. Не спускай с нее глаз, заприте двери, никому не открывайте. Даже если человек скажет, что он родственник. У Оксаны и у меня есть ключи.

— А Раиса...

— Ей в особенности! За Алей охотится убийца. Только ей знать об этом совсем не надо. Ты поняла?

— Да, — проорала Маня, — электричка будет через семь минут.

Я набрала номер Оксаны. Моя подруга в отличие от большинства женщин в экстремальной ситуации не станет размахивать крыльями и тупо кудахтать: «Как? Что? Объясни по-человечески! Ой, очень интересно!» Нет, Ксюта спокойно сделает то, о чем ее попросят, и только потом начнет задавать вопросы. Вот и сейчас, выслушав меня, она ответила:

— Хорошо, пусть устраиваются в комнате Дениски, заодно и с собаками погуляют!

Я сунула мобильник в сумочку и уставилась на стены, завешанные плакатами. Отчего-то все они были посвящены борьбе с курением. Ждать пришлось долго, примерно около часа. Сначала у меня заболела спина, потом голова. В отделении стояла духота. Несмотря на жаркий июнь, все окна были закрыты, а при ближайшем рассмотрении выяснилось, что еще и заклеены.

Впрочем, когда я наконец очутилась в кабинете участкового, то поняла, что в коридоре было просто свежо. В маленькой комнатенке стоял острый запах пота и дешевого одеколона. Марк Михайлович вытащил из-под стола бутылку «Святого источника», отпил прямо из горлышка и устало сказал:

— Слушаю вас.

Я улыбнулась и положила перед ним французский паспорт.

— Иностранка, значит, — протянул милиционер.

— Вроде того.

— И чего?

Продолжая улыбаться, я изложила только что придуманную историю. У меня есть сводная сестра. Мать у нас одна, а отцы разные. Поэтому я Ивановна и Васильева, а Рая — Сергеевна и Кутепова. Раечка меня младше, но мы дружили. Но потом я вышла замуж за француза и укатила в Париж. Естественно, общение сошло на нет, писем мы друг другу не писали, по телефону общались редко. Потом умерла мама, но именно в этот момент мой супруг оказался в больнице, пришлось остаться с мужем, на похороны я не приехала и потеряла всякую связь с сестрой. И вот теперь хочу ее найти, занимаюсь проблемой уже несколько дней, но пока безуспешно. В Вяльцах, нашем родном городке, мне сообщили, что Раечка убыла в Москву, поселилась на улице Сапилова, в доме шесть. Но здание разобрано, и к тому же до меня случайно дошла дикая информация, якобы моя сестренка стала уголовницей.

— Кутепова Раиса, — тяжело вздохнул участковый. — Давненько вы с сестрой не встречались.

— Знаете ее? — обрадовалась я.

Марк Михайлович кивнул.

— Сам в шестом доме жил, причем в одном подъезде с Раисой.

— Господи! Вы в курсе, где она?

Участковый побарабанил пальцами по столу.

— Да уж, далеко.

— А за что ее посадили?

Марк Михайлович снова вытащил пласти-
ковую бутылку, глотнул и, вытерев рот рукой,
со вздохом сказал:

— За дело.

— За какое? — не успокаивалась я.

— Сожителя убила, — пояснил милиционер, — гражданского мужа. Вроде несчастный
случай, только суд другое доказал, был в ее
действиях преступный умысел.

— Миленький, — взмолилась я, — нельзя
ли поподробней!

Марк Михайлович тяжело вздохнул:

— Боюсь, вас информация не обрадует.
Раиса была мошенницей.

— Как?

— Да очень просто, — пожал плечами милиционер, — они с сожителем бизнес себе придумали. Раздобыли список одиноких пенсионе-
ров и стали ходить по домам, заказы пред-
лагать. Продукты и лекарства со скидкой,
прайс-листы показывали. Ну бабушки и де-
душки им верили, а как было усомниться, парочка удостоверения показывала, якобы от со-
беса действовали. И ведь привозили заказан-
ное! Только цена при получении оказывалась
выше, чем рассчитывали старики, и уж о качестве продуктов и говорить не приходилось. Но
люди брали, им казалось неудобным отказать-
ся от предлагаемой услуги. Да и коробки с «де-

ликатесами» вскрывали уже после ухода парочки. Но жаловаться никто не шел. Так бы они и промышляли, только один раз прокол вышел. Старичок стоял в списке как одинокий, а у него сын имелся. Парень-то и возмутился, когда «продукты» увидел, давай в собес звонить и орать. Там всполошились, заявили в милицию. Знаете, что в конце концов выяснилось? Они харчи на свалке собирали и лекарства там же. Особо не церемонились. Просит старушка анальгин, они ей в коробку аспирин суют, ну не нашли нужное! Наши пенсионеры безропотные. Только парочку неопасной посчитали и до суда задерживать не стали. Ну а потом она сожителя убила, а дело как несчастный случай представить хотела.

— Как? — тупо спросила я.

Марк Михайлович опять приложился к минералке.

— Вы бы окно открыли, — не выдержала я.

— Не положено, — покачал головой участковый. — Придумала ваша сестрица выход, видать, мозгами долго вертела. Она в кабинете у следователя наивной козой прикидывалась, дескать, ничего не знаю, это все он, Вася. Приносил домой мешки с крупой, говорил, будто в магазине купил. А она верила и расфасовывала по пакетам. Вася этот, видать, пентюх изрядный. Баба врет, а он только моргает и крякает. Ну следователю спектакль надоел, и он мужику внятно сказал: «Коли и дальше ее выгораживать станешь, один под суд пойдешь и по полной программе огребешь. А подельница твоя на свободе останется. Думаешь, передачку принесет? И не надейся. Похоже, не из таких она, раз тебя ловко топит».

Мужик, видать, перепугался, но удержался, ничего не сказал, домой побег, советоваться с сожительницей, она в их паре главная была. Что уж у них вышло, не знаю, только Вася этот из окна упал, с пятого этажа. И ведь хитро устроила: тазик поставила, табуреточку возле подоконника, тряпок набросала, газет скомканных, вроде стекла он мыл... Но эксперт сразу понял — помогли Васе на тот свет уехать. Раису арестовали, поднажали, ну она в конце концов и раскололась. Хотела на сожителя всю ответственность за аферу с продуктами свалить, а тот сопротивляться начал. Ну и решила его убить, чтобы следователю правды не разболтал. Она собиралась на Василия все навесить и, не запачкавшись, из дерьма вылезти.

Марк Михайлович вытащил платок, вытер вспотевшее лицо и добавил:

— Уж очень баба противная, извините, конечно, вам-то она сестра. Жадная до одури. Говорил уже, в одном подъезде жили, она к нам из Подмосковья переехала. Ну не поверите, никогда денег не давала. У меня жена старшая по подъезду, собирает иногда на лампочки, на уборщицу, на то да на се. Жильцы дают спокойно, знают, на их же благо пойдет, а Раиса никогда копейкой не поделилась. Откроет дверь и застонет: «Ох, ох, только что на последние кефир купила, в следующий раз обязательно».

Супруга к ней ходить перестала, знала, без толку это. Вот ведь жадность лютая, хотя грех так о покойнице говорить.

— Кто покойница? — подскочила я.

Марк Михайлович крякнул и принялся хлебать воду, очевидно, он соображал, как лучше продолжить разговор, потому что процесс затянулся. Но потом бутылка опустела. Участковый с жалостью поглядел на нее и сунул в мусорную корзинку.

— Раиса Сергеевна Кутепова скончалась на зоне, — пояснил он.

— На какой?

— А вам зачем?

— Господи, да хоть на могилку съездить!

— Нет там захоронений, тело в общей яме лежит.

— Ужасно...

Марк Михайлович скривился, но потом не утерпел и заявил:

— Мошенничать и убивать ее никто не заставлял. Живи достойно — и упокоишься с миром. Нет же, неймется людям, думают: украдут, да не заметит никто. Лишат человека жизни, и с рук сойдет. Сколько горя ваша Раиса всем принесла, хорошо ли такую родственницу иметь и в анкетах везде писать: сестра осуждена. Нет уж, по мне, пусть лучше мертвая. А уж как бабка убивалась, по двору пройти стеснялась.

Я опять подскочила на стуле.

— Какая бабка?

— Не знаете разве?

— Нет.

— Кутепова была прописана в квартире тетки... как же ее звали... имя такое заковыристое... А, вспомнил, Калистрата... то ли Евгеньевна, то ли Егоровна... Ну-ка, погодите.

Пухлой, коротенькой рукой он схватил телефон.

— Слышь, Аня, глянь, пожалуйста, на Сапилова, шесть, сто двадцатая квартира, кто у нас выезжал? Понятненько, Сазонова Калистрата Егоровна, 1924 года рождения.

— Можно узнать, где ей дали квартиру, — вклинилась я в разговор, — наверное, сестра второго мужа моей мамы...

Спустя пару минут Марк Михайлович вручил мне бумажку с адресом и номером телефона.

— Не ездите вы туда, — посоветовал он мне, — сестра ваша померла, хотите помянуть, сходите в церковь, службу закажите, а больше никуда не надо, ничего хорошего не узнаете. Уж поверьте мне, всю жизнь тут варюсь. Бывает, конечно, попадется человек по глупости, потом исправляется, но редко. Обычно...

Он махнул рукой. Я вытащила кошелек и достала сто долларов.

Марк Михайлович вздернул брови.

— А вот это лишнее, не приучен деньги у людей брать, по-другому воспитан, уберите лучше.

— Но вы потратили на меня свое время.

— Служба такая, — без тени улыбки ответил участковый, — меня государство поставило людям помогать.

В коридоре я вновь схватилась за телефон. Калистрата Егоровна — дама преклонных лет, вполне вероятно, что уже ничего не помнит. Но вдруг у старушки не полный склероз и она объяснит мне, каким образом Раиса превратилась в Сашу и кто такая женщина, появившаяся в нашем доме под именем госпожи Кутеповой.

— Алло, — звонко раздалось из мембраны.

Очевидно, трубку сняла внучка.

— Деточка, позови бабушку.

— Какую? — хихикнул голосок.

— У тебя их много?

— Вообще говоря, — мило пояснила девочка, — ни одной не осталось, обе умерли...

Да, вот жалость-то. Впрочем, этого следовало ожидать.

— ...одна в девятьсот тринадцатом, а другая в девятьсот десятом, — закончила девочка.

— Когда? — воскликнула я.

— Матушка моя в сорок девятом преставилась, — как ни в чем не бывало частила она.

— Простите, — я прервала поток слов, — позовите Калистрату Егоровну, она жива?

— А что мне сделается? — удивился голосок. — Кряхчу помаленьку.

Да уж, бабуся разговаривает таким звонким тоном, что оторопь берет. А многие врачи уверяют, что тембр и сила голоса — первейший показатель вашего здоровья.

— Вас беспокоит журнал «Космополитен», — брякнула я и тут же пожалела.

Вряд ли бабушка знакома с этим изданием, надо было назваться корреспонденткой «Работницы» или «Здоровья». Но бабушка пришла в восторг.

— О, очень люблю его листать по вечерам, одно жаль, отчего не печатаете моду для женщин средних лет?

— Мне хотелось бы к вам подъехать, когда можно?

— Взять интервью? — оживилась Калистрата Егоровна. — Но все про меня давным-давно забыли!

— Что вы, — лицемерно воскликнула я, — еще помнят! Сейчас можно? Не поздно?

— Душенька, в самый раз, в моем возрасте, в преддверии вечного покоя, следует поменьше спать, — кокетливо ответила бабуля.

Глава 27

Холл квартиры Калистраты Егоровны был завешан пожелтевшими афишами «Заслуженная артистка РСФСР, лауреат конкурса чтецов Сазонова...»

— Давно это было, — закатила сильно накрашенные глаза хозяйка, увидав, что я изучаю настенные украшения, — я теперь плюсквамперфектум, а когда-то была... Сюда, сюда...

Маленькая, юркая, с абсолютно седыми, но модно постриженными волосами, она белой мышкой скользнула в комнату и захлопотала около большого круглого стола, накрытого свисающей до полу скатертью.

— Садитесь, голубушка.

— Какой у вас голос! — восхитилась я. — Хоть сейчас на сцену!

— Да уж, — рассмеялась Калистрата Егоровна. — Господь наградил, а я подарок использовала, Колонный зал запросто озвучивала, без микрофона. Моя литературная композиция по Твардовскому была в тысяча девятьсот семьдесят пятом году признана лучшей на концерте, посвященном тридцатилетию нашей Победы над фашизмом. В зале сидело правительство. Мне так аплодировали! Овации! А потом пригласили в ложу, и лично Леонид

Ильич Брежнев поцеловал мне руку, высказывая восхищение. Уж, поверьте, Брежнев знал толк в красивых женщинах и очень ценил таланты. В тот день на мне было синее платье... Душенька, а почему вы ничего не записываете? Все журналисты сидят с блокнотами.

Я вытащила мобильный и положила на стол.

— Вот, он включен.

— Но это же телефон! — удивилась Калистрата Егоровна.

— В него встроен диктофон, — выкрутилась я, — очень удобно, вместо двух вещей носите в сумочке одну!

— Прогресс идет вперед семимильными шагами, — восхитилась бойкая старушка и принялась описывать концертный наряд.

Речь ее, безукоризненно правильная, плавная, текла словно глубокая река, торжественно несущая свои воды мимо крутых берегов. Через пять минут я впала в странное состояние: то ли сон, то ли явь. Вроде сижу с открытыми глазами, а сил нет никаких, красивый голос хозяйки опутал меня с головы до ног, хотелось покачиваться в такт его легким колебаниям. Наверное, те же ощущения возникают у змеи, когда факир играет на флейте. Понимая, что сейчас засну, я огромным усилием воли стряхнула оцепенение и спросила:

— Наверное, ваши родители были актеры?

— Ну что вы! — воскликнула Калистрата

Егоровна. — В прежние времена профессия актера считалась стыдной. Папенька мой работал инженером, а маменька вела домашнее хозяйство. Родители рано умерли, мы с сестрой Аполлинарией остались сиротами, сами пробивались в жизни. Поля, к сожалению, особого успеха не добилась, она была младше меня на десять лет, очень избалована, знала лишь одно слово: «Хочу». Когда матушка умерла, я пыталась Поле заменить ее, но она не слушалась, учиться не желала... Ну и каков результат? Вышла замуж за совершенно не подходящую личность — Сергея Кутепова, уехала из Москвы в богом забытое место Вяльцы, нарожала детей, обабилась, жила в нищете и рано умерла.

— Вы, наверное, дружите с племянниками. — Я осторожно приступила к самой интересной теме.

Калистрата Егоровна поджала губы.

— Мне господь детей не дал, но, глядя на то, что получилось у Полины, честно говоря, радовалась. Хотя, с другой стороны, ну кто мог родиться у лентяйки и мужчины, возомнившего себя философом? Сергей полагал, что он Сократ, имел в кармане диплом МГУ, писал какие-то статьи в научные журналы и вечно говорил о своей гениальности... Мальчик Родион получился ничего. Поступил в институт, здесь, в Москве, выучился, работал, женился... Но мы с ним особо связи не поддерживали. Когда он студентом был, я по гастролям моталась, времени не то что на племянника, на родного мужа не оставалось. Родя ко мне пару раз приходил, чайку попить. Супруг мой начал было ему деньги совать, но я сразу пресекла ненужную инициативу. Ничто так не портит молодых людей, как благотворительность. В жизни нужно добиваться всего самому. Но Родион выбился, а вот Раиса...

Калистрата Егоровна тяжело вздохнула.

— Много она мне горя принесла...

— Вы дружили?

— Я ее облагодетельствовала, — возмутилась старушка, — вот, послушайте, как обстояло дело...

Хоть Калистрата Егоровна и прикидывается молоденькой, а годы брали свое, и в один далеко не прекрасный день она сломала шейку бедра. Сначала бывшая актриса перепугалась, она думала, что с подобным диагнозом люди остаются неподвижными и тихо угасают в постели. Но в НИИ Склифосовского ей объяснили, что в нынешние времена перелом шейки бедра совсем даже не приговор, делают операцию и в прямом смысле ставят больных на ноги. Однако реабилитационный период сложный, в доме должен быть человек, ухаживающий за выздоравливающим.

Калистрата Егоровна призадумалась. Муж ее давно умер, детей нет, а пускать в дом постороннего человека очень не хотелось. И тут ей в голову пришла просто гениальная мысль.

В Вяльцах-то живет племянница, молодая девушка, которая сочтет за счастье переехать в столицу, поухаживать за тетей, получить прописку, а потом, в отдаленной перспективе, и квартиру с нажитым имуществом.

Раиса моментально согласилась на предложение Калистраты Егоровны и перебралась в Москву. Сначала она показалась старушке просто идеальной: скромная девочка с голубыми глазами и облачком пушистых волос над головой. Внешне у нее не было ничего общего со смуглым Родионом. И это очень понравилось Калистрате Егоровне. Раечка пошла в их родню, а Родя в отца, цыганистого мужика. Калистрата недолюбливала Сергея, поэтому Родион ей решительно не нравился. А вот Раечка виделась совсем своей. Прошел год, прежде чем Калистрата поняла: она фатально ошибалась, в тихом омуте черти водятся. Рая оказалась совсем не такой невинной.

Первое время все шло хорошо. Девушка исправно ухаживала за тетей, варила суп, убирала квартиру и почтительно выслушивала рассказы старушки. И тут Калистрата Егоровна сделала самую большую ошибку в своей жизни. Впрочем, пожилую даму можно понять, операция подорвала здоровье, захотелось, чтобы кто-то ухаживал, гладил по голове, присюсюкивал...

— Давай, деточка, прописывайся ко мне, — предложила старушка, — станем вместе куковать.

Став полноправной москвичкой, Раечка изменилась до неузнаваемости. Мигом сдружилась с одногодками, начала бегать по гостям, а потом и вовсе привела мужика, заявив: «Это мой жених Вася, он тут жить будет».

Калистрата Егоровна, женщина в высшей степени интеллигентная и тонкая, сначала даже обрадовалась. Квартира у нее, хоть и расположенная не в элитном доме, была четырехкомнатной, места хватало, а с мужчиной спокойней. Глядишь, молодые сыграют свадьбу, появятся детки. Не желавшая обременять себя в молодости заботами, Калистрата к старости стала сентиментальной, могла заплакать от умиления, увидав на улице коляску с пухлощеким младенцем. Уж не знаю, как бы ей понравилось жить на одной площади с крикливым ребенком, появись он и в самом деле на свет, но только никакие ее планы на счастливую жизнь не сбылись, потому что Вася выпал из окна, которое в недобрый час решил помыть. Не успела Калистрата пережить эту неприятность, как ей на голову рухнул дамоклов меч. Оказывается, Василия вытолкнули, и сделал это не кто иной, как Раиса. Калистрата Егоровна попала в больницу с сердечным приступом, когда узнала всю правду про племянницу.

— Ну чего ей не хватало? — запоздало удивлялась сейчас старушка. — Я одевала ее, обувала, иногда на кино деньги давала...

Я молча смотрела на разволновавшуюся

актрису. Решила сделать из племянницы дом-работницу... Хороша благодетельница. А Раисе хотелось веселой жизни! И никакая престарелая тетя не смогла бы ее удержать от развлечений. Но на развлечения нужны деньги, вот девица и нашла способ их «заработать».

— Ужасно, — картинно вздыхала Калистрата Егоровна, — ее осудили, отправили в лагерь, люди в меня пальцем во дворе тыкали. Да еще сосед, наш участковый, посмел заявиться в дом и начал проводить воспитательную работу. Дескать, я во всем виновата, не усмотрела за мерзавкой. Отвратительно! Слава богу, она умерла и позор смыт!

— Ваша племянница скончалась? Когда?

— Давно, я еще на старой квартире жила, год не вспомню, — весьма равнодушно обронила Калистрата Егоровна.

— А как вы узнали о ее смерти?

Старушка сделала гримасу.

— Этот сказал.

— Кто?

— Родион, имел наглость приехать и пустился в объяснения. Но я его живо оборвала и сказала: «Ступай себе, вы мне не племянники, я вам не тетя, забудь сюда дорогу. А что Рая умерла — это очень хорошо, теперь я могу людям в глаза спокойно смотреть».

Так и не узнав ничего нового, я, несмотря на поздний час, понеслась в больницу к Саше. Если кто и может пролить свет на загадочную историю, так это она, и я не уйду из палаты, пока не вытрясу из бабы правду!

Секьюрити у входа был нейтрализован десятью долларами, а медсестра мирно спала на посту и даже не вздрогнула, когда я пронеслась мимо нее.

Сашенька по-прежнему была одна в палате, вторая кровать стояла незастеленной. Свет не горел, женщина спала. Не в силах больше сдерживаться, я ухватила ее за плечи и затрясла.

— Вставай!

Саша резко села и обалдело вскрикнула:

— Кто? Пожар? Горим?

Видно было, что она еще окончательно не проснулась.

— Ты в больнице, Раиса, — сурово сказала я, — в клинике.

Лицо Сашеньки сравнялось цветом с застиранным больничным бельем, и она пробормотала:

— При чем тут Раиса? Она что, ко мне пришла? Сделайте одолжение, скажите ей, что нам не о чем разговаривать... И вообще, сейчас ночь!

— Не так уж и поздно, — прошипела я, бесцеремонно плюхаясь на кровать, — самое время поболтать, имей в виду, я все знаю!

— Что? — попробовала изобразить удивление пакостница.

— Все, одно неясно, каким образом Раиса Кутепова трансформировалась в Сашеньку, а?

— Что за чушь, — срывающимся голосом завела было мошенница, но я резко прервала ее:

— Не старайся! Очень глупо дальше врать. Во-первых, имеется архив, где хранится твое дело, а в нем фотография и отпечатки пальцев. Во-вторых, жива и вполне здорова Калистрата Егоровна, в-третьих, в отделении милиции сидит участковый Марк Михайлович, он тоже опознает тебя в пять секунд. Поэтому отвечай на мои вопросы, если, конечно, не хочешь, чтобы я пошла в милицию. Кстати, ты отсидела срок до конца или метаморфоза с Раисой произошла раньше?

Надо отдать должное Саше, она справилась с удивлением, разгладила одеяло и делано спокойным тоном поинтересовалась:

— Что тебе надо?

— Ты — Раиса Кутепова?

— Была, ее теперь нет. Раиса умерла, родилась Александра, я переломила карму...

Я подняла руки.

— Дорогуша, давай без глупостей по поводу судьбы, кармы и астральных двойников. Отвечай: кто эта женщина, что заявилась в наш дом под именем Кутеповой?

— Понятия не имею.

— Не ври.

— Правда не знаю, в первый раз увидела ее в Ложкине.

— Почему же не изобличила обманщицу?

Саша откинула тонкое одеяло, сунула ноги в уродские тапки из клеенки и спросила:

— И каким образом я могла это сделать?

— Сказать, что Раиса Кутепова — ты.

Саша ухмыльнулась.

— Интересное предложение, я уже много лет Александра и не собиралась раскрываться. Хотя сейчас, после смерти Лизы, мне уже все равно. Пыталась похоронить прошлое из-за дочери, чтобы она не чувствовала себя ребенком преступницы, ради Лизоньки...

— Вот что, — прервала я Сашу, — немедленно рассказывай, как обстояло дело в действительности, или прямо сейчас я вызываю сюда Дегтярева. Боюсь, Александр Михайлович не станет с тобой церемониться!

Внезапно Саша улыбнулась, спокойно, без тени страха.

— Знаешь, теперь, когда Лизы нет, мне, ей-богу, все по фигу, хоть ты сюда все МВД приведи.

На секунду я опешила, Саша тем временем продолжала:

— Но тебе я все расскажу, знаешь почему?

— И почему же? — осторожно поинтересовалась я.

Саша села повыше в подушках.

— Наивная ты, добрая без меры и, прости, глуповатая. Веришь всем, думаешь, вокруг люди на тебя похожи, ан нет, другие мы, хитрые. Честно говоря, очень ты мне задачу упростила...

— Какую? — Я перестала что-либо понимать.

— Дай-ка сигаретку, — попросила Саша.

— Ты же не куришь!

— Еще как дымлю.

— Но у нас дома ни разу...

— Из-за Лизочки, не хотела девочке дурной пример подавать. Я больше жизни ее любила.

Внезапно я поверила ей, да, похоже, Саша ради дочери была способна на все. Если вы курите, то поймете, как тяжело прикидываться, что никогда не брали сигареты в руки.

— Рождение Лизочки разделило мою жизнь, — тихо начала Саша, — на две части: до и после. До — я наделала много ошибок.

Я спокойно выслушала уже известную мне информацию про торговлю продуктами и Василия, выпавшего из окна. Правда, в пересказе Саши она звучала слегка иначе, чем из уст Калистраты Егоровны и Марка Михайловича.

Сейчас Рая-Саша уверяла, что идея обманывать несчастных стариков целиком и полностью принадлежала Василию. Рая ничего плохого не подозревала, просто расфасовывала принесенную любовником крупу по пакетам и даже пыталась ее перебирать, отмывала от плесени колбасу, чистила масло.

— Говорила ему, что продукты плохие, а он только отмахивался, дескать, пенсионеры и таким рады будут, стоят-де копейки, как раз им по карману, — вздыхала Рая-Саша.

И с пятого этажа Василий сам выпал, влез на подоконник босыми ногами, поскользнулся и был таков. Всем ясно, что произошел несчастный случай, только милиционерам виноватый понадобился, и им сделали Сашеньку, уж извините, чтобы не путаться, стану называть ее этим именем.

— Денег не было заплатить, — пояснила она, — вот и получила больше большего, десять лет дали, бабы в камере прямо ахнули, как услышали. Круче трешки никто не ждал, видно же, что дело белыми нитками шито.

Сашу отправили в лагерь, и первое время ей пришлось совсем плохо, но потом начал навещать сестру Родион.

— Он меня не бросил, порядочный очень, — рассказывала Саша, — даже не ругал, просто жалел.

Многие женщины, чтобы улучшить свое положение в местах заключения, беременеют. Казалось бы, в сугубо бабском коллективе такое невозможно. Но это лишь на первый взгляд. На зоне полно мужчин, охранники, отрядные, врачи, слесарь... Естественно, они не имеют права общаться с зэчками как с женщинами, но жизнь берет свое.

Будущая мать мгновенно получает льготы. Ее не будят в шесть утра, освобождают от тяжелой работы, выписывают дополнительное питание... Кое-кто ухитряется на все девять месяцев улечься в больницу, где кайфует на койке почти в санаторных условиях. Да и потом, после появления на свет младенца, женщина-мать ведет совсем иной образ жизни, нежели ее товарки по бараку.

К сожалению, дети, рожденные в неволе, абсолютно не нужны своим матерям. Чаще всего они до года живут в колонии, а потом их отправляют в детские дома. И, если на зоне бабы хоть изредка да наведываются к детишкам, то, оказавшись на воле, совершенно про них забывают. Да и не радуют их лишние рты, не собирались они всю жизнь опекать отпрысков, просто хотели облегчить свою участь. Очень редко из зэчек получаются хорошие матери.

Сашенька принадлежала к уникальному меньшинству. Она переспала с потным охранником из тех же соображений, что и другие бабы, но когда в больнице ей показали кулек, из которого торчала сморщенная, красная мордашка, сердце Саши перевернулось. В мгновение ока из безалаберной девицы с криминальными задатками она превратилась в образцово-показательную, совершенно сумасшедшую мамашу, готовую ради дочки на все.

Теперь она просила у Родиона не сигарет, чая и сахара для себя, а ползуночки, распашонки и детские смеси для Лизочки. Вес передачи для заключенного в лагере строго ограничен. И Сашенька писала в письмах:

«Родя, у меня все есть, не клади тушенку, обойдусь, лучше купи Лизочке чернослив, у нас животик плохо работает».

Начальник колонии ставил Сашу в пример всем женщинам, врач и медсестра, приглядывавшая за детьми, не уставали повторять:

— Эх, кабы все такие были...

Быстро пролетел первый год, Лизочка, купавшаяся в материнской любви, очень отличалась от остальных, заброшенных детей. Она бегала, начала говорить, показывала пальчиком глазки, носик, ротик, ушки, понимала абсолютно все и уморительно «делала ежика». Услышав вопрос: «Ну-ка, кто в лесу живет?» — девочка смешно морщилась и громко фыркала.

При виде этого зрелища не оставалось равнодушных. Даже смотрящая зоны мужеподобная бабища по кличке Федор и то иногда заходила в детский барак, выуживала из кармана мятую карамельку, сдувала с нее табачные крошки и, протянув девочке, басила:

— Эй, Лизка, покажь ежа.

Сашенька обожала дочь, гордилась ею, и расставание с девочкой даже на пару часов причиняло матери физическую боль. Теперь представьте, что она испытала, когда узнала, что Лизу переводят из зоны в детский дом. Закон гласит: ребенок может быть около матери только двенадцать месяцев. Дальнейшая его судьба — приют.

Увидав горе матери, врач, с согласия начальника зоны, объявил девочку больной. И еще полгода ее удалось продержать возле Саши. Карточка Лизы распухла от «диагнозов», чего ей только не понаписали: краснуха, ветрянка, скарлатина, дизентерия.

Но сколь веревочка ни вейся, а конец будет. Лизочку отправили в детдом. Когда «рафик», за стеклом которого маячила рыдающая девочка, миновал автоматические цельножелезные ворота и заскакал по ухабам сельской дороги, Саша легла на землю. Поднимали ее всей зоной. Федор принес коробку шоколадных конфет, а начальник лагеря решился на неслыханное дело, предложил Саше сходить в город, в кино! Но она словно впала в летаргию, перестала есть, разговаривать, просто спала день и ночь.

Потом откуда ни возьмись взялся Родион. Сашу перевезли в город, в психиатрическую больницу, лечили какими-то таблетками.

Однажды ночью произошло непонятное. Сашу разбудил брат, вывел из здания, но не через парадный вход, а через подвал, посадил в машину. Ехали долго, оказались на вокзале, затем тряслись в поезде, потом снова в автомобиле. Саша, одурманенная таблетками, плохо понимала происходящее. Наконец брат ввел ее в незнакомую квартиру и подтолкнул к детской кроватке.

— Смотри.

На чистой простынке, прижав к себе плюшевую собачку, спала Лизочка.

Глава 28

Лишь спустя несколько дней, когда сестра окончательно оправилась, брат положил перед ней на стол два документа. Паспорт на имя Фаустовой Александры Валерьевны и свидетельство о рождении Лизы, где в графе «отец» было написано — Кутепов Родион Сергеевич.

— Это что такое? — изумилась Саша.

Родион сурово посмотрел на сестру.

— Твой шанс начать жизнь с нуля. Ты совершила много ошибок, но сейчас получаешь уникальную возможность исправить свою судьбу. Кутепова Раиса Сергеевна умерла неделю назад в психиатрической клинике, соответствующие бумаги уже отправлены по инстанциям. На твоем деле появится штамп, и оно ляжет в архив. Ты теперь Фаустова Саша, ни в чем плохом не замешана, москвичка, прописана в этой квартире. Давай обживайся, устрою на работу, надеюсь, ты сделала выводы и больше не станешь ввязываться в криминальные ситуации.

— Но... — забормотала Саша, — как ты смог такое сделать?

Родион улыбнулся.

— С тех пор как человечество придумало

деньги, многие проблемы решаются просто. Живи и ничего не бойся!

— Но зачем ты Лизу на себя записал!

Родион вздохнул.

— Чтобы забрать ее из детдома, пришлось удочерить. Правда, процедура произведена незаконно, нет твоего отказа от ребенка и согласия Нели. Но, как видишь, я все уладил, раздал «презенты» и получил дочку. Мать — Фаустова Александра Валерьевна, отец — Кутепов Родион Сергеевич, чин чинарем. Единственная незадача...

— Какая? — напряглась Саша.

— Неля считает, что ты умерла на зоне, — пояснил брат, — так что семейных встреч не будет.

— И не надо, — покачала головой Сашенька, — обойдусь.

Она замолчала, потом тихонько добавила:

— Родион мне очень помог, устроил на службу с хорошим окладом, давал денег, но я ему никогда не звонила домой из-за Нели, понимаешь? Теперь сечешь, почему, когда в комнату вошла эта мошенница и заявила, не моргнув глазом, что она Кутепова Раиса, я и слова вымолвить не смогла.

Конечно, иначе пришлось бы при всех признаваться в совершенных преступлениях, да еще в присутствии Лизочки.

— Значит, когда я приехала к тебе домой, ты мне все наврала!

— Надо же было мне как-то объяснить, почему Лиза записана на Родиона, вот и придумала, что являюсь его любовницей. Ты всегда веришь тому, что тебе говорят? Очень плохая привычка. Лично я сначала подозреваю, что меня обманывают.

От негодования у меня перехватило дыхание. Да уж, мы всегда приписываем окружающим те качества, которыми обладаем сами. Сашенька постоянно лжет, поэтому и считает других врунами. Я никогда не думаю, что окружающие меня люди кривят душой, и от этого попадаю порой в идиотские ситуации. Нет бы сразу сообразить, что Родион не из тех мужчин, которые заводят пассий. Это совсем не в его стиле. Кутепов был до болезненности порядочен и уважал брачные узы. Семья была для него священна, ради ее сохранения он жил со взбалмошной, истеричной Нелей. Другой бы, имея столько денег, мигом сменил вздорную бабу на новую, более покладистую супругу. Любой, но не Родя. Он крайне отрицательно относился к разводам и каждый раз, узнав, что я рассталась с очередным супругом, начинал читать мне мораль, причем в выражениях, которые любили употреблять газетчики семидесятых годов двадцатого века.

— Ты пойми, — на полном серьезе вещал Родя, — семья — ячейка общества, если все станут рушить устои, ничего хорошего не получится. Вышла замуж — живи, подумай о ребенке. Какой пример ему подаешь? Демонстрируешь моральную незрелость и половую распущенность. Семья — это святое.

— Но Аля и Лиза так похожи!

— Двоюродные сестры часто похожи, как близнецы. Да и отец у Лизоньки был смуглый нацмен, татарин, кажется, точно не знаю, — сказала Саша и исчезла за дверью туалета.

Я осталась одна и судорожно попыталась систематизировать полученную информацию. Голова слегка кружилась, желудок противно сжимался. Я опять забыла поесть. Внезапно навалилась усталость, а рот стала раздирать зевота, спать захотелось неимоверно. И тут перед глазами встала черномазая, смуглая, темноволосая Раиса, и сон мигом слетел с меня.

— Все в себя прийти не можешь? — с издевкой спросила Саша, выходя из туалета.

— Вот что, — налетела я на нее, — ты просто обязана сейчас поехать в Ложкино и заявить при всех, что Раиса — самозванка. Иначе будет очень трудно ее прищучить!

Саша молча легла, натянула почти до носа тонкое одеяло и сухо спросила:

— Обязана? Кому?

На секунду я растерялась, но только на секунду.

— Родиону. Он тебе помог, вытащил с зоны, подарил другую жизнь. А ты теперь будешь спокойно наблюдать, как мошенница обирает Алю? Между прочим, она запросто может убить девочку, чтобы распоряжаться всеми деньгами.

Саша лежала, словно немая. Тогда я решила наступить на другую педаль.

— Кстати, твоя доля наследства уменьшится ровно вдвое.

— Мне ничего не надо, — донеслось с кровати.

— Ой ли, — усомнилась я, — зачем тогда заявилась к нам и стала совать всем под нос свидетельство о рождении Лизы?

Внезапно Саша резко села.

— Да! Я сделала это ради девочки. Между прочим, я — родная сестра Роди, и, по идее, часть денег должна достаться мне. Кроме меня и Али, других законных наследников нет, но я не могу раскрыть свою личность, потому что мигом окажусь на зоне. Однако моя девочка не должна жить в нищете. Не должна была... была...

Судорожно вздохнув, она продолжила:

— А теперь мне на все наплевать. Выпишусь отсюда и уеду. Деньги были нужны только для Лизочки, мне они без надобности, пусть забирает кто хочет. Никакого смысла в них для меня теперь нет!

— И ты будешь спокойно наблюдать, как убивают Алю?

Саша зло сверкнула глазами.

— Чужие дети меня не волнуют. И потом, ты явно пересмотрела по телику «Ментов».

Никто Алю и пальцем не тронет. Даже лучше, если эта лже-Раиса рядом поселится, станет ради обеспеченной жизни за девчонкой присматривать. Думаешь, Але лучше жить одной?

У меня просто нет слов. Ну что возразить на подобное заявление?! Вот ведь какая странная штука — патологическая, ненормальная материнская любовь. Ради своего дитяти горло бешеным волкам перегрызет, а чужому ребенку и мизинчик, чтобы вытащить его из беды, не протянет.

Внезапно я обозлилась:

— Вот что, ты должна мне помочь!

— Да?!

— Да!

— Завтра позвонишь в Ложкино, я сделаю так, что трубку возьмет Раиса. Скажешь бабе, что Лизочка жива, просто милиция объявила ее мертвой ради безопасности девочки.

— Нет!!!

Я подскочила к Саше и вцепилась ей в плечи.

— Твою дочь не вернуть, это ужасное несчастье, но надо спасать тех, кто остался в живых. Над Алей нависла смертельная опасность. Неужели ты такая сволочь, что разрешишь убить девочку?

Сашенька начала кашлять, долго, натужно, потом, справившись с приступом, внезапно спросила:

— Что я должна делать?

— Поговорить с Раисой и, в частности, сообщить ей, что Лиза лежит с тобой в палате. Мы сделаем куклу из одеяла, прикроем ее...

— Зачем?

— Затем, что Раиса подстроила уже один несчастный случай, заставив Лизу выпрыгнуть из окна. Бабе неохота ни с кем делить наследство. Узнав, что жертва выжила, Раиса обязательно предпримет еще одну попытку убить ее, проникнет, думаю, ночью в больницу, тут-то ее и поймают.

Саша рывком скинула с себя одеяло.

— Ты считаешь, что Раиса вытолкнула Лизочку из окошка?

— Скажем так: поспособствовала тому, чтобы ребенок шагнул за подоконник.

— Я сделаю все, как ты просишь, — закричала Саша, потом шепотом добавила: — Только звонить и говорить, что Лизонька жива, не могу! Извини, не сумею!

— Ты меня прости, — вздохнула я, — на самом деле это — страшное испытание. Ладно, найду того, кто это сделает, а сейчас давай разработаем план.

Глава 29

Назавтра около полудня я позвонила Машке.

— Муся, — обрадовалась та, — как дела?

— Нормально, послушай, детка, сумеешь выполнить одну просьбу?

— Конечно. Какую? — Манюня мигом пришла в боевую готовность.

— Надо позвонить Раисе и по секрету от всех сообщить ей, что Лиза жива.

— Лизка жива! — завопила Машка.

— Да тише ты, — шикнула я, — это секрет от всех. Лежит в палате у Саши.

— Но нам сказали, что Лиза умерла!

— Специально в милиции придумали, для безопасности девочки.

— А зачем тогда Раисе сообщать?

— Марья! Я попросила, а ты сделай! Потом объясню!

— Ну ладно-ладно, не злись, интересно просто.

— Все потом узнаешь! Только до Раисы надо хитро донести информацию, не в лоб, а между прочим. Ну вроде ты знала об обмане и случайно проболталась.

— Да? — задумчиво протянула Машка. — Надо придумать...

— Знаю! Комната Раисы на первом этаже,

она граничит с общим туалетом, и все гости жалуются, что, если санузлом пользуются, у них в спальне шум стоит. Мы поэтому там людей в крайнем случае селим!

— И что?

— Сейчас приезжай домой, якобы за... ну не знаю зачем. Убедись, что Рая у себя, войди в туалет и сделай вид, будто с подругой по мобильному разговариваешь. Громко расскажи историю, а главное, не забудь сообщить, что Лиза лежит в палате у Саши.

— Ну хорошо, — пробормотала Маня, — просто я не понимаю, зачем...

— Все потом, а, главное, больше никому ни гугу! — рявкнула я. — Это страшный секрет.

Озадачив Маруську, я соединилась с Зайкой.

— Что делаешь, котик?

— На барабане играю, — спокойно ответила Ольга.

— Что? — изумилась я.

— На глупый вопрос даю глупый ответ, — заявила Заюшка, — ну чем, по-твоему, люди занимаются на службе? Работают, конечно.

А вот тут она не права, очень многие люди отправляются в контору, чтобы попить чай, посплетничать и поиграть в компьютерные игры.

— У тебя будет просвет?

— С четырнадцати до пятнадцати, — деловито ответила Зайка, — ты мне слишком темные брови сделала.

— Я? Каким образом?

— Это я сказала гримеру, если больше говорить не о чем, то пока.

— Эй-эй, можно к двум к тебе подъехать?

— Ну, если очень надо, — недовольно протянула Зайка, но потом смилостивилась: — Ладно уж, паспорт прихвати, иначе пропуск не выпишут.

Уладив дела, я понеслась в ванную. Времени на то, чтобы пообедать и принять душ, нет, придется выбирать одно из двух, и это, конечно, будет водная процедура. В конце концов, голод можно забить и купленным по дороге «Сникерсом», а вот ванна на шоссе мне точно не попадется.

В больницу мы с Зайкой прокрались после отбоя.

— Все тихо? — спросила я у Саши, читавшей книгу.

— Абсолютно, — ответила она, — ой, Оля, и ты тут?

— Я рассказала Зайке...

Саша села.

— Мы так не договаривались!

— Только о том, что Раиса убила Лизу, чтобы Але досталось больше денег, — сказала я.

Саша метнула на меня быстрый взгляд.

— Понятно. Теперь что делать станем?

— Начнем готовить ловушку, — с энтузиазмом ответила я.

Примерно через полчаса на второй кровати появилась спящая «девочка». Саша посмотрела на куклу, потом всхлипнула и убежала в туалет.

— Прямо оторопь берет, — дернула острым плечиком Зайка, — жутко похожа на настоящую. В особенности волосы... Ты где парик взяла?

— В Охотном Ряду купила.

— Не отличить от подлинных волос, да и рука человеческой выглядит, ну-ка, давай свет потушим.

Я выключила лампу. Сначала показалось, что в палате совсем темно, но потом через незанавешенное окно проник луч уличного фонаря, и в его желтом, дрожащем свете стали проступать очертания кроватей. Одна с откинутым, скомканным одеялом, на другой мирно, вытянув вдоль тела руку, спит черноволосая девочка. Лица не видно, ребенок уткнулся носом в подушку, кудряшки разметались по наволочке, на запястье сверкает золотой браслетик.

— Бедная Сашенька, — прошептала Зайка, — эта кукла чудовищно смотрится, прямо как живая. А рука откуда?

— Из магазина анатомических пособий, — тоже шепотом объяснила я, — для медицинских вузов.

Саша вышла из санузла, глянула на кровать

и зажала рот рукой. Я хотела было обнять ее, но тут из коридора донесся какой-то звук. Слаженно, словно девушки, выступающие на чемпионате по синхронному плаванию, мы ринулись каждая на свое место. Сашенька шлепнулась на койку и натянула на себя одеяло. Ольга ужом скользнула в туалет, я бросилась под кровать, на которой лежала «Лиза».

Раздался легкий стук, потом скрип, затем шепоток:

— Эй, вы спите?

В палате стояла тишина, прерываемая ровным сопением, которое издавала Саша. Она ловко изображала крепко спящего человека, и на секунду мне показалось, что она и впрямь заснула.

— Эй, вы спите? — повторила свой вопрос вошедшая.

Я сцепила зубы, только бы не чихнуть, не закашлять... Иначе дело пропало. Раису нужно схватить с поличным, она небось вонзит в «девочку» нож.

Неслышным шагом фигура вползла в палату, я видела только ноги, обутые в легкие, летние кроссовки. Послышался легкий хруст, потом тихий, едва различимый щелчок, снова шорох и гневный голос Саши:

— А ну, ложись, падла!

В ту же секунду меня вынесло из-под кровати. Саша и одетая в темный спортивный костюм женщина мутузили друг друга на полу.

Я схватила Раису за ноги. Та изловчилась и изо всей силы долбанула меня ногой прямо в нос. На секунду в глазах потемнело, но уже через мгновение в руках появилась чудовищная сила, и я с удвоенной энергией прижала Раису к пахнущему грязной тряпкой линолеуму. В ту же секунду дверь санузла распахнулась, появилась Зайка и заорала:

— Лежать! У меня граната! Ща на фиг разнесу всех в лохмотья.

В руке Ольги отчетливо просматривался шишковатый предмет, и уже через мгновение я поняла, что Заюшка сжимает наманикюренными пальчиками гранату, причем с выдернутой чекой.

Не успела я сообразить, куда прятаться, чтобы спастись при взрыве, как под потолком вспыхнул свет, в палату влетели парни в камуфляже.

— Всем... на пол... — сказал первый.

— Это что за безобразие, — понеслось из коридора, — тут больница!

— Лучше молчи, мамаша, а то под разбор попадешь, — ответил ей молодой мужской голос.

— Глянь, — сказал один из омоновцев и ткнул пальцем в Ольгу.

Второй присвистнул.

— Девушка, вы только не бросайте ее, ща, секунду...

Но Ольга швырнула гранату. Я кинулась на

пол и быстро-быстро поползла под кровать. Похоже, Зайка совсем с ума сошла, сейчас прогремит взрыв, посыпятся стекла, вспыхнет пожар...

Но в комнате стояла тишина.

— Да она учебная! — проорал кто-то.

Я высунулась из-под кровати. Вроде осталась жива, хорошо-то как! Только в животе появилось странное ощущение, будто там устроили танцы гномы в железных башмаках. И вообще, мне срочно надо в туалет, просто отлично, что он расположен в двух шагах.

— Конечно, муляж, — спокойно пояснила Заюшка, наблюдая, как я огромным скачком преодолеваю расстояние от постели до санузла, — дура я, что ли, настоящую с собой носить! В реквизиторской взяла, страшно было на эту дрянь с голыми руками идти.

Понимая, что не увижу развязки, я вылетела в палату, застегивая на ходу брючки.

— Гадина! — заорала Сашенька, кидаясь на женщину, трясшую головой на полу. — Сволочь! Ты убила Лизу.

На кровати возле «девочки» лежал сине-черный, очень красивый, я бы даже сказала, элегантный пистолет. Омоновцы стали растаскивать женщин. Зайка вдруг ойкнула и принялась трясущимися руками тыкать в сторону двери.

— Там, ой, там...

Я глянула туда, куда указывала Заюшка, и

уцепилась за стенку. В животе снова начали свои пляски гномы в свинцовой обуви. На пороге палаты стояла инвалидная коляска, а в ней сидела... Лиза.

— Там, там... — бормотала Ольга.

— Ой, мама, привидение! — взвизгнула я.

Саша подняла голову, ее зрачки расширились, она странно всхлипнула и осталась сидеть на полу.

— Привидение, — повторяла я, пятясь поближе к туалету.

— О-о-о-о, — вдруг завопила женщина в черном спортивном костюме, — она жива! Она жива! Ненавижу, убить, убить, убить! Всех! Всех!

Я посмотрела на беснующуюся истеричку и испытала еще один шок. Это была не Раиса. На полу колотилась... Аля.

Глава 30

Прошла сумматошная неделя. Лизу перевезли в Ложкино, Сашенька, словно взбесившаяся кошка, кидается на всех, кто пытается подойти к комнате, где живет ее дочь. Более того, впав в полное безумие, она сама готовит для девочки еду и тщательно следит за тем, чтобы вода, которую та пьет, наливалась из только что вскрытой бутылки. Еще Саша потребовала, чтобы их с Лизой спальня была на первом этаже. Мы моментально перенесли все вещи Сашеньки вниз. Вы спросите, куда подевалась жившая там раньше Раиса? Ее арестовали. Но обо всем по порядку.

В пятницу вечером, потный и усталый, Александр Михайлович явился в Ложкино около десяти вечера. В городе весь день стояла дикая жара, и толстяку пришлось худо. Дегтярев загнал свой черный «Запорожец» под куст сирени, отдуваясь, вошел в столовую, окинул взглядом присутствующих и недовольно сказал:

— Ну вот! Думал, отдохну... Чего смотрите на меня?

— Высоцкий лучше высказался по этому поводу, — ухмыльнулся Кеша. — «Приду домой, там ты сидишь».

— Может, объяснишь нам все? — робко спросила я.

Александр Михайлович подвинул к себе окрошку и начал есть. Мы терпеливо ждали, пока опустеет тарелка. Наконец полковник потянулся к салфетке.

— Горчицы маловато, — сказал он.

— Вот, — Маня услужливо подала ему стеклянную баночку, — «Малюта Скуратов», жутко злая.

— Бери, — хихикнул Кеша, — тебе должна понравится, все-таки в честь коллеги названа.

Дегтярев уставился на этикетку.

— Что ты имеешь в виду?

— Ну, Малюта Скуратов служил кем-то вроде милиционера при царе, — как ни в чем не бывало заявил наглый Аркадий.

Полковник начал краснеть, я обозлилась на сына и пнула его ногой под столом. Сейчас Дегтярев надуется и ничего не расскажет. Но приятель, очевидно, решил не обращать внимания на глупые шутки, потому что, тяжело вздохнув, отвернул крышечку, поддел ножом массу, похожую по цвету на застиранную гимнастерку, намазал на кусок черного хлеба, отправил в рот и заявил:

— И правда злая!

— А вот ты у нас добрый, — лицемерно засюсюкала я, — сейчас все-все расскажешь!

— Да, дядя Саша, — заорала Маня, — ща от любопытства умру.

— Вы ведь не отстанете? — безнадежно спросил Александр Михайлович.

— Нет, — грянул хор голосов.

— Ну, ладно...

— Пошли в гостиную, — велела Зайка, — сядешь удобно.

— Мне и тут хорошо, — попробовал сопротивляться Дегтярев.

— Станет еще лучше, — не сдалась Зайка, — так, ну-ка, организуйте нам креслице...

Следующие пятнадцать минут мы хлопотали вокруг полковника. Усадили в уютное кресло, сунули под спину подушку, подставили под ноги пуфик, возле правой руки установили столик с бутылочкой холодного пива, направили на Александра Михайловича вентиляторы.

— Как вы меня любите, — умилился полковник, увидав, что Машка сносилась наверх и притащила ему вместо грязной рубашки чистую футболку. — Ну никогда раньше так не баловали, — качал головой Дегтярев.

— Так мы хотим, чтобы ты все рассказал, — брякнула бесхитростная Маня.

Полковник потер рукой затылок.

— Даже не знаю, с чего начать!

— С начала, — велела я.

— Тогда придется издалека, — бормотнул Александр Михайлович, — долгий разговор выйдет.

— А никто и не торопится, — отрезала Зайка, — начинай!

— Слушайте, — кивнул полковник. — Примерно полгода назад Аля заметила, что каждый раз, когда она выходит из колледжа, у ворот учебного заведения стоит женщина. На нищенку она категорически не была похожа: просто, но чисто одетая, аккуратно причесанная, со скромным макияжем и без драгоценностей. Сначала Аля не обращала на даму никакого внимания, думая, что та поджидает своего ребенка после занятий. Но потом девочке стало ясно: таинственная незнакомка интересуется именно ею, Алей. Никаких поползновений к сближению дама не делала. Она просто шла вместе с Алей до метро, спускалась на платформу и молча провожала глазами отъехавший от перрона поезд.

В конце концов школьница не выдержала и сама подошла к незнакомке.

— Вы следите за мной!

— Что ты, деточка, — грустно ответила дама, — просто любуюсь, какая ты, Алечка, красивая и умная выросла!

— Вы меня знаете? — удивилась девочка.

— Очень хорошо, — кивнула женщина, — просто до мельчайших подробностей. У тебя ведь на груди родимое пятно есть, такое круглое...

Аля разинула рот и хотела было продолжить расспросы, но тут ее окликнули одноклассницы. Девочка обернулась, а когда вновь захотела обратиться к незнакомке, та исчезла.

На следующий день Аля после занятий бегом понеслась во двор, но таинственной дамы не было, не появилась она и на следующий день. Целую неделю девочка сгорала от любопытства, а когда в пятницу вновь столкнулась с незнакомкой, то ринулась к той с криком:

— Эй, стойте, я не уйду, пока вы не расскажете, откуда меня знаете!

Женщина мягко улыбнулась:

— Пойдем посидим в кафе.

В небольшом уютном зале дама сделала заказ, потом, глубоко вздохнув, сказала:

— Смотри.

Перед Алей оказалось несколько документов и стопка фотографий. Первым девочка открыла паспорт и удивилась.

— Кутепова Раиса Сергеевна... Вы папина сестра? Моя тетя?

— Да, деточка.

Удивленная сверх меры, Аля раскрыла следующий документ, им оказалось свидетельство о рождении Самойловой Софьи Ивановны.

— Это кто такая? — пожала плечами девочка. — Надо же, у нее день и год рождения как у меня! Астрологическая сестра.

— Это ты, — грустно пояснила Раиса.

— Я?

— Ты!!!

— Но... я ничего не понимаю, — забормотала Аля.

— А вот и фото, — раскрыла конверт тетя.

Алечка стала перебирать снимки. Раиса была запечатлена на них с младенцем, смуглым, кареглазым.

— Видишь, какая ты была хорошенькая, — тяжело вздохнула Рая, — просто картинка, глаз не оторвать, а выросла еще лучше, моя дочь — самая умная и красивая. Расскажу тебе все.

Аля чуть не упала в обморок, услышав повествование.

— Неля постоянно изменяет мужу, — объясняла Раиса, — сделала один раз аборт неизвестно от кого и потом больше не могла забеременеть. Правда, сначала они с Родионом по врачам бегали, но потом поняли, что надеяться не на что...

Аля сидела в ступоре, а тетка все говорила и говорила. У нее было двое детей, шестилетний Мишенька и полугодовалая Сонечка, когда умер их отец, муж Раисы. Одной, на маленькую зарплату, тяжело поднимать детей, вот Родион и предложил сестре:

— Давай заберем у тебя на годик Сонечку, пока Миша до школы дорастет.

Раисе очень не хотелось расставаться с любимой дочкой, но что делать? Денег нет, муж умер. Правда, она предложила:

— Сонюшка очень маленькая, может, Мишу возьмете?

— Нет, — отрезал брат, — Неля согласна лишь на девочку. Она мальчишек терпеть не может!

Так Соня оказалась у Кутеповых. Часто навещать дочку Раиса не могла, она жила на другом конце города, добираться до квартиры Родиона (брат тогда еще не построил дом в Ложкине) приходилось около двух часов, а тут еще, как назло, все время болел Миша... Но через два года мальчика все же удалось, хоть и с опозданием, пристроить в школу, и Рая приехала к Родиону.

— За Сонюшкой прибыла, — сообщила она.

Неля ухмыльнулась:

— За кем?

— За своей дочкой, — опешила Рая, — Сонюшкой.

— Нет тут такой, — хмыкнул Родя.

Рая помертвела.

— Вы что! Ну и шуточки!

— Никакой Сони нет, есть Аля, — ответил ей брат, выкладывая документы, — Алечка Кутепова, Ангелина Родионовна, наша дочь, а Соня умерла, вот смотри, свидетельство о смерти.

Передать, что ощутила Раиса, словами нельзя. Она попыталась было бежать в милицию, но брат пригрозил:

— Только попробуй, мигом в психушку угодишь! Соня умерла! Живо объясню врачам, что у тебя от горя башню снесло. Лучше о Мише подумай. Куда его денут, если тебя в дурдом запрут? Мы с Нелей мальчика не возьмем. Нам надо Алечку воспитывать.

Обливаясь слезами, Раиса ушла, она очень хорошо понимала, что бездетные Родя и Неля просто украли у нее дочь. И еще было ясно — нечего даже пытаться затевать тяжбу с богатым братом, у того столько денег, что их хватит всем рот заткнуть.

С тех пор прошел не один год. Родя и Неля больше не встречались с Раисой, но та не переставала думать о дочери. Совсем плохо стало, когда опять заболел Мишенька, сгорал от лейкоза на руках у матери. Его могла бы спасти операция, но где взять бешеные деньги? В России таких больных не лечат, а у Раисы в кармане вошь на аркане. Бедная женщина вся извелась от тоски. Сын тихо угасал, дочь у чужих людей... Но тут по телевизору показали репортаж из школы Али, и Рая сразу узнала девочку. Не в силах с собой бороться, она поехала в колледж...

— Я не собиралась тебе ничего рассказывать, — пела Раиса, — хотела лишь посмотреть на тебя, прикоснуться...

Полковник остановился и попросил:

— Нельзя еще бутылочку пивка?

Зайка обычно, слыша такую просьбу, морщит нос, но сегодня она, чуть не опрокинув меня, ринулась на кухню с воплем:

— Сейчас принесу, только без меня не продолжай!

Пока она бегала туда-сюда, я пыталась «причесать» мысли. Ну и бред! Ни одному разумному человеку не придет в голову принять рассказ Раи за правду.

Но Алечка не усмотрела в гладком повествовании Раисы никаких шероховатостей. Более того, сразу, мгновенно, безоговорочно поверила «маме». У всех подростков рано или поздно начинается этап резких конфликтов с родителями, и Аля как раз находилась на этой стадии развития отношений с предками. С папой общий язык еще худо-бедно можно было найти, а вот с матерью...

Неля категорически ни в чем не хотела уступать дочери. Запрещала той употреблять косметику, требовала от нее только пятерок, лимитировала время, проводимое девочкой у любимого компьютера, без конца делала замечания... Еще она устраивала скандалы Родиону, любила собирать вечеринки, и один раз Аля увидела, как маму целует, совсем не по-дружески, посторонний мужчина. Неля не разрешала завести дома ни собачку, ни кошечку, обзывала Алю букой и высмеивала манеру дочери сидеть целыми днями над книгами.

— Ты даже не синий чулок, а черный, — злилась Неля, — пошла бы поиграла с друзьями, вон Маша какая веселая, задорная, любо-дорого посмотреть.

От этих слов Але просто делалось дурно, и она, глотая слезы, убегала к себе в спальню. Нет, мама, наверное, совсем ее не любит. Теперь же стало окончательно ясно: да, не любит, но Неля-то ей не мама.

Представляете, в каком настроении девочка вернулась в Ложкино? За ужином она не удержалась и спросила:

— Папа, у тебя есть сестра?

Повисло молчание, потом Родион уронил вилку, а Неля быстро сказала:

— Она умерла, очень давно.

— Как ее звали?

— Раиса, — ответил отец, — а почему ты интересуешься?

— Нас в школе просили изобразить свое генеалогическое древо, — вывернулась девочка, — вот я и вспомнила, вроде вы когда-то о какой-то Рае говорили...

Родя и Неля переглянулись.

— Рая умерла молодой, — пояснил папа, — от рака крови, лейкоз.

— Да, — кивнула Неля, — жаль, конечно...

Аля доела салат и ушла к себе. Вот ведь как перепугались, побледнели, задрожали и начали тут же врать! Значит, Раиса — ее мама. Подросткам свойственны экстремальные поступки, неадекватные реакции и поспешные выводы. Алечка не являлась исключением.

Она стала потихоньку встречаться с Раисой. Женщина плакала от счастья, первый раз везя к себе домой дочку. И чем больше Алечка с ней общалась, тем ясней понимала: вот она, ее настоящая мама: любящая, спокойная, не делающая замечаний, не кричащая... А еще у Раи жили животные, столь ненавистные Неле. Понравился ей и Миша. Они с Алей были невероятно похожи: кудрявые, черноволосые, смуглые. Миша все время кашлял, и у Али просто сердце разрывалось, когда брат валился на кровать в припадке. Раиса обожала сына, старалась баловать его как могла, даже разрешила парню сделать татушку на предплечье: пума, которая в одной лапе держит кинжал, а в другой диковинное растение.

— Что?! — заорала я, вскакивая со стула.

— Не перебивай меня, — обозлился Дегтярев, — слушай спокойно!

Я плюхнулась на место, чувствуя, как противно трясутся ноги.

— Раиса неоднократно повторяла, — продолжил полковник, — что Мишу можно спасти, нужны деньги на операцию в Америке, миллион долларов. И еще она очень просила Алю никому не рассказывать об их встречах.

— Родион просто убьет меня, — грустно говорила Раиса.

— Что же, нам всю жизнь прятаться? — возражала Аля.

— Подождем, пока тебе восемнадцать исполнится, — пояснила вновь обретенная мама, — станешь совсем взрослой и переедешь ко мне.

Мише между тем становилось все хуже, и Аля не выдержала.

— Скажи, мама, — завела она дома разговор, — если бы одному мальчику, очень хорошему, понадобился миллион долларов на операцию, мы бы дали?

— Нет, конечно, — фыркнула Неля, — еще чего!

— Но он умрет!

— И что? Таких много, а миллион — это очень большие деньги.

— У нас они есть?

Неля призадумалась.

— Свободных нет.

— А сколько стоит этот дом? — поинтересовалась Аля.

— Не знаю, отвяжись! — рявкнула Неля.

Но Аля не успокоилась и подкатилась с тем же разговором к отцу.

— Онкологию должны лечить бесплатно, — отрезал Родя, — кругом слишком много жуликов. У мальчика есть родители?

— Только мама.

— Вот она и обязана заботиться о сыне, — пояснил Родион.

— Сколько стоит наш дом, он потянет на миллион? — тихо уточнила Аля.

— Думаю, дороже, учитывая участок размером в гектар и ландшафтные работы, — без тени подозрения ответил Родион.

Аля ушла к себе, и тут ей в голову впервые закралась мысль: если убить Родиона и Нелю, все деньги, дом и сад достанутся ей. И проблема разрешится сама собой. Мише сделают операцию, он выздоровеет, Раиса и Алечка заживут вместе. Девочка поменяет имя, снова станет Сонечкой, и все будет очень, очень хорошо.

Глава 31

Мысль об убийстве приемных родителей прочно поселилась в голове у Али. Один за другим она отвергала способы. Отравить? Но ведь следы яда обнаружат! Поджечь ночью дом, предварительно заперев снаружи комнаты ненавистных Родиона и Нели, а самой выскочить во двор? Но ведь здание сгорит, а оно очень дорогое... Аля пребывала в раздумьях. Но тут ей в Интернете попалась книга про Сару Ли, и малолетняя убийца пришла в восторг: вот оно, их надо запугать, довести до смерти.

— Эй, погоди, — заволновалась я, — Аля не читала про Сару Ли!

— Да? — вздернул брови Дегтярев. — Откуда ты знаешь?

— Когда мы разбирали подарки Нели на день рождения, там оказалась кукла, — объяснила я. — Маня еще принялась объяснять Але, кто она такая!

Полковник выпятил нижнюю губу.

— Аля — актриса и врунья. Она сама засунула Сару Ли в кучу презентов, но погоди, давай по порядку. Несмотря на юный возраст, девочка крайне хитра, ее переполняла ненависть к родителям, умело разожженная Раисой и подогреваемая подростковыми гормональными выбросами. Аля прочитала горы детективов и теперь задумала идеальное преступление. Ей нужен сообщник, и она посвящает в свои планы Мишу. Парень одобряет ее, план с куклой пришелся ему по душе, и он успокаивает Алю.

— Знаю, где ее взять. В магазине «Волшебный мир», у меня там работает подружка, Света.

— Самим туда нельзя ходить, — пугается Аля, — и потом, нам нужно штук пять кукол.

— Хорошо, — кивает Миша, — добуду их чужими руками. Вот только маме ничего говорить не надо, зачем ей нервничать!

— Так Раиса ничего не знала? — влезла Маня.

— Господи, ей все было известно! — в сердцах воскликнул Дегтярев.

— Глупость какая-то с этими куклами, — вздохнул Кеша, — ну прямо бред! Сара Ли — убийца! Глупее ничего нельзя было придумать?

Александр Михайлович поморщился.

— Это тебе так кажется. А Аля в ее четырнадцать лет считает свой замысел замечательным. В девочке, как в любом подростке, борются взрослый человек и ребенок. Она, как опытный киллер, планирует преступление и... играет вечером в Барби. Впрочем, Раиса и Михаил — надеюсь, вы догадались, что парень абсолютно здоров, — просто хотят втянуть Алю в преступление. Девочка должна стать пешкой в их руках. Убить Родиона и Нелю предполагается иным способом, и тут на помощь к негодяям приходит господин Случай.

Значит, так, Аля получает куклы и начинает действовать. Одну подсовывает Неле в гору подарков. Когда та велит выбросить Сару Ли на помойку, девочка крадется за горничной, которая бежит через лес к мусорному контейнеру, и пугает до одури глупую Ксюшу, вереща: «Ой, не бросай, хуже будет» — или что-то подобное. Дрожащая прислуга вбегает в дом и несется к хозяйке с рассказом, за что получает выговор и приказ меньше смотреть телевизор. Отругав Ксюшу, Неля наливает себе коньяку, она не верит ни в какую чушь, но ей отчего-то становится страшно. Аля видит, что мать берет бутылку, и скрывает радость. Значит, ее затея удалась, Неля нервничает!

И это правда! Выпив пару фужеров, Неля устраивает истерику, начинает приставать к мужу, затевает скандал. Но Родион, привычный к фортелям, которые выкидывает жена, просто уходит в библиотеку, достает тисочки, зажимает в них длинный острый кинжал и начинает чистить торчащее вверх лезвие. Он всегда так проводит досуг. В доме полно оружия: коллекция дорогих пистолетов, клинки, сабли... Кстати, у Родиона имелось разрешение на ношение оружия.

Неля сначала убежала в спальню, но истеричная баба не успокоилась, она не доругалась с супругом. Нацепив халат, Неля спускается в библиотеку, опять начинает визжать, но Родион спокойно полирует нож, он великолепно знает, что с орущей женой лучше не спорить. Его спокойствие бесит Нелю, и в какой-то момент она с силой толкает мужа в спину и вопит:

— А ну, повернись ко мне сейчас же!

На беду, именно в эту секунду Родион тянется к висящей над столом полке, чтобы взять полировочную жидкость. Он не ожидает удара, теряет равновесие и падает грудью на выставленное вверх лезвие. Нож входит ему прямо в сердце. Пока помертвевшая, мигом забывшая про истерику Неля соображает, что делать, муж умирает. Аля подсматривает за происходящим в щелочку, ее охватывает радость, один враг мертв, осталось убить мать.

— Почему Аля не сообщила в милицию? — удивился Кеша.

— Если бы муся кого-нибудь убила, я тоже ее не выдала бы! — заорала Маня.

— Ну Аля-то ненавидит Нелю, — пояснил полковник, — но ей надо убить приемную мать. Иначе милиция арестует преступницу, смертная казнь отменена, Неля вернется лет через десять. Нет, Але надо лишить жизни приемную мать, поэтому она начинает действовать!

В полной панике Неля несется наверх, первое, что она видит, влетев в спальню, — Сара

Ли. Чуть не заорав от ужаса, Неля выбрасывает куклу в окно. Вы представляете, в каком состоянии находится баба?

Я только хлопала глазами, не в силах ничего сказать.

— Да уж, — протянула Зайка, — и представлять не хочется.

— Наутро поднимается шум, — продолжил полковник, — Неля старательно изображает убитую горем вдову, надеясь, что все примут случившееся за несчастный случай. И надо сказать, следствие идет вначале по ложному следу.

Аля же, не теряя времени зря, сажает в библиотеке Сару Ли.

— Она потащила меня, несмотря на мое сопротивление, смотреть на место, где погиб Родион, — прошептала я, — потом изобразила ужас при виде Сары Ли...

— И что сделала ты? — спросила Маня.

— Отнесла игрушку в контейнер, было жутко страшно. Раздался такой тоненький голосок: «Не бросай, хуже будет!»

Дегтярев кивнул.

— Аля бежала за тобой, только не по дорожке, кралась в кустах, пугала.

— Зачем?

— С одной стороны, хотела, чтобы ты всем рассказала о Саре Ли, с другой... Об этом потом.

Весь день Неля находится в диком напряжении, вечером, чтобы расслабиться, опять пьет коньяк, ложится в кровать, ставит на тумбочку тарелку с ананасом... Кстати, именно ломтики этого экзотического фрукта натолкнули меня на мысль, что жизнь Нели и Родиона не была безоблачной. Странно получалось, муж только что погиб, не прошло и суток, а жена укладывается в кровать, решив почитать «Космополитен» и съесть лакомый кусочек. По идее, она должна лежать с сердечным приступом... Ладно, дальше действия развиваются стремительно!

За окном появляется Сара Ли. Аля, которая сжимает удочку с привязанной куклой, не надеется, что ненавистная ей Неля упадет вниз, она просто решила довести ее до инфаркта и действует с параноидальной настойчивостью.

Но Неля опять выпила коньяк, слегка потеряла координацию движений, к тому же она весь день провела в страхе, а ну как менты догадаются, что Родиона на нож толкнула супруга! К тому же Неля истеричка, ей свойственны перепады настроения и приливы гнева. В негодовании, смешанном с ужасом, Неля вскакивает на окно и хочет схватить куклу...

Надо сказать, что Раиса и Михаил очень удивились, когда узнали, как быстро ушли на тот свет Кутеповы. Преступная парочка рассчитывала по-своему разобраться с ними. Куклы были нужны, чтобы втянуть в преступление глупую девочку, и вдруг такой успех! Парочка

ликует. Впрочем, Але тоже трудно сдерживать
рвущуюся наружу радость. Теперь все позади,
она может соединиться с любимой мамой, вы-
лечить брата... Но Раиса остужает пыл ребенка,
велит ей успокоиться.

— Нам спешить некуда, пусть все идет
своим чередом, я приеду на поминки.

И тут начинаются сложности. В дело, топая
сапогами, вламывается Дашутка.

Глава 32

Полковник замолк. Все уставились на меня, как голодные кобры на бедного зайчика.

— Я хотела только...

— Можешь не продолжать, — вздохнул Аркадий, — ты всегда хочешь одного и того же.

— А получается бредятина, — подхватил полковник, — заявилась в «Волшебный мир», принялась суматошно расспрашивать продавщицу Таню, та, абсолютно ни о чем не подозревая, припомнила беспризорника Андрея. А вот менеджер Света в отличие от глупой Танечки великолепно знает, в чем дело. Она любовница Миши, дальняя родственница Ромалы и понимает, что клубок легко размотать, потянув за ниточку.

— Кто такая Ромала? — подскочила я.

— Погоди, — обозлился полковник, — давай по порядку. Ты не вызвала у Светы подозрений — взбалмошная, богатая покупательница. Ей не понравилось, что Таня мигом начала выбалтывать опасную информацию. Света звонит Мише, тот устраняет «лишних» людей. Таня попадает под машину, что не удивительно, учитывая ее манеру бросаться с одной стороны дороги на другую сквозь поток автомобилей, игнорируя светофор. Андрея якобы убивают проститутки. Нет никакой причины связывать между собой эти преступления, да никто ими особо и не занимался. Убийство бомжующего подростка не волнует никого, а смерть Тани выглядит банальным ДТП.

Но Дарья не останавливается и выходит на мастера татуажа Лебедева. Он хорошо помнит, что Света приводила к нему года полтора назад парня, которому на зоне сделали тату. Девушка назвала его своим родственником и попросила помочь.

— Значит, Миша сидел, — удовлетворенно кивнула я.

— Да, — подтвердил Дегтярев, — но на зоне проявил себя не с лучшей стороны, за что и был наказан.

Лебедев не знает ни имени, ни фамилии Миши, но он использует любую возможность, чтобы пообщаться с любимой Светой, и несется в «Волшебный мир». Света тут же предупреждает любовника. У Миши начинает земля гореть под ногами, самым опасным человеком для него становится Света, которая знает слишком много. Миша сделал все, чтобы «кукольный» след оборвался. Он снял комнату на то время, пока готовилось преступление, хотел скрыть все следы и преуспел. Но вот Света! Навязчивая, влюбленная, ждущая, что Миша, получив деньги, женится на ней... Но она парню не нужна. Жизнь Светы заканчивается на скамейке у станции метро «Октябрьская».

— Он воткнул в нее нож, — устало сказала я.

— Ну да, — кивнул Дегтярев, — Михаил абсолютно безжалостный человек, но трус, такое вот странное сочетание. Убить Свету и подростка, украсть машину и задавить Таню ему очень легко. Люди кажутся ему похожими на тараканов, и нет ничего плохого в том, чтобы давить наглых прусаков. Тем более когда они стоят на пути к получению огромных денег. Но, попав в свое время на зону, Миша мигом превратился в самую последнюю тряпку, о которую все вытирали ноги. Он безжалостен к слабым и дико боится тех, кто сильней его. Кстати, Ромала, когда узнала, что какая-то женщина ищет парня с тату, немедленно велела убрать и Лебедева. Его спасло лишь то, что он уехал отдыхать. Только поэтому он остался жив и, не подозревая ни о чем, греется сейчас у моря.

— Кто такая Ромала? — спросила Маня.

— Все по порядку, — нахмурился полковник, — доберемся и до нее. У преступников пока дела идут отлично. Глупенькая Аля и не подозревает, что следующая жертва она сама. Когда она вступила бы в права наследства и получила полную возможность распоряжаться деньгами, преступники уехали бы с ней за границу якобы для лечения парня, потом перекачали бы средства на свой счет, продали дом и... Ясно, да? Дело задумывалось с размахом, были предусмотрены малейшие детали. Вплоть до того, что Рая сама не стала бы претендовать официально на капитал. Она, кстати, все время лицемерно говорила Але: «Мне твои деньги не нужны, нам бы Мишеньку поставить на ноги».

Для девочки эта фраза — лишнее доказательство бескорыстности любимой мамы, но на самом деле организаторы боялись, что фальшивые документы на имя Кутеповой вызовут подозрения. Еще начнут проверять и обнаружат, что Раиса Сергеевна Кутепова скончалась на зоне.

— А Рая не знала про Сашеньку? — спросила я.

— Нет, — ответил Дегтярев, — все считали, что сестра Родиона давно покойница. Теперь понимаешь, какую ты заварила кашу, привезя в Ложкино Сашу и Лизу?

Аля чуть не сошла с ума, узнав, что у нее есть сестра. Да и Раиса в первый момент растерялась. И девочка, и Раиса поняли, что Лиза на совершенно законных основаниях имеет право получить половину всего! Раиса мгновенно берет себя в руки, а вот Аля съезжает с катушек.

— Она устроила дикую истерику, — покачала головой Зайка, — ударила Дашу, орала, что всех ненавидит...

— Ее остановила Раиса, — добавила я, — влепила пощечину и велела замолчать, и Аля послушалась.

Дегтярев кивнул.

— Раиса испугалась, что девочка наговорит лишнего. Кстати, Аля ненавидит Дашу почти так же сильно, как Нелю.

— За что? — воскликнула я. — Я ничего плохого ей не сделала!

Александр Михайлович глубоко вздохнул.

— Не нравилась ты ей. Вечно давала советы Неле, предложила отправить Алю в Париж, в колледж. Девочка чуть не умерла, услыхав это предложение. Как бы она тогда общалась с Раисой! Алечка стала сопротивляться, Неля вроде бы соглашалась с дочерью, но, когда наступал вечер, на пороге появлялась ты и вновь заводила разговор о колледже.

— Я хотела, чтобы ребенок выучил язык, — растерянно ответила я.

— А Аля мечтала убить тебя, — спокойно заявил полковник, — поэтому и начала пугать куклой. Кстати, когда Раиса узнала об этом (Аля не выдержала и все рассказала бабе), так вот, «матушка» велела девочке оставить тебя в покое. Преступникам не нужны были бессмысленные убийства, их волновали только деньги. Аля сначала слушалась «маму». А та приказала ей изображать из себя милую девочку, чтобы не вызывать у окружающих подозрений. Вот и пришлось Але, собрав волю в кулак, сымитировать дружбу с ненавистной Машей. А Даша, как назло, все больше злит подростка. Стоит только Але на секунду забыться и искренне признаться в том, что она не хочет больше учиться в школе, а собирается стать эстрадной певицей, как Дарья мигом начинает читать ей лекцию о необходимости высшего образования.

— Но я хотела...

— Как лучше, — кивнул Дегтярев, — да еще Машка все время шумит, бегает, активничает... У Али, тихой, интравертной, каждый день болит голова, она ненавидит гам и терпеть не может, когда ее трясут.

— Я думала, что отвлекаю ее от грустных мыслей, — тихо сказала Маня, — старалась развеселить ее.

Александр Михайлович кивнул.

— Понятно, только получился совсем иной эффект. Апофеоз наступил, когда Даша привезла Сашу с Лизой. Аля устроила истерику, потом посадила Даше на кровать куклу, ночью попыталась еще раз запугать хозяйку дома, выманить ее, как Нелю, из окна, Даша чудом избежала гибели. Аля полна желания расправиться с врагом, но утром Рая строго-настрого запретила ей пугать Дарью, и девочка нехотя подчинилась. Но в ее голове зреет мысль убить Лизу, которая может помешать исцелению больного Миши, отобрав у Али половину капитала, и тогда «брату» не хватит денег на операцию и лекарства.

Алечка начинает действовать. Как все преступники, она ригидна, любит применять один и тот же метод, поэтому из тайника снова вынимается Сара Ли. Но есть одна сложность. За Алей хвостом ходит Маша, «подругу» надо нейтрализовать, а с другой стороны, следует сделать так, чтобы у окружающих не возникло и тени сомнения в том, что она, Аля, не имеет ни малейшего отношения к произошедшему несчастному случаю.

— Но она сама заснула, — подскочила Маруська, — первая!

— Она тебя обманула, — пояснил полковник, — на ее корзиночке была просто сахарная пудра, а на твоей растолченные таблетки. Хорошо еще, что ты слопала половину угощенья, а то могла бы и не проснуться. Вам ясно, что было дальше? Аля дождалась, пока Машка заснет, и поманила маленькую Лизочку из окна. Глупышка радостно потянулась за куколкой. Но Лизе повезло, ее падение амортизирует дерево. Аля сначала была раздосадована неудачей, но потом из больницы пришла весть о смерти Лизы, и она возликовала: устранены все препятствия на пути к счастливой жизни.

— Зачем ты объявил Лизу мертвой? — налетела я на полковника.

— Затем, что понимал: преступник, узнав, что покушение не удалось, предпримет еще одну попытку, — сердито ответил Александр Михайлович, — хотел обезопасить девочку. Но тут в дело вновь с ужасающим грохотом, как слон в магазин хрустальных рюмок, ворвалась ты и начала действовать.

— Я хотела поймать Раису на месте преступления, но как Аля узнала, что Лиза жива? — запоздало удивилась я. — Я разговаривала только с Машей по телефону и просила ее сообщить новость лишь Рае, втайне от других.

Дегтярев уставился на меня.

— Знаешь, в чем твоя беда?

— Ну?

— Иногда ты способна докопаться до интересных вещей, но совершенно не видишь элементарного. Сколько телефонов в квартире у Оксаны?

— Два.

— Вот-вот. Машка говорила с тобой из комнаты Дениски, а Аля на кухне сняла вторую трубку и услышала разговор.

Я потрясенно молчала. Такой простой ответ на вопрос не пришел мне в голову.

— Раиса, узнав о воскрешении Лизы, не спешит в больницу, — продолжил Дегтярев, — она очень осторожна и к тому же не является мозговым центром операции. Рая звонит Ромале, и та обещает разобраться в ситуации. Но Алечка решила действовать. Поехала к себе в Ложкино, достала один из папиных коллекционных револьверов... Витрины, где хранится оружие, опечатаны, но сорвать бумажку ничего не стоит! Дальше все известно.

— Как же она, такая хитрая, не сообразила, что брать орудие убийства дома опасно? Отчего не придумала другой способ, не представила дело как несчастный случай? — тихо спросила Зайка.

Дегтярев встал и начал ходить по комнате.

— Аля унаследовала черты характера как Родиона, так и Нели, в девочке много истеричного, и потом, она, несмотря на то что убийца, ребенок со всеми проблемами ее возраста. Злоба слепит ей глаза, в мозгу бьется одна мысль — убить ненавистную Лизу. Раиса, которая была способна обуздать Алю, думала, что та поехала с Машей в гости на денек, и не следила за ситуацией, а девочка, потеряв от ненависти к окружающим разум, понеслась в клинику.

— Погоди, — перебила его Машка, — что значит: унаследовала черты характера как Родиона, так и Нели? Разве Аля их дочь? Раиса наврала Але?

— Конечно, — ответил Дегтярев, — мы проверили досконально, по медицинским картам. Нелли Михайловна Кутепова долгое время лечилась от бесплодия, а потом родила долгожданную девочку.

— Не может быть, — ахнула Маня, — она убила свою маму!

— Видишь ли, — грустно ответил полковник, — очень часто подростки на какое-то время начинают ненавидеть своих родителей. И это умело использовали организаторы преступления.

— Кто они? — заорала я. — Кто?

Полковник выждал паузу и спросил:

— Вы ведь знаете, что Неля постоянно заводила любовников?

— Да, — кивнула я, — последний был Виктор Ханышев, еще у Нели на дне рождения мне пришлось, чтобы Родя ни о чем не догадался, изображать из себя его пассию, а газета «Оса» нас запечатлела на фото.

— У Ханышева есть жена, — начал полковник.

— Знаю, — прервала я его, — Дита, весьма бесцеремонная особа, прислала сюда своего сына Женю с Индюшкой. Слов нет, мопсы милейшие собачки, но Индюшка натуральная шлюха, и как теперь я объясню, что не усмотрела...

— Супругу Ханышева по-настоящему зовут Ромала, — мстительно заявил полковник.

— Что? — заорала я. — Врешь! Да быть такого не может!

— Она цыганка, — спокойно пояснил Дегтярев, — из таборных. Но представляется всем румынкой по имени Эдита. Они с Виктором живут за счет мошенничества. Ромала гадает на картах, предсказывает будущее и за большие деньги берется изменить карму.

— Бред, — фыркнул Аркадий.

— Но многие верят, — пожал плечами полковник, — а Виктор заводит себе любовниц среди обеспеченных дам и сосет из них деньги, он альфонс. Последняя его пассия — Неля. Кутепова полностью доверяла Ханышеву, рассказывала в подробностях о своей жизни с Родионом, жаловалась на Алю.

— Девчонка просто невозможной стала! Я так хотела ребенка, долго лечилась, даже думала, что придется нанимать суррогатную мать, и вдруг бац, забеременела. Радости не было предела, а сейчас думаю, ну чего скакала от счастья! Вырастила дочь, всю душу в нее вложила, а в ответ получила хамство. Аля совсем на меня не похожа, ни внутренне, ни тем более внешне. Я светлая, голубоглазая, а дочь чистая цыганочка!

И тут у Виктора в голове начинает оформляться план, как подобраться к несметным деньгам Кутепова, как заполучить не только накопленные деньги, но и приносящее стабильно высокий доход дело. Ханышев рассказывает жене об открывающихся возможностях. Ромала едет в Подмосковье, к родственникам, встречается с Бароном и говорит:

— Помоги, ваша половина.

— Восемьдесят процентов, — требует Барон.

— Пятьдесят пять, — слегка уступает Ромала.

Наконец они договариваются и разрабатывают операцию. Дело поставлено с размахом. На кону нешуточные деньги, поэтому все детали продуманы до мелочей.

Сначала тщательно изучают жизнь Кутеповых, узнают, что Раиса умерла на зоне, и решают действовать. Роль сестры Роди исполняет цыганка, а больного сына Миши — ее младший брат, судимый парень. Парочка артистична и очень органично исполняет свои роли, им, естественно, обещано вознаграждение. Конечная цель аферы — вывоз Али за рубеж и перекачка ее денег якобы на счет клиники, где будут оперировать Мишу. Ясное дело, что доллары уйдут совсем в другое место. Потом Аля продаст дом и фирму... И исчезнет с лица земли. Ханышев и Ромала, получив нехилые деньги, уедут в тихое место. Так бы оно и было, не вмешайся в дело Даша.

Дегтярев повертел в руках пустую бутылочку из-под пива.

— Правда, Ромала, приехав в Ложкино на разведку, подумала, что никаких проблем с осуществлением их плана не возникнет. У преступников в самом начале произошел крохотный прокол: они не учли, что Алю, оставшуюся без родителей, должны были отправить в детдом. Но тут Дарья выразила желание взять ее к себе.

— А ты поспособствовал, — не удержалась я от ехидства.

Полковник кивнул.

— Аля позвонила Раисе и сказала, что переехала к Даше. «Мама» сообщила об этом Ромале. Та заволновалась: что еще за женщина появилась на сцене? Навела справки о Дарье и заявилась самолично оценить ситуацию.

— Ромала была у нас? Ты путаешь, — возмутилась я, — никакие посторонние женщины, кроме Раисы и Саши, в доме не появлялись!

Дегтярев хмыкнул.

— Она потрясающий психолог, привезла тебе на передержку собачку.

— Индюшку!!! Но ее притащил Женя, сын Ханышева.

— Это была Ромала собственной персоной, переодетая парнем, — пояснил полковник, — у Ханышевых нет детей.

Я принялась выдергивать нитки из пледа. Так вот почему Женя казался таким женоподобным.

— Но Женя был блондин!

— Она надела парик.

Ромале хватило часа, чтобы понять: в доме живут кретины, эти поверят любой сказке и не станут ни у кого проверять документы. Ей самой поверили мигом, взяли собачку, «Женю» устроили на ночлег...

Ромала была готова к тому, что ее выгонят вон, позвонят Виктору, вообще устроят скандал... Но Даша преспокойно забрала мопсиху и радушно угостила ужином незваных гостей. Ромала решила, что именно в этом доме должна произойти встреча Али и Раи, тут никто не усомнится в правдивости спектакля. И действительно, когда Раиса появляется на пороге, а Аля кидается ей на шею, все воспринимают ситуацию как должное. У Раисы имеется паспорт на фамилию Кутеповой, но никому не приходит в голову поинтересоваться удостоверением личности гостьи.

— Тебе тоже, — огрызнулась я.

Дегтярев побагровел.

— Просто я не хотел сразу начинать разборки, а потом закрутился на работе.

Правильно, толстяк никогда не признается, что он такой же растяпа, как и все.

— Да и подготовлена Раиса была как суперагент, — продолжал оправдываться Дегтярев, — знала биографию Кутеповой до мельчайших подробностей.

— Впрочем, случились и мелкие накладки. Например, она сообщила, что до сих пор живет в Вяльцах, на улице Декабристов, а настоящая Рая переехала в Москву, к тетке, — гордо заявила я.

— Да, она хотела жить в Ложкине, около Али, поэтому прикинулась иногородней, — кивнул Александр Михайлович, — в конце концов преступники совершают ошибки, поэтому их и ловят.

— Погоди-ка, — протянула я, — значит, ты узнал каким-то образом, что Аля понеслась в больницу, и вызвал ОМОН?

Дегтярев кивнул.

— Ну да. Сначала исчезла из дома ты, потом куда-то подевалась Ольга. Затем Машка забила тревогу: пропала Аля. На всякий случай она побежала в дом к Кутеповым и, вернувшись, сообщила: «Али нет, но, похоже, там побывал вор. У Родиона в кабинете сорваны печати, а одна из витрин, где хранится оружие, открыта».

Я к тому времени знал почти все, сложил вместе полученные сведения и начал немедленно действовать.

— Мог бы и не торопиться, — фыркнула я, — мы бы и сами скрутили преступницу.

Полковник крякнул.

— Да уж, кто бы сомневался...

— А что будет теперь со всеми? — тихо спросила Маня.

— С кем? — нахмурился Дегтярев.

— С Лизой и Сашей, — пояснила Машка, — мама вчера рассказывала нам, как искала убийцу Нели, и разболтала тайну Сашеньки. Ведь она родная сестра Кутепова, которая не досидела срок до конца!

Дегтярев стал чернее тучи.

— Ей придется отправиться через какое-то время на зону.

— А Лиза! — ужаснулась Маня. — Саша глубоко раскаивается в том, что сделала в молодости, со времени того преступления столько лет прошло, может, ее простят?

— Мы разберемся, — мрачно буркнул полковник.

Я из-за его спины подмигнула Машке и перевела разговор на другую тему:

— Ромала и Виктор пойдут под суд?

— Естественно, — закричал Дегтярев, — надеюсь, этих вам не жаль?

— Нет, конечно, просто я думаю, что делать с Индюшкой. Придется оставить мопсиху у себя.

— Почему? — напрягся Дегтярев. — У нас и так целая свора бегает.

— Но хозяева-то сидят в СИЗО, — пояснила я.

— У Ханышевых не было собаки.

— А Индюшка? Она откуда взялась?

Дегтярев опять начал вертеть пустую бутылочку из-под пива.

— Ромале требовался повод, чтобы попасть в ваш дом. Твоя страсть к мопсам хорошо известна. Поэтому негодяйка просто прогулялась по дворам, увидела мопсиху, услышала, что хозяйка зовет ее Индюшкой, выждала момент, подманила собачку конфетой и попросту украла.

Я заметалась по комнате.

— Какой ужас!

— Вот дрянь! — заорала Маня. — Бедная хозяйка, наверное, все глаза выплакала, разыскивая мопсишку.

— Ты должен немедленно отыскать эту женщину, — велела Зайка Дегтяреву.

Полковник вытаращился на Ольгу.

— С ума сошла! Делать мне больше нечего, черт с ней, пусть тут живет, в конце концов, мопсом больше, мопсом меньше...

— Отправь своих сотрудников на поиск несчастной хозяйки, — не успокаивалась Машка, — ну представь, что у нас сперли Хучика... Вот ужас! Хуч, Хуч, иди сюда, я тебя обниму!

— Мои подчиненные тотально заняты на работе, — отбивался Дегтярев, — им только не хватало глупостями заниматься.

— Пусть побегают в нерабочее время, — настаивала Машка, — есть же у них свободные часы?

— Минуты безделья у сотрудников МВД выпадают крайне редко, — обозлился толстяк, — и потом, нерабочее время так называется потому, что оно нерабочее, и я не имею права никого заставлять...

— Ты скажи, что мы выплатим премию тому, кто вернет Индюшку домой, — подал голос Кеша.

Дегтярев застонал.

— Боже, как вы мне осточертели! Да для того, чтобы вы замолчали хоть на полчаса, согласишься на что угодно!

Эпилог

Ромала и Виктор, как организаторы и идейные вдохновители преступления, получили большие сроки и отправились к месту наказания. На зону для особо опасных преступников отвезли и Михаила. Легче всех отделалась «Раиса», но все равно она не скоро пройдет по улицам Москвы свободной гражданкой.

Хуже всех пришлось Але. Во время следствия девчонка узнала, что была родной дочерью Родиона и Нели. Сначала она отказывалась этому верить, но потом, увидав документы: медицинскую карту, выписку из роддома и прочитав показания акушера-гинеколога, который наблюдал Нелю на протяжении беременности, а потом принимал роды, разрыдалась так, что пришлось звать врача. Ночью, в камере, Аля пыталась покончить с собой, но ее вовремя вытащили из петли. Сейчас девочка находится в больнице. Врачи говорят, что психика подростка пластична, скорей всего Аля выправится и вновь станет адекватной. Мне хочется в это верить, но, думается, Аля никогда не будет прежней. Ей всю жизнь придется нести свой крест. Человек, убивший собственную мать, не заслуживает прощения. Я понимаю, что Аля тоже жертва Ромалы и Виктора, девочку подтолкнули на преступление, ею манипулировали, но... Но в ее душе кипели злоба и ненависть, в ней отсутствовала элементарная благодарность к вырастившим и баловавшим ее родителям, пусть, по ее мнению, приемным.

В моей душе борются жалость к Але и отвращение. Похоже, Зайка, Маня и Кеша испытывают те же чувства, поэтому передачи Але носит посторонняя женщина, которой мы платим за услуги. Не знаю, как я отреагирую, если увижу Алю, входящую в нашу гостиную. Боюсь, не сумею сохранить приветливое выражение лица и быстро уйду из комнаты.

Сашеньке повезло, ее судьбой Дегтярев занялся лично. Из архива подняли старое дело о мошенничестве и убийстве Василия. При скрупулезном изучении деталей стало ясно, что следователь, занимавшийся делом много лет назад, слегка подтасовал факты, желая побыстрей сбыть проблему с рук. Получалось, что Сашенька не врала, Василий и впрямь сам выпал из окна. Состоялся новый суд, который, учтя все обстоятельства и приняв в расчет, что Саша много лет вела достойный образ жизни, дал ей три года, тут же амнистировал и освободил ее прямо в зале заседаний.

Теперь на совершенно законных основаниях Сашенька и Лиза получают все: дом, счет в банке, фирмы... Но в моей душе снова борются полярные чувства. С одной стороны, я рада, что Лиза вырастет в достатке, с другой... Саша совсем не скорбит о брате, который так много сделал для нее, не говоря уже о Неле. На ее простодушном, мнимо наивном личике читается неприкрытая детская радость от осознания того, что Лизонька теперь получит все, что только можно. И от этого мне противно, горько и обидно. Хотя Лиза вызывает только добрые чувства. Если Саша не испортит ее своей любовью, из девочки может выйти толк.

Но есть у нас и более радостные новости. Один из сотрудников отдела Дегтярева нашел хозяйку Индюшки, и сегодня Ниночка приехала к нам за мопсихой.

— Вы не можете себе представить, — со слезами на глазах, целуя Индюшку, говорила Нина, — как я плакала, мучилась: ну где Индя? Она такая безответная, безропотная, покладистая... Вдруг ее кто мучает?

Изредка Ниночка замолкала, начинала рыдать, вытаскивала носовой платок и вновь принималась извергать слова благодарности. Я же тем временем ломала голову над тем, как лучше сообщить обрадованной хозяйке о том, что я отдаю ей мопсиху не одну, а со щенками.

Наконец мы вышли во двор. Нина отпустила Индюшку, открыла машину и велела:

— Индя, залезай.

Но мопсиха не торопилась.

— Эй, — испугалась хозяйка, — ты где? Индя, Индя...

Со стороны гаража понесся счастливый визг,

мы кинулись на звук. На площадке, поросшей зеленой травкой, на нежном, любовно выращенном Иваном газоне, возле клумбы с садовой гвоздикой резвились две собачки палевого цвета. Я не буду вам объяснять, чем они занимались. В конце концов Индюшка оторвалась по полной программе: в нашем дворе перебывали, кажется, все кобели не только Московской, но и Ленинградской, Тульской, Рязанской и других областей. Мы просто перестали обращать внимания на двортерьеров, которые, несмотря на строгую охрану, постоянно просачивались на нашу территорию. Перестали мы и запирать Индюшку. Какой толк, все равно выскочит когда-нибудь за дверь, и привет. Мне даже интересно: кто у нее родится?

— Что она делает? — оторопела Нина.

— Ну, — замялась я, — как бы попроще объяснить, ТО самое.

Честно говоря, я испытывала радость, наконец-то Хучик добился своего.

— Невероятно, — прошептала Нина, — наверное, она полюбила Хуча, я всем рассказывала, кстати, той страшной женщине, что украла Индю, тоже, как мы водили нашу девочку к элитному мопсу, суперчемпиону, а Индя села на пол и не далась. Нет, любовь великая сила! Вы не поверите, но она никогда не имела дела с кавалерами, такое с ней впервые!

Я хотела было рассказать Нине о бесконечной череде дворняг, ставших мужьями страст-

428 .... Дарья Донцова

ной мопсихи, но сдержалась и стояла молча, слушая удивленные возгласы хозяйки.

— Ну никогда ей такое не приходило в голову! Это все любовь к Хучу.

На языке вертелась фраза: «Ну да, Хучик получил почетное право стать юбилейным, пятисотым супругом», но я снова проглотила ехидное замечание, и, сдерживая смех, сказала:

— Мопсихи из хорошей семьи никогда не отдаются кавалерам без высоких чувств.

Донцова Д. А.

Д 67   Полет над гнездом Индюшки: Роман. — М.: Изд-во Эксмо, 2003. — 432 с. (Серия «Иронический детектив»).

ISBN 5-699-01220-6

Похоже, все домашние считают, что Даша Васильева сбрендила. Еще бы, такой стресс! Ведь погибли ее близкие друзья, Кутеповы, вначале муж — Родя, потом его жена Неля. Если Даша готова согласиться, что смерть богача Роди похожа на роковую случайность — он чистил коллекционный кинжал и упал на него, — то Нелю, по ее мнению, убили. Преступник привязал к удочке подаренную Неле на день рождения куклу Сару Ли и размахивал ею перед окном. Пьяная Неля попыталась схватить куклу и упала вниз. Сара Ли чуть не выманила из окна и саму Дашу, которую спас полковник Дегтярев. Но выслушав объяснения, домашние решили, что у нее глюки, а полковник зло посмеялся. Ну она ему покажет! Сама найдет убийцу! «Оседлав» родной «Пежо», любительница частного сыска Даша Васильева бросилась навстречу отнюдь не кукольным опасностям...

УДК 882
ББК 84(2Рос-Рус)6-4

Оформление художника *В. Щербакова*

Литературно-художественное издание

Донцова Дарья Аркадьевна

ПОЛЕТ НАД ГНЕЗДОМ ИНДЮШКИ

Ответственный редактор *О. Рубис*
Редактор *Т. Семенова*
Художественный редактор *В. Щербаков*
Художник *Е. Рудько*
Компьютерная обработка *И. Дякина*
Технический редактор *Н. Носова*
Компьютерная верстка *Л. Косарева*
Корректор *И. Гончарова*

ООО «Издательство «Эксмо».
127299, Москва, ул. Клары Цеткин, д. 18, корп. 5. Тел.: 411-68-86, 956-39-21.
Интернет/Home page — www.eksmo.ru
Электронная почта (E-mail) — info@eksmo.ru
По вопросам размещения рекламы в книгах издательства «Эксмо»
обращаться в рекламное агентство «Эксмо». Тел. 234-38-00.

Подписано в печать с готовых монтажей 30.09.2003.
Формат 84×108¹/₃₂. Гарнитура «Таймс». Печать офсетная.
Бум. газ. Усл. печ. л. 22,68. Уч.-изд. л. 13,9.
Доп. тираж 7000 экз. Заказ № 0309581.

Отпечатано на MBS в полном соответствии
с качеством предоставленного оригинал-макета
в ОАО «Ярославский полиграфкомбинат»
150049, Ярославль, ул. Свободы, 97.

Смотрите осенью

многосерийный фильм

Любительница частного сыска

Даша Васильева

по романам
Дарьи Донцовой

В главной роли:
**Лариса
Удовиченко**